T0283435

JUÁREZ

JOSÉ LUIS TRUEBA LARA

JUÁREZ
LA OTRA HISTORIA

OCEANO

JUÁREZ
La otra historia

© 2022, José Luis Trueba Lara

Diseño de portada: Ivonne Murillo
Ilustración de portada: intervención a un retrato de Juárez,
                        atribuido al Taller de Siqueiros
Fotografía del autor: cortesía de FES ACATLÁN / Ramón San Andrés R.

D. R. © 2023, Editorial Océano de México, S.A. de C.V.
Guillermo Barroso 17-5, Col. Industrial Las Armas
Tlalnepantla de Baz, 54080, Estado de México
info@oceano.com.mx

Primera edición: 2023

ISBN: 978-607-557-703-6

Impreso en México / Printed in Mexico

Este libro es para Ismael,
la sonrisa que alimenta mi libertad

En México hemos tenido bastante ignorancia para despreciar-
nos como pueblo y nos hemos entregado al culto patrio antropo-
látrico [...] tenemos libros de historia en que en cada nombre
hay un Júpiter, en cada palabra una hazaña, en cada letra un
himno; nuestro vicio ha sido fabricar héroes y glorias patrias.

FRANCISCO BULNES,
*El verdadero Juárez y las revoluciones
de Ayutla y de Reforma*

Juárez fue mi ídolo por sus virtudes, porque él era la exaltación de la ley, [pero ahora] *me asusta contemplar a Juárez revolucionario, inerte, encogido, regateado, ocupándose de un chisme o elevando a rango de cuestiones de Estado las ruindades de una venganza. ¿Cuál es el derecho de este hombre? ¿Cuál es su fuerza? ¿Pues así, por medio de una treta de tramoyista, se subvierten los destinos de un país? ¿Es virtuoso romper la ley?*

Fragmento de una carta de GUILLERMO PRIETO
a Francisco Zarco

I

Benito

Satán detenía el viento. Los enemigos fusilados sólo podían celebrarse con la fetidez de la muerte y la ruina de la ciudad levítica. Cuando las tropas la rodearon, sus órdenes fueron implacables: no debía quedar piedra sobre sobre piedra, y las cenizas de las siembras habrían de cubrirse con sal para que nada brotara de los surcos. La furia de las maldiciones que aprendió en el Seminario se volvería real en el lugar que no merecía una pizca de clemencia. La población que desde siempre le dio la espalda para encandilarse con sus rivales sería borrada en todos los mapas. En el preciso instante en que sus exigencias se cumplieran, los tipógrafos dejarían de hurgar en sus cajas para buscar las letras que señalarían el lugar arrasado. Querétaro desaparecería de la faz de la tierra y su nombre apenas podría invocar a los espectros. Su venganza sería perfecta, pero el general Mariano Escobedo se negó a obedecerlo.

—Con la derrota y el paredón es suficiente —le dijo mientras aguantaba el golpe de los ojos abotagados y sin brillo. La mirada del señor presidente era idéntica a la de un animal muerto.

Aunque las ansias de llenarse el pecho con el olor de lo chamuscado le carcomían el alma, apenas movió la cabeza para aceptar las palabras de Escobedo. El horno no estaba para bollos y valía más llevar la fiesta en paz. A pesar de la victoria le sobraban enemigos, y el comandante en jefe debía seguir a su lado. Por más que le llevara la contra no podía darse el lujo de perderlo. La presidencia valía más que su furia.

෬෫

La calle estaba vacía, las sombras que brotaban de los cadáveres apenas tenían fuerza para arrastrarse sobre las banquetas reventadas por las explosiones. Las raíces que se asomaban entre las piedras eran los tentáculos que atrapaban a las almas para llevárselas a las profundidades de la tierra. Ninguno de los defensores pudo confesar sus pecados antes de que la metralla le reventara los hilos de la vida. Todos se fueron al infierno sin que un cura les trazara la cruz en la frente. Las ranas echarían pelo antes de que tuvieran la dicha de sentarse a la diestra del Padre. El nombre de Dios en los labios no bastó para que les abrieran las puertas del Cielo.

Nuestro Señor también estaba derrotado. San Pedro huyó de su puesto antes de que el gallo volviera a cantar, y el trono del Rey de Reyes se hallaba vacío. Las banderas negras con cruces coloradas y águilas imperiales jamás volverían a levantarse. Los defensores de la fe tendrían que esperar el juicio final para hincarse frente al ángel que los bendeciría antes de lanzarse en contra de los demonios y los impíos. Lo que ocurrió en los templos estaba a la vista de todos: cuando los rojos entraron a la ciudad, el agua bendita se convirtió en lodo y tenía el olor de la sangre.

Poco a poco, el ruido del carruaje y las herraduras se fue imponiendo.

Los muelles de fierro templado a fuerza de martillazos crujían y amenazaban con quebrarse en cada hoyanco. Por más que lo intentaba, el cochero era incapaz de esquivarlos. Las huellas de las explosiones parecían infinitas. Su destino era preciso, el gobernador del estado destripado lo esperaba en el atrio del Convento de las Capuchinas.

Esa mañana era distinta. Las cortinas de terciopelo apolillado estaban amarradas a ambos lados de las ventanas de la berlina. Los cordones que las sujetaban ya no eran dorados, la grasa de las manos y el polvo de los caminos norteños los habían opacado.

Juárez necesitaba que su mirada se colmara de muerte. Sus ojos se detenían en los colgados que le hacían valla. Las lenguas hinchadas, las huellas de los orines y los perros carroñeros que los husmeaban antes de arrancarles un trozo lo forzaban a verlos. Ninguno ladraba, pero la baba espesa les escurría del hocico. Las mulas con la panza hinchada, los cuerpos mutilados y las casas despanzurradas lo obligaron a abandonar su cara de esfinge.

Nadie estaba a su lado; su escribanía y el cuero de los sillones eran sus únicos acompañantes. Por primera vez en mucho tiempo hizo a un lado las marrullerías y se atrevió a mostrar lo que sentía. La sonrisa le remarcó las arrugas en la piel reseca y acentuó la cicatriz que le brotaba del labio. Esa marca no era el recuerdo de un combate, su única herida nació en sus juegos de niño.

—Es una lástima que Escobedo no la haya incendiado —murmuró con ganas de conformarse por las órdenes que se quedaron entrampadas en los oídos sordos.

Las nubes estaban enrojecidas, absolutamente inmóviles.

La lluvia de sangre quizá caería sobre Querétaro para remachar la muerte de los primogénitos. El hambre, las plagas y la guerra se los llevaron para siempre. Sus ánimas se refugiarían en las callejas retorcidas para huir de la luz de la luna. Ahí se quedarían agazapadas hasta que entrara el borracho que moriría con el cuello desgarrado o enloquecería al encontrarse con los espíritus que jamás conocerían el descanso.

Los pocos sobrevivientes se transformaron en los veteranos marcados por las garras de la parca. Ellos eran los niños que perdían la vista por las penurias, los dueños de los rostros donde los jiotes trazaban mapas blancuzcos, los cuerpos condenados al raquitismo eterno. Cada vez que los miraran, las huellas de sus desgracias apremiarían a los suyos a recordar la victoria del indio. Su traición quedaría labrada en su descendencia, la maldición del patas rajadas llegaría hasta la tercera y la cuarta generación de sus rivales.

⊖⊙

El cochero jaló la rienda. Habían llegado al lugar preciso.

Juárez esperó a que uno de sus guardias le abriera la puerta. El señor presidente no podía rebajarse a girar el mismo la manija y desplegar la escalerilla del carruaje.

En su mano estaba el bastón que le regalaron en Zacatecas. Eso fue lo único que logró salvar el día que el general Miramón estuvo a punto de capturarlo. Cada uno de los dos mil pesos que había costado eran una buena razón para negarse a abandonarlo y, además, rimaba a la perfección con los gruesos eslabones de la leontina rematada con el triángulo que enmarcaba al Ojo del Supremo Arquitecto y el reloj que apenas se atrasaba lo necesario para mostrar su buena factura. Esas joyas contaban dos momentos de su historia: el día que dejó de ser un muerto de hambre y los tiempos en que se sumó a la asonada de Juan Álvarez y Nacho Comonfort para llegar al poder de a deveras.

Bajó con calma. Los escalones de la berlina rechinaron bajo su peso.

Se apoyó en el bastón, sus ojos se detuvieron en los techos cercanos.

A todos esos techos les habían arrancado el plomo con tal de mantener la esperanza de derrotarlo. Las balas que de ellos nacieron fueron incapaces de romper el sitio y no lograron detener el avance de sus tropas. Si los curas las bendijeron y se hincaron para rezar delante de los hornos y los crisoles era lo de menos: los imperialistas, los retrógrados y los ensotanados se quedaron

16

arrinconados como ratas hambrientas. A pesar de las balas sagradas y los ruegos, nadie pudo salvarlos. El general que partió en busca de refuerzos los abandonó a su suerte huyendo como un cobarde.

Respiró profundamente.

Su pecho se infló sin alcanzar la altura de su barriga fofa.

El miedo a que la podredumbre se le metiera en el cuerpo y lo enfermara jamás lo tocó. A él, los vientos le hacían lo mismo que al abanico.

∞

—Bienvenido, señor presidente, es un honor tenerlo aquí —le dijo el gobernador mientras hacía una tímida reverencia.

Delante del victorioso, valía más curvar el espinazo sin ofrecer la mano. Juárez tenía la soberbia herrada en el alma y ni en broma hablaba del perdón. Era la encarnación de la venganza, de la banda tricolor y la silla del águila; en nada se parecía a Mariano Escobedo o al difunto general Zaragoza. Desde el día que empezaron los plomazos, siempre le sacó la vuelta a las batallas y nunca pidió un fusil para estar hombro con hombro a los suyos. La furia de la ley y los decretos eran sus armas. Un artículo olvidado o uno escrito a modo le bastaban para vengarse. La justicia, el dinero del gobierno y los negocios al amparo de las leyes que podían torcerse apenas tenía unos cuantos destinatarios: él y sus fieles.

—Por favor, acompáñeme —remató el político que debía aguantar la mudez del indio que ocultaba sus talones callosos en zapatos de cabritilla.

∞

Junto a la puerta que llevaba al entresuelo del convento los esperaba un achichincle. El hombre con las greñas tiesas y la ropa astrosa cumplió sus órdenes a la perfección. Sólo Dios sabe cómo pudo

17

aguantarse las ganas de rascarse para atreguar al piojerío que le carcomía la cabeza, los sobacos y la pelambrera del bajo vientre.

En silencio y con los ojos clavados en el piso le entregó la lámpara de aceite a su patrón. La llama era intachable. Siete veces lo habían obligado a bajar para asegurarse de que la luz fuera perfecta. Por ninguna razón, el señor presidente podía quedarse en penumbras. Los rumores de que la oscuridad le disgustaba no podían echarse en saco roto.

Los movimientos de Juárez eran lentos.

El tiempo y las incontables pisadas habían desgastado las escaleras que caracoleaban hasta las profundidades del convento.

Ni por asomo, el gobernador se atrevió a tratar de ayudarlo.

El señor presidente no toleraba que lo trataran como el viejo que era. Sus más de sesenta años y las huellas del maleficio que lo condenó a la vida nómada debían ignorarse. El impasible, el eterno, el omnipotente era incapaz de darse el lujo de ser un anciano decrépito. La espalda más recta que una tabla recién cepillada, y los pelos que se mantenían negros a fuerza del aceite de los huesos de mamey tatemados le bastaban para mantener la apariencia. Poco faltaba para que se untara clara de huevo en las patas de gallo con tal de esconderlas. A pesar de esto, la vejez se le notaba a golpe de vista. Por más que lo quisiera, era imposible disimular las bolsas que le hinchaban los párpados, los cachetes flácidos y la papada que a ratos se desparramaba sobre el cuello corto y grueso.

ᏀᎧ

A cada paso que daban, el hedor era más fuerte.

El espesor del silencio fue lo primero que lo sorprendió. Ningún zumbido lo interrumpía. Las moscas acorazadas no tenían necesidad de adentrarse en el entresuelo y mucho menos se internaban en el sótano para husmear entre los triques olvidados y los muebles destartalados. Los destripados que seguían tirados en las calles les bastaban para atragantarse y desovar. Poco faltaba para que las larvas se desparramaran sobre los adoquines y los empedrados.

Por más que el general Escobedo se lo pidió, Juárez se mantuvo en sus trece: ningún enemigo debía ser enterrado, los nuevos dueños de la ciudad serían los zopilotes, las ratas hambrientas y los perros carroñeros. Si el general se había negado a obedecer su antema, por lo menos debía complacerlo con esto.

—Déjeme solo —le ordenó al gobernador que se largó sin pronunciar una palabra.

ᖆᖇ

El entresuelo era mucho más alto de lo que imaginaba. Las paredes estaban carcomidas por el moho. En algunas, los ladrillos se revelaban como llagas incurables. Aquí y allá se veían las rajaduras que provocaron los temblores y los cañonazos. La oscuridad del sótano apenas se asomaba entre los gruesos tablones del piso y en las escaleras que descendían para ser devoradas por la negrura.

En silencio avanzó hasta llegar frente al cadáver.

Maximiliano colgaba del techo, su cuerpo estaba desnudo y de cabeza. La piel se le pegaba a los huesos, la podredumbre le trazaba arroyos en la cara. El hambre provocada por el sitio lo había transformado. Su larga barba y sus cabellos rizados eran un mazacote hediondo. Las inyecciones de parafina y el tanque con arsénico nada pudieron en contra de la putrefacción.

Las intentonas del doctor Licea estaban condenadas al fracaso: al cabo de unas semanas, el ataúd donde por fin lo metieron se rajaría por la presión de los gases corruptos. El cristal que mostraba su rostro se convirtió en una telaraña que se quebró cuando alguien se atrevió a tentarla.

Se acercó para mirarle la cara.

Las ganas de tocarlo apenas duraron un instante.

Le habían sacado los ojos y sobre la mesa estaban los globos de vidrio que le arrancaron a la estatua de Santa Úrsula. Las gruesas vetas que brotaron por el uso impedían que rodaran hasta volverse añicos en el piso.

♋

Ésa era la primera vez que lo veía.

Por más que se lo pidió, nunca aceptó encontrarse con él. Su orgullo lo obligaba a mantener distancia. Maximiliano tenía la alzada de la nobleza, sus cabellos eran arroyos de oro y sus ojos remarcaban la claridad de la buena sangre. La fotografía que seguramente les habrían tomado revelaría lo inocultable. En menos de lo que canta un gallo, las litografías de los periódicos se burlarían de su apariencia. Un indio panzón y chaparro nada podía delante del gigante Habsburgo. A nadie le importaría que se pusiera su mejor levita o se calzara el más alto de sus sombreros. La cima de la copa sólo acentuaría el escaso metro y medio que medía.

Lo que le habían contado era cierto.

Por más que los muerteros sudaron la gota gorda, no pudieron sambutirlo en el ataúd después de que lo fusilaron y lo ensabanaron. Las piernas se desbordaban y tuvieron que arrancarle uno de los lados a la caja. Los tacones de sus botas labraron las hendiduras de su último recorrido. Eso era mejor que quebrárselas a marrazos. Aunque estuvieran derrotados, los imperialistas habrían impedido la profanación de su cuerpo.

—Cuando el indio encanece, el blanco ya no aparece —susurró mientras recargaba todo su peso en el bastón que apenas se curvó.

En su murmullo, la verdad se mostraba sin velos. Juárez estaba condenado a ser el que era.

Las palabras que le dijeron cuando era diputado aún le retumbaban en las orejas. Ese conservador le vio los zapatos, le acarició la solapa y, al final, lo miró a la cara con una sonrisa que quemaba el alma.

—Cuero de Boston, casimir inglés y cabeza de indio —le dijo con sorna antes de largarse y dejarlo solo en el Congreso.

El Ojo del Supremo Arquitecto del Universo, el piso ajedrezado y las columnas de Salomón que adornaban la Cámara no sirvieron para un carajo. Por más que lo deseara, se tuvo que tragar su respuesta. Él no era la piedra cúbica, apenas podía mirarse como un tepalcate recién llegado de Oaxaca y que apenas levantaba la mano para obedecer a su amo.

∞

No tenía caso que siguiera ahí. Las cuencas vacías del emperador eran incapaces de desafiarlo.

Después de escupirlo, se agachó para tomar la lámpara y comenzó a subir la escalera. Sus difuntos lo acompañaban. El peso de la muerte se le encajaba en la espalda con su punta roma. Pronto llegaría Margarita, con ella venían los ataúdes sellados que guardaban los cuerpos de sus hijos. La soldadura de plomo aguantaría lo necesario para contener a la peste y los gusanos que se cebaban con su carne enflaquecida. Delante de la gente, ninguno tendría el olor dulzón de la muerte. José y Antonio habían sido enterrados y desenterrados para traerlos desde Nueva York.

Se detuvo.

La duda lo abofeteó sin clemencia.

Su final debía ser distinto al de Maximiliano: su cadáver jamás colgaría del techo con el vientre rajado, y nadie se atrevería a enpuercarle la jeta con un gargajo. A como diera lugar, debía ser adorado. Su embalsamamiento tenía que ser perfecto. La omnipresencia y la eternidad serían el reino de su máscara mortuoria. Todos habrían de hincarse ante su féretro y beber el cáliz de la fe que tomaba su nombre. Él era el nuevo dios, la divinidad absoluta que ensombrecía al crucificado. El viejo sueño de convertirse en el becerro de oro estaba a punto de convertirse en realidad.

—Sólo he sido un aspirante a dictador —murmuró con ganas de sonreír.

El gusto apenas le duró. En el fondo sabía que ninguna mujer bien nacida se acercaría a su cama para empapar su rebozo en la sangre derramada o cubrirle el rostro con tal de que se quedara impreso en el lienzo que se convertiría en una reliquia. Su cara muerta nunca sería acariciada por Santa Verónica. Lo que ocurrió con Maximiliano ni por asomo le tocaría. Desde hacía más de diez años, las beatas y las bien nacidas siempre decían lo mismo cuando se encaminaban al bacín o la letrina: "Voy a darle de comer a Juárez".

Don Benito no era el héroe de todos, para muchos sólo era un comemierda.

ᴑᴑ

—¿Ya los agarraron? —le preguntó al gobernador.

El político apretó la mano derecha. Con ganas de ocultar el miedo se limpió el sudor en el pantalón. La raya que la plancha había trazado se desvaneció en un instante. Los afanes de la criada que le limpió el tizne con un trapo antes de ponerla sobre el casimir se esfumaron con la humedad.

—No, todavía no —respondió con voz tembeleque—, pero a nada estamos de apresar al doctor Licea.

Benito le negó la mirada.

Sus órdenes debían cumplirse de inmediato.

—Entiéndalo —le dijo al gobernador—, yo soy el único héroe, el salvador de la patria, y ninguna estampita milagrosa puede opacarme.

El pobre diablo asintió en silencio. El señor presidente no estaba de vena para escuchar lo sucedido.

Aubert, el fotógrafo que labró con luz las imágenes del cadáver de Maximiliano y su ropa agujereada ya se había largado de Querétaro. Después de los flamazos del magnesio se trepó en la mejor mula que pudo encontrar, y sin más ni más agarró camino para la capital sin que le importara el dolor en la riñonada. Allá

22

estaba desde antes que Juárez saliera de San Luis. En su cuarto oscuro imprimía los cartones que se vendían como pan caliente y llegaban a los altares hogareños. Ahí los colocaban a un lado de la odiada estampa de San Ignacio y se miraban flanqueados por las velas de sebo que le alumbraban el camino a la Gloria. Las palabras de "Juárez indito, Juárez güerito, los dos son lo mismito" ya no se asomaban entre los labios.

Con Licea, la cosa era distinta. Estaba escondido en su casa y la comida se le atoraba en el gañote. Sus crímenes eran sabidos: las rezanderas que le rogaron para mojar sus mantillas en la sangre del emperador terminaron pagándole con tal de sacralizar sus lienzos, y con ganas de retacarse la bolsa trató de vender los harapos reales y los pelos que le arrancó al cadáver. Los quince mil pesos que pedía nunca llegaron a sus manos. Los cortesanos estaban cortos de efectivo y el médico no estaba dispuesto a conformarse con su palabra ni con un garabato en el compromiso de pago. El imperio se había derrumbado y los príncipes de Salm-Salm buscaban un barco para largarse antes de que los alcanzara la furia de la venganza.

Esa misma tarde lo atraparon. Su juicio fue sumarísimo: dos años completos los pasaría en la peor de las cárceles. En carne propia, Juárez sabía que las tinajas de San Juan de Ulúa arrebataban la vida en menos tiempo. La humedad y el agua aflojaban la piel que alimentaba a los gusanos, y la oscuridad enceguecía a los presos. Las prisiones más destartaladas no bastaban para el médico que permitió la sacralización de su enemigo. Los muros marcados por las cascadas de excrementos y las celdas donde los reos se amarraban a los barrotes para poder dormir no le abrirían sus puertas tachonadas. El galeno tampoco se merecía la rápida piedad del fusilamiento de espaldas y con los ojos vendados.

—Que se pudra —fue la única orden que el señor presidente le dio al juez que fallaría el caso.

☙❧

A pesar de sus miedos y sudores, el gobernador estaba de suerte. El general Escobedo se apersonó en el patio mientras que los soldados hacían lo posible para fingirse marciales. Ninguno tenía el mismo uniforme. Las casacas que le arrebataron a los muertos contrastaban con los calzones de manta que dejaban a la vista las pantorrillas lampiñas, y los huaraches y las tilmas acentuaban la distancia que los separaba de sus quepis maltrechos.

Sin quererlo ni pensarlo, el militar lo salvó de la ira del presidente. Juárez dio un paso al frente y le apretó el brazo al general.

Un movimiento nimio dejaba claro que estaba contento a pesar de su desobediencia. Los enemigos muertos y la victoria absoluta le atreguaban la bilis.

—¿Hay noticias? —le preguntó.

—Por supuesto, señor presidente —respondió Mariano Escobedo—. La viuda pidió que le sacaran el corazón al general Miramón. Lo quiere tener a su lado. El cuerpo de Mejía está embalsamado y su mujer lo tiene sentado en una silla. La indiada bajó de la sierra para llenarlo de flores.

Don Benito miró al general. El ceño apenas fruncido lo obligó a dar explicaciones.

—No tiene un peso para enterrarlo —aseveró el militar.

—Ayúdala —le dijo Juárez—, vale más que le echemos tierra a ese asunto. Los conservadores no pueden seguir fastidiándome después de muertos.

Su voz era la misma de siempre: un sonido monocorde y casi plano que le permitía decir palabras terribles sin que su rostro se alterara.

Después de esto, nada quedaba por discutir. La muerte estaba de su lado.

☙❧

Juárez caminó hacia el carruaje. Sus guardias se formaron con una precisión inmaculada. Uno de ellos se paró junto a la puerta abierta.

Con serenidad observó a los oficiales de Mariano Escobedo y a los militares que habían llegado a Querétaro. Al frente estaba el general Díaz con el uniforme impecable y montado en su mejor caballo. El alazán era la señal de la sangre que había derramado. Desde la batalla de la Carbonera sus tropas fueron invencibles y apenas se echaron para atrás en algunas escaramuzas de poca monta. Él no era el héroe de las mil derrotas y tampoco se le veían ganas de meter la cola entre las patas.

Las miradas de Porfirio y Benito se encontraron.

Apenas se saludaron con un movimiento de cabeza.

—Ese cabrón me quiere comer el mandado —dijo mientras apoyaba el pie en el escalón de la berlina y se impulsaba con ganas de que su esfuerzo pasara desapercibido.

A esas alturas poco le importaba si el soldado que detenía la puerta lo había escuchado.

Los militares de rango ya lo sabían, y en unas semanas tendrían que decidirse junto con los diputados que levantarían la mano en una votación que se pactaría gracias al dinero público. Por más que intentó detenerlo, Juárez sabía que su paisano estaba a punto de mandarlo al carajo. Porfirio jamás debió tomar Puebla y la capital nunca debió caer en sus manos, dos glorias de ese tamaño eran demasiado lustre para el hijo de puta que tarde o temprano lo enfrentaría.

Se acomodó en el asiento y corrió las cortinas.

—Vámonos —le ordenó al conductor y el látigo sonó de inmediato.

Valía más que no se endiablara por la presencia de Díaz. Pronto llegaría el momento de cobrarle todas juntas. Por más victorias que tuviera, los militares lo abandonarían a su suerte. Si se levantaba en armas, se quedaría chiflando en la loma. Su destino sería el mismo de Lerdo, el hombre que lo acompañó hasta la ignominia también estaba a punto de darle una puñalada trapera.

Todos querían la presidencia, pero él era el único que podía seguir aposentado en la silla del águila. El terciopelo teñido con grana y las maderas doradas solamente se ajustaban a su cuerpo. Juárez era el eterno, el omnipresente, el presidente que no podía largarse del palacio hasta que la calaca se lo llevara y su primogénito tuviera la edad para ocupar su lugar. La república, aunque pareciera contradictorio, sólo podría seguir existiendo si la gobernaba Benito II. El dinero que se había gastado en borrarle lo indio a su hijo no podía ser en vano.

Tomó su escribanía, la puso sobre sus muslos.

Su mano recorrió la taracea y delineó los leones de madera blanca que contrastaban con el cedro. Sacó los papeles y afiló la punta de su pluma. Por más que lo intentó, las palabras se negaron a convertirse en tinta; tampoco fue capaz de abandonarse a la suavidad del cuero y el relleno que opacaba el chirrido de los resortes.

Dos veces había triunfado contra viento y marea, pero eso no era suficiente: sólo la muerte podría arrebatarle la presidencia.

II

Margarita

Desde que salimos del templo de San Felipe Neri, siempre me escupen la misma pregunta. Su repetición es la sombra que me persigue desde que nos casamos sin que nadie se tomara la molestia de leer las amonestaciones. El "que hable ahora o calle para siempre" atravesó el templo sin que ninguna persona se atreviera a atajarlo. Aunque el eco de las palabras del señor cura llegara hasta la sierra, las cosas estaban claras: los ratones le comieron la lengua a los hijos mostrencos, y las queridas dejadas o muertas no se apersonaron en la iglesia. Por más que les quemaran las habas o tuvieran ganas de salirse de la tumba, esas desharrapadas no se arriesgaron a interrumpir la boda. La catedral había sido inaugurada y las capillitas terminarían olvidadas.

Durante casi treinta años he oído las mismas palabras tragándome la muina sin que se me noten las ganas de darles un descolón que les hilvane los labios para siempre, eso es lo que se merecen quienes las pronuncian. Pero, a fuerza de estar juntos, aprendí a ser tan ladina como mi marido. Hoy, aunque el mal del cangrejo me tiene tumbada y en mis sueños se asoma la oscuridad de la muerte, puedo comer caca sin hacer gestos.

"¿Qué le viste a Benito?", me decían cuando agarraban confianza o en el momento en que la metichez les aflojaba la lengua a las comadres y las que juraban ser mis amigas. Ninguna se quedó con ganas de verme sentada en el confesionario.

☙❧

¿Para qué me hago guaje? Mi marido tiene el nopal grabado en la cara. Por más que se arregle y se eche colonia, la jeta de ídolo se le quedará hasta que la muerte se lo lleve junto con el olor del anafre y la fritanga que siguen firmes en su cuerpo. Da lo mismo que ahora huela a viejo y el aliento le apeste a hígado rancio, el dejo de la indiada se mantiene en sus sobacos y en los cuellos amarillentos de sus camisas. Mi señor no suda, sólo se despinta.

A pesar de esto, siempre repetí la misma letanía con una sonrisa forzada: "Ya sé que está muy feo, pero mi Beno es más bueno que el pan". Estas palabras bastaban para que dejaran de jeringarme con lo que a leguas se miraba. Y, para mi suerte, cada vez que las pronunciaba levantaba el paredón donde se estrellaban las palabras que querían hablar de sus atropellos y sus venganzas.

Por más que se hacen las cruces, sus entendederas están nubladas y la vida se les va en chismorreos. Ellas no entienden que mi marido es como las indias a las que les urge tener un hijo mestizo, como los hombres que creen que la blancura de su mujer les aclara la piel, y delante de la gente los muestra como vencedores. Casarse con una blanca o con una güera es la mayor victoria de los muertos de hambre, a ellos les da lo mismo si se la agencian aquí, en Puebla o en Guadalajara.

Yo lo conozco como nadie, y a ninguno puedo decirle lo que de verdad pasó entre nosotros. Ni él ni yo fuimos como Miramón y Concha Lombardo, las pasiones y los arrebatos de la carne jamás nos tentaron. Mi marido sólo quería lealtad y se la di sin límites. El amor y el cariño le venían guangos; lo único que le importaba era que lo obedecieran y lo idolatraran como un dios pagano.

Delante de la gente, Benito siempre será el más bueno de los hombres y sanseacabó. Las mujeres decentes conocemos nuestra cruz y la cargamos en silencio aunque nos arda cuando se nos trepan en las noches de encuentros. Por muy comecuras que quisiera ser, nunca hizo a un lado la sábana con una sola entrada. Tampoco toleraba la luz del quinqué. Mirarse en el espejo como un indio encuerado era demasiado para su orgullo y sus fingimientos. Su traje y su sombrero negro son la armadura que lo protege de las miradas y las habladas.

∞

Su piel y la mía son distintas, lo prieto y lo blanco no pueden esconderse ni maquillarse; sin embargo, los polvos de arroz lo repelían como si fueran una enfermedad inconfesable. Es más, la cosa se ponía peor cuando se enteraban de que había sido mozo en casa de don Antonio Maza, y si el nombre de su hermana María Josefa salía a relucir, la gente apenas meneaba la cabeza mientras trataba de comprender los alcances del indio que se brincó las trancas. Según ellos, la señorita bien nacida se había matrimoniado con el hermano de la criada, con un zapoteco que siempre tendría los talones amarillentos y cuarteados.

Lo que dicen es una verdad a medias o, a lo mejor, es una mentira completa.

El olvido nubla el pasado y lleva a las habladas por los caminos retorcidos que desembocan en los laberintos donde se quedan atrapadas. Por más que la gente presuma a los güeros que de mala manera engendraron los soldados gringos y los militares franceses, existen los blancos que parieron percudidos.

Yo soy una de esas y Dios sabe que no me da pena decirlo. La verdad nunca enrojece los cachetes.

Por más que los lambiscones anden regando las palabras que tratan de esconder mi historia, tengo claro que no soy hija de don Antonio Maza. Es más, ni siquiera fui la niña adulterina que fue cobijada por doña Petra después de que perdonó a su marido por cuernearla. A mí me abandonaron a la buena de Dios, pero él me recogió, y en un arrebato de piedad me dio su apellido que casi suena a fuereño.

∾

Yo era y no era de su familia. Los Maza me miraban como algo más que una criada, como alguien que era tantito más que una recogida. Las sirvientas no comen en la misma mesa que los señores de la casa, y apenas se cubren sus vergüenzas con las garras que les regalan sus patronas. Ésa no fue mi historia. Mi ropa siempre fue nueva y en mi plato jamás se sirvieron las sobras. Pero mi sangre indescifrable se abría como un barranco inmenso. Por grandes que fueran sus quereres, ellos estaban de un lado y yo del otro.

Nada tengo que reclamarle a don Antonio. Gracias a su piedad no terminé en un basurero donde los perros y las ratas borrarían mi existencia, tampoco acabé en un hospicio piojoso donde aprendería a quebrarme el lomo con los quehaceres que me abrirían las puertas de la casa donde necesitaran una criada de fijo. Tuve suerte. Los dolores que tengo me impiden negarlo, las mentiras vuelven tropezoso el camino a Cielo: había días enteros en los que el fondo del barranco apenas se notaba. A lo mejor por eso nunca me preocupé por quién fue mi madre. Su nombre y el de mi padre ni a recuerdo llegan.

A pesar de que ese socavón era la umbría que señalaba mi destino, su negrura jamás me espantó. Siempre tuve las cosas claras: todos somos del mismo barro, pero no es lo mismo bacín que jarro. Ni por una casualidad bendita, don Antonio estaba dispuesto a juntar dinero para mi dote, y mucho menos haría el sacrificio de pagar por mi entrada al convento. Ser una monja coronada y eternamente virgen era un lujo que estaba más allá de sus alcances y mis sueños. Lo que tenía nunca lo gastaría en una hija de nadie, los pesos que le dejaba la granja eran para Manuel, Juana y José. Sus hijos de a deveras merecían lo que a ella nunca le tocaría.

Por eso fue que Beno se volvió un buen partido.

Así pasara un millón de años, no habría manera de que me diera el lujo de escoger entre una fila de pretendientes, y a don Antonio tampoco se le veían ganas de traer a uno de sus parientes de Génova para que se casara conmigo. Sin embargo, la fealdad de Benito era tolerable. Si los trajes que se mandaba a hacer no alcanzaban a ocultarla, por lo menos lo hacían ver como alguien al que no daba pena presentar: era un juez del montón que se estaba ganando un lugar en el gobierno. En esos días apenas era un abogado marrullero que les engordaba el caldo a los del partido del vinagre y al que tampoco le daba pena andar haciendo dengues delante de los que se decían sus hermanos en la logia. El tiempo en que les daría la espalda llegaría más tarde.

Por más que le buscara, no había vuelta de hoja: con él no me quedaría para vestir santos y tampoco tendría que desvestir a un borracho. Beno siempre fue sobrio, su único vicio eran los puros y el hambre insaciable. Ni siquiera cuando andaba de acuache con don Memo se fue de parranda. A Prieto le gustaba el jelengue y los escotes de las chinas le jalaban algo más que los ojos, pero mi esposo nunca lo acompañó en sus desmanes que terminaron en poemas que ensucian las palabras.

No es que me fuera fiel por compromiso ni por amor. Mi señor siempre cuidó las apariencias, y siempre atajó los chismes hasta donde pudo. Eso fue lo que pasó cuando el general Berriozábal andaba en Nueva York con su querida y mandó una nota a la casa para visitarnos y darnos el pésame por la muerte de mis niños. Mi yerno hizo todo lo que pudo por aplazar la respuesta, sabía que mi marido se endiablaría por la presencia de una cuatro letras en mi hogar. Yo sabía que lo haría, Santacilia le tiene más fidelidad a Beno que a mi hija.

Al final, Berriozábal no puso un pie en la casa. Si estábamos en otro país era lo de menos, las apariencias tenían que mantenerse. Ningún rumor podía manchar a mi hombre.

Cuando nos matrimoniamos, me llevaba veinte años y ya tenía su historia. Pero eso cualquier mujer lo perdona. Todos los hombres son iguales: nunca les falta una querida y siempre les sobran los hijos paridos en los jacales o en las enramadas que las negras tienen en la costa. Juana se llamaba la vieja con la que Beno se revolcaba. Ella le daba las nalgas mientras yo me hacía la remolona. Las cosas que hizo con esa india nunca las hizo conmigo, lo sucio y lo abominable sólo pasa de la puerta para afuera. Mis pechos eran para amamantar y entre ellos jamás derramó su simiente para coronar el pecado de Onán. Con las mujeres bien casadas todo tiene que ser rápido, sin acrobacias de saltimbanqui y sin pecar contra natura. Poco faltaba para que, mientras se movía con algo de ritmo, rezara la fórmula que todos conocemos: "Dios mío, esto no es fornicio, es para hacer un siervo a tu servicio".

Morirse antes de nuestra boda fue lo único que la tal Juana hizo como Dios manda. Sus hijos no me importaban, pero jamás les negué la piedad católica. Sin ningún problema podía darle dinero a Tereso y Susana para que se mantuvieran con algo de dignidad en casa de los Castro o de la india Jacinta; pero, por más que quisiera, no podía traerlos a la casa. De lejos, sus bastardos eran buenos y no se merecían el abandono, de cerca sólo eran un pasado que me refregaba en la cara. El día que su hija tullida perdió la razón y le pusieron una camisa de once varas señaló mi victoria.

En la carta que le escribió a Jacinta clarito se leía que no podría atenderla hasta que tuviera un momento de despejo. El despejo nunca llegó. A lo mejor por eso fue que Dios me castigó con la muerte de uno de mis hijos. La tarde que el pliego le llegó a la india, uno de mis niños se volvió un angelito.

Lo mismo pasó con el escuincle que engendró en Chihuahua cuando andábamos a salto de mata. Cualquiera que tenga los ojos y las orejas en su lugar sabe de lo que estoy hablando. Los hombres son débiles y nunca falta la perra que se les embarra para matarse el hambre o atreguarse las ansias de figuranza. Esa vez, nada le dije cuando me avisó que lo reconoció. Sé bien lo que se siente tener el apellido en blanco. Al fin y al cabo, yo era la catedral y esa putarraca ni a cruz de monte llegaba: la docena de hijos que parí y amamanté hasta que las chichis se me ajaron me daban el lugar que me merecía.

¿Qué vieja aguantaría lo que soporté?

Ninguna. Lo mío eran la lealtad y el perdón, la cruz del matrimonio y el convencimiento de que, al final, sería premiada. La vergüenza de atender un tendajón en Etla o tejer ajeno para darles de comer a mis hijos cuando Beno andaba huido en Nueva Orleans no lo aguanta una cualquiera con nalgas de fuego.

Yo me gané lo que tengo y sé que las cartas que me mandó sólo las escribió pensando en que eran su legado. Sus virtudes públicas son el rosario de sus vicios privados. Delante de la gente tenía que ser perfecto y ninguna línea podía mostrarlo como era. Nadie cree que es el candil de la calle y que la oscuridad de la casa apenas se alumbraba con los cariños que fingía delante de las visitas.

☙❧

A mí no me da pena que los envidiosos saquen las cuentas que nunca cuadran. La austeridad republicana, como le dice Benito, sólo es para los tinterillos.

A los que creen que a mi marido sólo le importa la silla no les alcanza la cabeza para reconocer la O por lo redondo. Su alma es oscura, enredada y capaz de esconder lo que está a la vista de todos. Beno nunca se conformará con ser el mandamás eterno. El hombre delante del que todos agachan las orejas apenas enseña una de sus caras. Los hierros de la miseria le siguen atenazando el ánima con la misma fuerza que tenían cuando untaba su tortilla en las sobras de su tío Bernardino o cuando mendigaba en los jacales de su pueblo de nombre oscuro y siniestro.

El hambre y la pobreza de siglos se le asoman en los roperos de la recámara y, aunque lo niegue, también lo tentalean en los cuartos que tienen las velas apagadas. Él sólo aguanta la negrura cuando está encuerado. Lo he visto levantarse a mitad de la noche para ir al cofre donde guarda el dinero, su olor metálico es lo único que puede devolverle el sueño que le arrebata el recuerdo del jergón donde se tumbaba.

❧

Por peores que estuvieran las cosas, nunca dejó pasar un día sin cobrar su sueldo. En Veracruz, mientras Miramón lo tenía sitiado, siempre hizo lo mismo después de que se levantaba y se acicalaba. Con pasos firmes se encaminaba al despacho del ministro de Hacienda para recoger sus cien pesos en monedas de oro. Si ese dinero podía usarse para pólvora o para las vendas de los heridos le importaba un comino. "La investidura del presidente merece respeto", le decía después de que le entregaba su diario.

Peso sobre peso guardó sus monedas.

Ninguna la gastó en tarugadas. Los banquetes los pagaban otros, los sastres cobraban en la tesorería y lo mismo hacían todos lo que lo atendían con tal de que el cuero se le blanqueara. Un presidente no puede ser un desharrapado. La vez que don Melchor le dijo "indio con puro, ladrón seguro", le dejó de hablar por varias semanas.

De no ser porque era quien era, jamás le habría devuelto la palabra.

Pasara lo que pasara, delante de don Melchor siempre se cuadraba. El día que lo mataron, aulló como perro herido y exigió que le trajeran las cabezas de los asesinos. No sé si lo hicieron, pero mi marido las habría sacado de los sacos con sal para arrancarles los ojos secos. Aunque ya lo había traicionado, Ocampo era mucho más que su padre.

❧

Cada vez que los fusiles se callaban y la paz medio se asomaba, la miseria de los otros le ayudaba a gastar su oro como Dios manda. Las pruebas de la puntería que no tuvo con los fusiles están a la vista de todos. Ahí están las casas del Portal de Mercaderes y San Francisco, la de la calle de Tiburcio y la de la calle del Coronel, ésa fue la primera que nos agenciamos gracias a las leyes que todo lo pueden. Ahí también están mi finca de San Cosme, la calesa que provoca envidias, los espejos con plata encarcelada y marcos de oro, las alhajas que llegaron a sus manos después de los saqueos y los papeles con orlas y grabados que lo hacen dueño de muchos negocios. Si las cuentas no les cuadran a los envidiosos es lo de menos: la patria le debía sus afanes y mi marido se los cobró con los réditos de rigor.

El dinero nos sobra para remediar los males y aguantar las tormentas más perras; pero mi esposo no puede olvidar al gañán que era, al infeliz que está bajo su máscara imperturbable. La miseria y el hambre son un miedo añoso que le roe las tripas y el alma. Por más que haya querido blanquearse, siempre será un indio con las costillas brotadas y cubierto con los harapos que le tejían con fibras de maguey.

Mi señor no es como su primogénito: cuando miro sus fotos me queda claro que lo prieto puede borrarse a fuerza de frotarse monedas en la piel. El fuete y las botas federicas que deslumbran como si fueran de azogue, el casco de jinete y el saco que llegó de Inglaterra lo volvieron decente. Su lengua y sus encías no son oscuras como las de los perros, las palabras indias no le salen de la boca. Su aliento huele a inglés y francés. Mi hijo nunca puso un pie en las escuelas de los jesuitas —Beno no habría permitido que esos bastardos le llenaran la cabeza de telarañas—, por eso sólo fue a los colegios precisos para aprender la nueva religión que convertiría a su padre en un dios encarnado.

Al final, a todos les quedó claro que la raza sí puede mejorarse y mi hijo jamás tendría que partirse el lomo para ganarse un peso. El apellido Juárez pesa y puede enriquecerse con sólo mencionarlo.

Mi marido jamás movió un dedo para amordazar las mentiras. Las dejaba correr y crecer hasta que el arroyo se volvía un río caudaloso donde las piedras brillosas encrespaban la espuma. El ruido de las aguas lo escondía sin que el pudor se asomara en su rostro inconmovible. "No te preocupes, mujer", me decía cuando las historias se pasaban de tueste. "Los hombres como yo necesitamos que la gente nos vea como lo que debemos ser. Los todopoderosos tenemos la obligación de llenarle el ojo a la leperada para que crean que nos parecemos. Yo tengo que ser el patas rajadas que dejó de serlo."

Las pocas veces que lo vi sonreír delante de la gente siempre fueron por lo mismo: el cuento del indito que tocaba su flauta de carrizo y cuidaba a las ovejas le encantaba. Lo mismo le pasaba con la isla que se movía en la laguna del Encanto o con la mentira del arriero que le robó uno de sus animales. Nunca los contradijo, tampoco le puso los puntos sobre las íes a los que se esforzaban por endulzarle las orejas a fuerza de brindis, discursos y versos rimados a martillazos.

Su historia era otra y nada tenía que ver con el pastorcito de buen corazón. Las venganzas, las traiciones y los odios lo acompañaron desde que era escuincle.

☙❧

El día que leí la larga carta que les escribió a sus hijos apenas pude guardar silencio. Las verdades a medias y las mentiras completas habían sido bendecidas por su pluma. La duda no podía manchar la historia del dios pagano y su título sólo era un engaño: mi marido está convencido de que todos los mexicanos son sus hijos. Aunque ya casi no se le entiesa y prefiere el consuelo de su mano, quiere pensarse como el padre de más de siete.

"Está muy linda", le dije con la seguridad de que la lealtad y la complacencia me obligaban a no ir más lejos.

En esas páginas azulosas donde la caligrafía rebosaba los márgenes estaba algo de lo que había pasado, pero la manera de contarlo enmascaraba la verdad. Beno siempre tuvo el don de mentir mostrando lo que parecía cierto. Lo único que no falseó fue la muerte de sus padres. Nada recordaba de ellos y lo que pregonaba lo aprendió de la indiada que bajaba a Oaxaca o subía a la capital desde los pueblos más miserables. Esos recuerdos nacieron de las voces taimadas que únicamente le decían lo que quería oír. Poco faltó para que los disfrazaran de letrados o cónsules, de héroes que hicieron todo lo necesario para que mi hombre se inflara como sapo.

Sus padres murieron pronto y no hay manera de saber cómo se los llevó la niña blanca, de los abuelos que le dieron casa apenas quedan las sombras que los muestran como fantasmas con el rostro deslavado. Sólo son los nombres que los unen con el santo que se festejaba el día que los echaron al mundo. Los muertos de hambre apenas pueden aspirar a eso, y a veces ni siquiera lo logran. Los cadáveres que durante más de diez años le abrieron el camino al carruaje de mi marido perdieron su apelativo y no les tocó una cruz que señalara su última morada. Todos murieron sin saber para qué. Las palabras de Beno eran las de Caín, y cuando la suerte les sonreía, sus generales bailaban como Salomé para enseñarle la cabeza de sus rivales.

Su único recuerdo firme era el del tío Bernardino, el hombre al que llenó de flores y méritos para esconder su pasado infame. Ese patas rajadas no le enseñó las letras, mucho menos lo convenció de que entrara al Seminario y tampoco le abrió la puerta para que se fuera a Oaxaca. En Guelatao apenas hablaban castilla y Bernardino era idéntico a sus paisanos. El olor ahumado del aguardiente delataba sus hechos, los borregos que desparecían dejaban un rastro en las gotas que marcaban el piso de tierra del jacal. Sólo Dios sabe cómo se murió: si el pulque le da fuerza a la indiada, el mezcal les quema los hígados hasta que les arrebata la vida.

Si el tal Bernardino hubiera sido tan bueno como decía mi marido, ¿por qué nunca volvió a verlo? Es más, ¿por qué no regresó a su pueblo para mandarle hacer un sepulcro como Dios manda? A Beno le urgía abandonar su pasado. De esos días apenas merecía recordarse la historia del pastorcito inmaculado al que le urgía aprender a hablar como la gente. Sus miedos siempre quedaron ocultos y, si lo prieto no le hubiera estorbado, se habría puesto un apellido que sonara a fuereño. Uno yanqui o francés lo habrían hecho feliz.

No sólo esto, los riatazos y los fuetazos por quítame estas pajas no podían ser reconocidos delante de nadie, ni siquiera frente a sus hijos. En la tierra no podía existir alguien que lo hubiera azotado. El orgullo del señor presidente tenía que ser inmaculado. Aunque jamás me lo dijo de frente, la palabra "hui" se le escapó más de tres veces para revelar una verdad que le ardía. No se largó a Oaxaca para buscar las letras, lo único que quería era poner tierra de por medio y refugiarse en los brazos de su hermana María Josefa, la criada que trabaja en casa del hombre que me dio su apellido.

Si ella no se acordaba de su cara era lo de menos, mi marido confiaba en la llamada de la sangre.

∞

Don Antonio Maza le abrió la puerta por lástima a su cocinera, pero lo hizo con una condición precisa: Beno apenas podría quedarse unas semanas en lo que hallaba dónde asentarse. Otra boca que mantener era demasiado para una bolsa que se agujereaba con los balazos de los alzados y los bandoleros que se adueñaron de los caminos.

Lo poco que le ofrecía no podía despreciarlo y estaba cierto de que algo encontraría.

En Oaxaca sobraban las casas con criados que se conformaban con un montón de paja y una jícara de frijoles acedos. Así, mientras se agenciaba un patrón, algo debía hacer para ganarse las tortillas que palmeaba su hermana: ayudaba a cosechar las cochinillas que enrojecerían las telas, atendía la mesa como el más limpio de

38

los sirvientes y lavaba los platos y las cazuelas. En el tiempo que le sobrara debía hallar la manera de resolver su vida.

María Josefa lo recomendó con sus amigas y hasta le pidió a don Antonio que escribiera un pliego donde dijera que era un criado sin par: un indio manso, alguien incapaz de ser taimado.

En silencio, mi esposo despreció las manos que le tendían. Por más muerto de hambre que estuviera se convenció de que la miseria lo tumbaba pero el orgullo lo levantaba. Beno sólo se hincaría y le lamería las patas a quienes le convinieran.

Ya después se lo cobraría con creces.

Sus dos caras estaban firmes. Así lo hizo en las cartas que le mandó a Santa Anna para decirle que era uno de los suyos, y lo mismo pasó con los mandamases del Instituto, con el gobernador de Oaxaca y con los herejes que lo dejaron entrar a la logia; con los demás fingió que no los necesitaba. Delante de los poderosos siempre se agachó, pero enfrente de los muertos de hambre y los vencidos le brotaba la altivez del matasiete.

Así hubiera seguido hasta que lo corrieran, pero la fortuna lo llevó a la casa donde su vida cambió. Don Antonio Salanueva no podía abandonarlo a su suerte, el hábito de franciscano lo obligaba a la piedad, a compartir su pobreza con el niño que se quedó parado delante de su taller. Sus adoradores dicen que a Beno el silencio le bastó para convencerlo. Según ellos, la mirada fija en los libros recién encuadernados fue suficiente para persuadirlo de que las ansias de saber estaban firmes en el alma del escuincle mísero. Pero a mí me contó otra cosa: el hambre lo dejó tieso y, cuando el buen hombre lo llamó, un pan duro lo sedujo para que se quedara.

Salanueva le dio comida y techo, pero mi marido jamás contó con verdad lo que pasó en esa casa y ordenó la quema de los papeles conventuales con tal de que su rastro desapareciera para siempre.

III

Salanueva

Inicio de la carta donde Antonio Sala-nueva, integrante de la Venerable Orden Tercera de San Francisco, revela las acciones de Satán y confiesa ante Nuestro Señor el terrible error de recibir a un endemoniado en su hogar.

El Mal me engañó y caí en sus redes. La arrogancia me retacó los oídos con cera prieta y ahí encerró los zumbidos de las bestias de Belcebú. El Señor de las Moscas lamía mi alma y me enturbiaba la razón. Ése fue mi pecado y hoy lo confieso aunque mi arrepentimiento no bastará para salvarme del castigo eterno. La vida se me acaba y el tiempo se me irá como arena entre las manos antes de que pueda cumplir mi penitencia. Los rezos infinitos, las llagas de mi espalda y el hambre implacable no lograrán que Dios me sonría. ✍ A pesar de esto, Nuestro Señor sabe que por una terrible causa fui incapaz de escuchar el eco de las voces que todo lo conocen y nunca mienten: "El camino al infierno está empedrado con buenas intenciones", dice San Bernardo de Claraval para mostrarnos el peligro que se agazapa en la bondad sin seso. ✍ Ustedes, mis Hermanos en Cristo, saben que el Demonio tiene el poder de confundirnos cuando hace pasar lo malo como lo bueno. Su vaho maldito empaña los pecados y los hace ver como virtudes. ✍

Por eso mismo, cuando descubrí sus intenciones impías, ya era demasiado tarde para evitar que su presencia llenara de tinieblas el mundo. Por más que lo intenté, su poder luciferino derrotó mis plegarias y la disciplina le tuvo miedo a su espalda. Las tres colas de cuero rematadas con hierros afilados no pudieron vencerlo ni doblegarlo. Satán le había encallecido el lomo para librarlo del dolor que salva a los herejes. Cada vez que lo golpeaba y gritaba el *vade retro*, su rostro permanecía impávido. De su boca tampoco brotaba un quejido. Ni siquiera las maldiciones se asomaban entre sus labios. Sólo sus ojos revelaban la furia y el alma perdida para siempre. ❧ Diez años lo tuve a mi lado sin que el olor del azufre me alertara de su presencia. Él me engañó y me hizo creer que era un indio de bien, pero en mi descargo debo decir que el agua bendita no lo convirtió en una antorcha ni le labró cicatrices. Él era peor que el demonio de Gerasa y los puercos que se lanzaron al precipicio. ❧ Al principio creí que el camino de las armas terminaría llamándolo como a todos los de su calaña, pero la mansedumbre ocultaba su cobardía y sus traiciones. Tampoco pude descubrir que su religiosidad estaba malparida y se retorcía como el árbol del Mal: su idolatría a Dios trocó en veneración a las leyes endiabladas y, al final, se reveló como el más grande de los pecadores: se convenció de que era un dios y los mortales debían adorarlo. ❧ Ante ustedes, mis Hermanos en Cristo, confieso que no fui capaz de darme cuenta de que en mi casa vivía el profeta del Apocalipsis. ❧ Por esta causa, lo que más lamento es que no podré mirar el momento en que se cumplirá el presagio definitivo: "El monstruo será apresado junto con el falso profeta que hizo señales milagrosas en su presencia. Por medio de esas señales, el falso profeta engañó a quienes se dejaron poner la marca del monstruo y adoraron su imagen. Ése será el momento en que el monstruo y el falso profeta serán condenados al lago de fuego donde arde el azufre". Las Sagradas Palabras de San Juan jamás se revelarán ante mis ojos. ❧

Continúa la carta de Salanueva para dar cuenta de cómo el hereje pertinaz se encontró con los adoradores del Diablo y participó en sus rituales nefandos.

El funesto día que abandonó mi humilde hogar, volvió al mundo para envenenarlo con sus palabras y sus acciones. A mis espaldas se había encontrado con los impíos que se reunían en la casa de la perdición. En la calle de San Nicolás se sumó a los herejes, y en sus conciliábulos nada se tardó en profanar Nuestra Santa Fe al besarle las nalgas al Diablo. Sus heces de oro y la caricia de su lengua viperina lo subyugaron. En el confesionario, su voz se retorcía con tal de no revelar sus herejías. ◞ Pero esto no es todo, el indio infernal cubrió su cuerpo con las ropas y los falsos brillos de los masones que fueron excomulgados desde el trono de San Pedro. El Papa Clemente, siervo de los siervos de Dios, lo escribió con todas sus letras: esos hombres provocan la indignación del Todopoderoso y los Bienaventurados Apóstoles San Pedro y San Pablo. ◞ Ignoro si bebió la sangre de los inocentes en un cáliz robado, desconozco si profanó la Sagrada Hostia con los humores de los animales de la noche o si leía el misal invirtiendo las palabras en la parte más negra de sus aposentos. ◞ Esto sólo podríamos saberlo si la Santa Inquisición aún protegiera a la Fe Única y Verdadera de sus enemigos mortales, pero en estos tiempos impíos nada queda del Sacrosanto Tribunal y sus jueces de blanquísimos hábitos. Los que se dicen liberales y librepensadores clausuraron sus puertas para cebarse con su victoria. Que Dios condene a la masonería al más profundo de los círculos del infierno. ◞ Aquí estoy, esperando la muerte mientras el roce del sayal tejido con crines se ensaña con la carne que insiste en llevarme a la perdición. Su aspereza me castiga por los pecados que sin darme cuenta le oculté a mi confesor. ◞ La soberbia de anudar cinco veces mi cordón le abrió mi puerta a la perdición definitiva. Yo no merecía los estigmas de Nuestro Padre Francisco, pasara lo que pasara debía conformarme con las tres ataduras que señalaban mis votos: pobreza, castidad y obediencia. ◞ Dios quiera que el confesor llegue antes de que mi último suspiro tome el camino al mundo de las llamas y el hielo. Por eso escribo, para dejar razón y cuenta de mis errores y mis impertinencias. En este momento no importa que tal vez falte al primero de los mandamientos: juro por Nuestro Señor y por la Santa † que sus hechos se explican por la posesión del que no tiene sombra. ☙

Sigue la carta donde bien se comprende la manera como el Mal entró a la casa de Antonio Salanueva para pervertirlo todo.

Mi vida era buena y piadosa. Me quitaba el pan de la boca para dárselo a los desvalidos y rezaba hasta que los ojos me ardían por el humo de la vela que desafiaba las tinieblas. Yo aguantaba hasta que la chamusquina labraba las venas en su blancura y el sueño me obligaba a desfallecer mientras uno de los misterios del Santo Rosario me endulzaba la boca. ☙ Nunca falté a la Santa Misa, el padre Xavier siempre escuchó mi voz en la oscuridad, y la mentira se esfumaba cuando de su boca brotaban las Palabras Benditas: "El Señor esté en tu corazón para que puedas arrepentirte y confesar humildemente tus pecados". ☙ Nuestro Señor Crucificado que todo lo ve, sabe que jamás dudé del consuelo del azote cuando las tentaciones de la carne se adueñaban de mi cuerpo. Sólo cuando las fuerzas me abandonaron y los huesos de mis manos se retorcieron, dejé de cargar al *Ecce Homo* para llevarlo por las calles de mi barrio con tal de recordar el *Viacrucis*. ☙ Día a día luchaba contra los súcubos que me perseguían en sueños y me tentaban con el pecado. Hicieran lo que hicieran no lograrían que derramara mi simiente para engendrar un ser maligno. Las llagas que me cubrían eran la huella de mis penitencias. ☙ Apenas trabajaba lo necesario para tener lo indispensable, el único lujo de mi casa era el retrato que mostraba con mi sayal y daba cuenta de mi nariz aguileña. Por los clavos de la † de Nuestro Redentor juro que mis manos, mis oídos y mis ojos no se corrompieron con palabras impías. ☙ La aguja y el cordel que unían los pliegos, las tapas que forraba con piel y las nervaduras que enmarcaban los tejuelos sólo existían para proteger los textos sagrados de la incuria. Aún puedo recordar mis dedos ennegrecidos por la tinta que exaltaba Nuestra Santa Fe. Todavía soy capaz de bajar los párpados y evocar cómo los sentía en mi cara que se oscurecía con las huellas de sus letras benditas. ᴧ Mi vida era buena y así habría seguido, idéntica a la ciudad que vivía bajo la penumbra de los templos y los monasterios y cuyo pulso lo marcaban las campanadas que anunciaban el paso del tiempo y los momentos del rezo; pero él se quedó parado delante de mi ventana. Sus ojos hambrientos y miserables me ocultaron que era un endemoniado que se agazapaba bajo la piel de una oveja. ᴧ Lo dejé entrar y lo alimenté, le enseñé las letras y aprendió las Sagradas Plegarias leyendo los misales que me traían a reparar. Juntos cargábamos al Cristo martirizado, y al volver a la casa rezábamos y nos latigueábamos hasta que la bendición de la sangre ahuyentaba los pecados. ᴧ Yo lo veía y me sentía orgulloso. Nada faltaba para que mis anhelos se cumplieran. Por ser indio podría entrar al Seminario sin necesidad de que la plata le abriera las puertas. ᴧ Pronto lo vería diciendo la Santa Misa y mostrando la mansedumbre que me llenó de nubes los ojos. ᴧ En esos días que quisiera olvidar, estaba cierto de que no sería como los curas a los que llaman de olla y rezo, y que también renegaría de la pompa de los clérigos que se niegan a aceptar que Nuestro Señor Jesucristo jamás fue dueño de algo. Él sería como Nuestro Padre Francisco y sus palabras amansarían a los lobos que estaban sueltos. ᴧ Me equivoqué: su voz impía invocó al pecado e hizo sonar las trompetas de la guerra. Sus aullidos convocaron a los hombres que siguieron los pasos de Caín para revolcarse en lodazales de sangre. ᴧ Por eso fue maldecido desde los Cielos con el castigo del Génesis: siempre será errante y vagabundo en la Tierra. Sé que jamás lo veré, pero el día en que sus pasos se aquieten, morirá aunque esté sentado en el trono de los hombres y muchos se inclinen ante su presencia luciferina. ᴧ

Antonio Salanueva da razón y cuenta de las maneras como el Mal se adentró en el alma del indio y descubrió las ideas torcidas que apuntalaron sus herejías.

Mis esfuerzos apenas lograron abrirse paso en su cabeza de piedra. Las voces indias que tenía labradas en el hocico soportaban los castigos y le enredaban las palabras cuando en voz alta leía el misal. El don de lenguas le llegaría más tarde. Sin quererlo ni desearlo lo puse en el camino para que lo adquiriera: lo mandé a la escuela sin que me importara el color de su piel. Lo prieto y lo cenizo le herían la mirada a los buenos católicos que se afanaron por enseñarle, y no dudaron en tomar la vara de membrillo para guiarlo. ❧ Todo lo que pasó fue por mi culpa, por mi gran culpa que confieso ante ustedes, mis Hermanos en Cristo. ❧ Cuando entró al Seminario apenas tenía quince años y era tan estulto como sus condiscípulos. Nada entendía y nada sabía, pero aquellos sólo eran neófitos a los que se podía desasnar y alejar de la imbecilidad; en cambio, él había sido lamido por el que tiene la pestilencia del azufre y, entre las llamas oscuras que auguraban su destino, pronto se adueñó de la castilla y los latines. ❧ El Diablo nos confunde y nos engaña con las palabras y los hechos que imitan al Crucificado. Por esto es que hoy me avergüenzan sus logros que antes me llenaban de felicidad. El joven del que me enorgullecía tenía la marca de la Bestia y mataría vilmente a los enviados de Cristo con tal de instaurar el Reino de las Tinieblas. ❧ Más de una vez me contaron lo que decía y la manera cómo me difamaba. Juraba que había descubierto la verdad entre los libros que yo reparaba. Pero nada de eso es cierto, mi taller era inmaculado y jamás recibiría las palabras del cura que presumía de las maravillas de la Filosofía Natural y los Borbones que arden en el más profundo círculo del infierno. ❧ Las palabras de Benito Feijoo estaban proscritas en mi pobre casa. Ese Benedictino juraba que las falsas luces de la Ilustración podían llevar a la fe, y que la penitencia, la revelación y los portentos carecían de sentido; según él, sólo eran costumbres bárbaras y salvajes que a nada llevaban. ❧ En sus páginas, los seres que brotaban del infierno se volvían cosas de este mundo. Su torpeza y su pensamiento herético eran tan grandes que no alcanzaba a darse cuenta de que los cadáveres que se devoran a sí mismos o los que deambulan en las noches para beber la sangre de los vivos son los espíritus que Nuestro Señor castigó por sus pecados mortales. Sus horrores son los horrores del averno, y su vista es una advertencia para los que andan en malos pasos y los endiablados que tuercen la Fe Verdadera. ⚘ Pero el indio endemoniado tenía que culparme de sus desatinos: así lograría justificar ante todos que era un hombre bueno que seguía los pasos de Nuestro Padre Francisco, aunque escupía sobre la † y los misterios de Nuestra Fe Inmaculada. ⚘

Antonio Salanueva explica cómo el endemoniado le abrió su corazón al primero y más grande de todos los pecados. El demasiado saber es cosa del Diablo. Ese falso don es uno de sus artilugios para encaminar a los hombres al primero y más terrible de los pecados. No podemos hacer de lado lo que de manera sabia dicen los Proverbios: "Antes del quebrantamiento es la soberbia; y antes de la caída la altivez del espíritu". ⚘ El indio poseso era incapaz de tomar los hábitos y recibir la gracia de Nuestro Señor en sus manos. Lo que aprendió en la casa de la perdición no fue en vano. Creía que todo lo sabía, o que todo lo podría saber. ⚘ Por eso renegó de Dios y de la Santa † para pensarse como el único omnisapiente, como el ser que se convertiría en omnipotente y omnipresente. Sus demás herejías y espantos llegaron por añadidura. ⚘ Su primer pecado no ocurrió en la soledad del desierto que a veces derrota a los anacoretas, otros lo ayudaron y le tendieron la mano para que se adentrara por el camino izquierdo y se retacara de cera negra la oreja derecha. ⚘ A los que se decían liberales y librepensadores les encantaban su apariencia y sus acciones: delante de ellos se mostraba como un mono amaestrado. Fumaba, hablaba y repetía las páginas que memorizaba, se vestía como si fuera humano y, por si esto no bastara para soliviantar su gozo, les hacía cabriolas y aullaba cada vez que los escuchaba. Alguien como él demostraba que las bestias y los imbéciles podían aprenderlo todo y volverse blancos y civilizados. ᴥ El endemoniado que vivía en mi hogar les creyó y empezó a adorarlos hasta que le abrieron la puerta de la casa de la perdición, y en una ceremonia lo invistieron como hijo de Satán. ᴥ A pesar de que trató de ocultarme los ritos luciferinos, los buenos católicos del barrio me dieron la voz de alarma sobre lo que hacía. ᴥ Lo confronté siguiendo las preclaras indicaciones del *Directorium inquisitorum*, y luego de muchas horas reconoció sus pecados y mentiras. ᴥ En ese momento le ordené que se fuera, que se largara para siempre. Le mandé que no volviera a pronunciar mi nombre y tres veces renegara de la misericordia que le tuve. ᴥ El hereje se levantó y caminó hacia la puerta. Su espalda fue la última imagen que me quedó en los ojos. ᴥ Los pocos pesos que le daban los impíos le parecían una fortuna junto a las miserias de San Francisco. ᴥ

Final de la carta de Antonio Salanueva donde reconoce sus pecados y acepta que la eternidad del infierno lo aguarda.

Nuestro Señor sabe que me equivoqué, y que en el último momento que lo tuve enfrente debí arrebatarle la vida. Aunque en mi cabeza retumbaban las palabras del Levítico: "Tampoco darás hijo tuyo para ofrecerlo a Moloc, ni profanarás el nombre de tu Dios", no tuve el valor de asesinarlo. Sobre su rostro endemoniado estaba la máscara del niño hambriento que se paró delante de mi casa. ᴥ Satán me engañó y por mi culpa el Mal se adueñó del mundo. ᴥ El pecado que cometí es inmenso y mi alma terminará en el infierno y perderá la luz de Dios para sufrir el eterno remordimiento. ᴥ El único consuelo que me queda es que ahí lo estaré esperando y podré verlo caminar en el puente que lo llevará delante del más grande de todos los demonios para recibir el castigo que Nuestro Señor le dará después de que lea las palabras malditas que le darán su primera condena: perder para siempre la esperanza. ᴥ

IV

Benito

Apenas llevaba un par de horas en el camino de herradura y los cerros pelones ocultaban la ciudad en ruinas. Unas cuantas leguas bastaron para que el hedor de los cadáveres se quedara a la zaga y sus escoltas se quitaran los paliacates que les cubrían una parte del rostro. El vinagre que los humedecía se había secado. Atrás se quedaron los perros carroñeros que andaban por las calles con una mano negruzca en el hocico, y lo mismo sucedía con los espectros que trazaban su rumbo con el moho que crecía en las paredes.

Un par de horas fueron suficientes para que sus anhelos de arrasarlo todo se desvanecieran y sólo le quedara el dejo de la bilis en la lengua. Por más que se lo ofrecieron desde que salieron del convento, Juárez rechazó el pañuelo humedecido con agua de colonia. El olor de la victoria debía anidar en su alma, pero la fugacidad del tufo le jugó una mala pasada: más allá del acueducto, el Diablo ya no amenazaba a los vientos con su trinche, y las moscas verdosas tampoco depositaban sus huevos en los destripados ni en los oídos de los recién paridos.

La furia del anatema apenas cumplido se miraba en los sembradíos que entregaron al fuego después de ser arrasados. A falta de colgados, el rastro de lo chamuscado flanqueaba la berlina del señor presidente. Las huellas de la estrategia de tierra quemada y la incesante falta de suministros lo acompañaban en el camino.

Juárez comprendía a la perfección la negrura del campo. Después de años de batallas y miserias, a sus soldados apenas les quedaba una opción para llevarse algo a la boca: la rapiña. Y sin tentarse el alma la tomaron. Pasara lo que pasara, tenían que tragar para mantener el sitio. Las carretas cargadas de maíz eran una ausencia que apenas se interrumpía gracias a los milagros, y los comales de las guisanderas que acompañaban a las tropas ni siquiera recibían la caricia del fuego. Por eso, a ninguno de los generales le importó si los queretanos se morían con las tripas secas y quebradizas. La sombra de los lobos hambrientos era su aliada.

☙❧

La berlina con las cortinas recién abiertas avanzaba por el camino cicatrizado y rebasaba a los arrieros que se aventuraban a recorrerlo. Ningún sombrerudo lo reconoció. Las mulas que no se dignaban a comprender los caligramas trazados por sus látigos los tenían más ocupados que el paso de un carruaje resguardado por la caballería.

Desde que el sitio había comenzado, el ir y venir de los poderosos y los oficiales era cosa de todos los días. Por más que los acemileros intentaran alejarse de los militares, apenas les quedaba esa ruta para llegar a la capital. A pesar de la guerra, la senda que iba y venía de tierra adentro se mantenía abierta a fuerza de bestias y herraduras. Si el paso de los cañones y las carretas con pertrechos destruyeron los pocos tramos empedrados y le labraron surcos era lo de menos. Cuando se acaban los fideos sólo quedan los jodeos.

☙❧

La certeza de que Díaz y Lerdo apenas eran una llamarada de petate, le devolvió la tranquilidad para seguir escribiendo. La historia que

50

borraría los acontecimientos vergonzosos debía revelarse como una relación inmaculada. La confesión que Salanueva escribió en su lecho de muerte seguramente se achicharraría con los pliegos que se guardaban en las iglesias de Oaxaca. Y lo mismo sucedería con los otros papeles que se atrevieran a contradecirlo. Al final, sólo quedaría una verdad: la suya.

Cuando llegara a la capital, las leyes perfectas arrasarían al fanatismo y le abrirían paso a la única fe verdadera: el culto que lo veneraría como salvador de la patria. Nada quedaría del pasado oscurantista que se encarnaba en los retrógrados y los imperialistas; ni siquiera los toros, los gallos y la lotería podrían sobrevivir a su ira implacable. Después de que sus mandatos sintieran el golpe de la imprenta, los fieles devotos de Birján no tendrían manera de comprar el billete que le ayudaría a Dios a hacerles el milagro de abandonar la pobreza y comer tres veces al día. Ese relingo de la fe también debía ser aniquilado junto con las costumbres salvajes que llegaron de España. A fuerza de leyes y decretos cambiaría el rumbo del país y lo llevaría al paraíso que le cuadraba. Sus palabras eran todopoderosas y la justicia era una señora ciega que decapitaría a sus enemigos.

Con calma alzó las páginas que recién había terminado de escribir. El tiempo para enmendarlas y pulirlas pronto llegaría. Cuando las pasara en limpio, las letras temblorosas por los hoyancos y las tachaduras quedarían ocultas para mostrarse como un discurso impecable. Las palabras que sobrevivieron a sus arrepentimientos y titubeos tenían el dramatismo perfecto que lo transformaba en un rojo inmaculado: "Llamaban al Instituto casa de prostitución y a los catedráticos herejes y libertinos. Los padres de familia rehusaban mandar a sus hijos a ese establecimiento y los pocos alumnos que concurríamos a las cátedras éramos mal vistos y excomulgados por la inmensa mayoría ignorante y fanática".

Cualquiera que leyera esas líneas no dudaría en adornarle la cabeza con el gorro frigio que señalaría su prosapia revolucionaria. Él era el hijo predilecto de los Estados Unidos y la Francia que decapitó a los nobles; él era el dueño de la única llave que abriría la puerta del progreso. Sonrió con gusto y subrayó algunas líneas. Ésa era la única historia que debía contarse, las demás serían enmudecidas y, en el peor de los casos, se convertirían en murmullos.

ଔଓ

El tiempo había pasado sin que se diera cuenta. Imaginarse como debía ser no era poca cosa. El fresco de la mañana reculaba ante la luz blanca que le ardía en la piel y lo obligaba a entrecerrar los ojos. Sus pestañas negras y rectas como las de los cerdos se unieron por un instante. El sol era un círculo blanco que sólo tatemaba con tal de iluminar las siembras arrasadas que se salvaron de la sal.

Metió la mano en el bolsillo de su chaleco para sacar su reloj.

Abrió la tapa con algo de curiosidad. En realidad daba lo mismo si lo hacía o dejaba de hacerlo, al llegar a San Juan del Río tendría que detenerse para que los lugareños le lamieran las suelas y lo sahumaran con sus discursos.

El triángulo equilátero con el troquel del Ojo del Supremo Arquitecto le reclamó una caricia. Aunque su chapa mostraba las resquebrajaduras labradas por el óxido, ese dije fue el primer relingo de oro que llegó a sus manos. Don José Juan Canseco se lo dio la noche que murió y renació delante de sus hermanos masones. Ése, qué duda cabe, fue uno de los momentos definitivos de su existencia. De no ser por sus hermanos de la logia, seguiría siendo un muerto de hambre que pediría limosna mientras trataba de cubrir sus vergüenzas con la manta más corriente.

ଔଓ

La estancia en el Seminario le pesaba. La sutileza de los argumentos de los profesores huía entre los barrotes de sus pocas luces. Refutar las tesis a favor o en contra no era sencillo. El misterio de la Santísima Trinidad le resultaba incomprensible y lo mismo le ocurría con la transmutación del vino en sangre. Por más que se quemara las pestañas leyendo y releyendo la teología del padre Larraga, la verdad no se revelaba delante de sus ojos. Lo suyo eran las palabras contundentes que se acompañaban con un rostro engañoso y una mirada inescrutable. Una consigna era mejor que cualquier escolástica, y una mueca hierática tenía el poder de ocultar su ignorancia inmaculada. Su mundo no eran los grises, el blanco y el negro no tenían excepciones ni medias tintas.

La vagancia en las calles de Oaxaca era lo único que valía la pena en esos días. El solo hecho de perderse entre la multitud casi le permitía olvidar su miseria y su fracaso con los libros apolillados. Cada uno de sus pasos lo alejaba de la dolorosa religiosidad de Salanueva y el Cristo martirizado que lo miraba para refregarle los pecados que se tragaba en el confesionario. Por más que el franciscano lo obligaba a dormir con los brazos sobre las cobijas desgastadas, su mano derecha siempre encontraba el camino de la perdición. Cuando sentía la humedad espesa entre los dedos, en su cabeza nunca se revelaba la figura de una mujer. Sólo se veía a sí mismo como el becerro de oro que era adorado por los hombres que renegaron del Dios derrotado.

Mientras caminaba sin rumbo, estaba cierto de que la estampa del seminarista con un libro aprisionado en el sobaco lo hacía ver menos jodido de lo que estaba. Si no tenía un peso partido por la mitad era lo de menos, la ropa que su hermana Josefa le cosía con los jirones de los hábitos de Salanueva y las camisas que arreglaba y remendaba con tal de que se ajustaran a su cuerpo chaparro, casi disimulaban su miseria.

A fuerza de vestirse con despojos terminó por convencerse de que las infinitas suturas eran invisibles o transformaban la tela en el más fino de los brocados. El tiempo de los cuellos almidonados, los sombreros de copa y los casimires ya llegaría.

☯

El miedo a ordenarse lo tenía agarrado de la nuca, pero el voto de castidad no le pesaba. En la diócesis abundaban los curas solicitantes, y en las casas parroquiales sobraban las mujeres de cuerpo generoso y los sobrinos con sangre turbia. En el momento en que los fieles se iban, ellas se desanudaban el corsé y poco faltaba para que anduvieran con los pechos al aire. La carencia de mujer no lo azorrillaba. Si no conseguía una, su mano le bastaría para sentirse sosiego cuando las urgencias lo perturbaran. El miedo a quedarse ciego, a que el seso se le reblandeciera o a que en las palmas le brotaran pelambreras no lo tocaba.

Su temor era otro. La sotana lo condenaría a seguir siendo el que era.

El color de su piel era un obstáculo invencible: sus días transcurrirían en el lomo de la mula que lo llevaría de pueblo en pueblo y, si la fortuna le sonreía, le entregarían una parroquia abyecta donde las polvaredas de las tierras flacas se apoderarían del templo. Ser el cura de un caserío perdido en la sierra carecía de sentido. La indiada que vivía en los jacales obedecía a cualquier pelagatos que trazara la cruz en el aire, y siempre se arrodillaban sin pensar en la peste que habitaba en sus cuerpos. A los miserables no les importaba que su pobreza fuera contagiosa y quedara labrada en los sacerdotes que los atendían sin ganas de desasnarlos. Las dos gallinas, la oveja famélica y los granos de cacao picados por los gorgojos no le borrarían el hambre de siglos. En los cepos de esas iglesias sólo anidaban las cucarachas y la certeza de que la indiada estaba convencida de que los curas nacían con el hábito puesto y jamás fueron niños.

☙❧

Las habladurías que corrían en el Seminario lo alertaron. El lugar de la perdición estaba a punto de abrir sus puertas. Las palabras de lumbre que se pronunciaban en los púlpitos y las que corrían por los pasillos alertaban a la grey sobre la llegada de los endemoniados que le abrirían el camino a los protestantes y las herejías. Los sacerdotes amenazaban con el fuego eterno a quienes se atrevieran a acercarse al lugar impío donde conspiraban los adoradores de los yanquis, los enemigos de la Iglesia y los traidores de la patria.

Por cada persona que se adentrara en la casa del mal, la Virgen de la Soledad lloraría una lágrima que le trazaría en las mejillas el nombre del pecador que ardería por el resto de la eternidad. Y de los cristos que los herejes degollarían en la plaza central, surgirían las plagas que arrasarían la Tierra. De los cuellos mochos manarían el dragón de siete cabezas y la puta de Babilonia, el azufre ardiente y los arcángeles que todo lo destruirían con sus espadas de lumbre. Sus pecados no tendrían perdón y Oaxaca se transformaría en un páramo por la lluvia de fuego.

El mundo se había desgarrado, las puntadas que daban en los hospitales de sangre jamás podrían sanarlo. Los bandos de la luz y las tinieblas eran irreconciliables. La lucha entre los partidos del aceite y el vinagre sólo podrían terminarse con la muerte de los que se atrevían a mancillar la fe. Los tambores que anunciaban la guerra santa se oían en todas las esquinas mientras las manchas que brotaban en los muros de los templos se volvían más oscuras y aterrorizantes. Ellas tenían la forma de cuernos y delineaban la efigie de los monstruos infernales. De nada servía que los sacerdotes mandaran encalar las paredes, ellas volvían con más fuerza para anunciar el destino de Oaxaca.

෴

Por más que las palabras de Dios le retumbaran en la oreja derecha, la tentación guio sus pasos y entró al salón del Instituto con la cara sambutida entre sus harapos. Esa tarde había caminado con ganas de desdibujarse en las calles y con el deseo de que sus pasos no sonaran en el empedrado. La posibilidad de que lo vieran y lo delataran con Salanueva debía evitarse. Ni siquiera la vieja enloquecida que vivía en el campanario de la catedral debía mirarlo.

Con suerte, los tañidos que llamaban al rosario la obligarían a gritarle al Cielo para que se la llevara y pudiera encontrar a su marido.

Por más que el Coludo lo lamiera y le ofreciera el toro y el moro, Juárez no podía darse el lujo de perder los mendrugos que le daba el franciscano. El hambre le lazaba los pies para llevarlo por el camino contrario. Los rancheros vestidos de negro y los catrines que aguardaban en los cruces de los caminos jamás se le aparecieron para revelarle dónde estaban enterradas las ollas retacadas de monedas de oro, y el miedo a escribir su nombre en la hoja que podía ofrecerle el Coludo, le amarró la lengua cada vez que estuvo a punto de invocarlo.

೧೦

Se sentó en el rincón más lejano del lugar que ocupaban don José Juan Canseco y los otros avinagrados que a pulso se habían ganado el mote. Ninguno era dulce y suave como el aceite que se bendecía en los templos, sus acciones y sus palabras eran tan ácidas como la coloradísima fe que profesaban. El suyo era el color de los diablos, de las llamas del infierno y las centellas en las que se montaban las brujas chuponas que le sorbían el alma a los niños.

La voz engolada de don José Juan resonó en el salón. Las sillas que parieron con una pata dispareja temblaban al ritmo de sus palabras.

Juárez no padeció para comprenderlo. Su prédica estaba lejos de la grisura y las sutilezas de la teología. La Iglesia era rica y sus fieles pobres, los curas se atragantaban como marranos y al pueblo le rechinaban los dentros resecos. Cuando remató diciendo que los sacerdotes eran los promotores de la ignorancia y la oscuridad, Benito asintió. Su hambre eterna y sus pocas luces por fin tenían una explicación precisa.

Los murmullos que se alzaban en la sala eran el contrapunto del discurso. A veces lo acentuaban y a ratos lo censuraban.

Delante de don José Juan Canseco no sólo estaban los liberales y los mitoteros de mayor raigambre, los hombres más bragados del partido del aceite también se atrevieron a entrar a la ceremonia que auguraba las misas negras. Si los colorados les habían arrebatado el gobierno, ellos los enfrentarían en el circo que estaban montando. Y, si Dios les daba licencia, tendrían los tamaños para retarlos a duelo. Los veinte pasos que separarían a los tiradores terminarían con la vida de un endemoniado. A pesar de esto, apenas unos cuantos se atrevieron a cruzarle el rostro a los rojos con el guante. Su bravura tenía poco sentido. En el preciso instante en que llegaran al campo del honor, el crucificado les daría la espalda y el plomo de Satán les arrebataría la existencia o los dejaría tullidos para siempre. Su cuerpo de charamusca apenas podría mirarse como un martirio sin gloria.

José Juan Canseco habría seguido con su arenga, pero uno de los asistentes se atrevió a interrumpirlo.

—Deje de mentir —le dijo con frialdad uno de los aceitosos que mandaban en la Cofradía de la Soledad—, la Santa Iglesia mantiene las escuelas y los hospitales, recoge a los huérfanos y socorre a los desamparados... ustedes no han hecho nada, son los judas que están dispuestos a traicionar a la fe a cambio de unas monedas yanquis.

Don José Juan no lo dejó terminar.

Su voz agigantada enmudeció a la audiencia.

—El falsario es usted —le espetó a su enemigo—, ésas son obligaciones del gobierno, y no las puede cumplir porque las arcas de los templos están en manos de los curas que obedecen a un monarca extranjero, al Papa que vive cubierto de oro mientras sus fieles no tienen un pan para llevarse a la boca. Entiéndalo, los bienes del clero son los bienes del pueblo, y el pueblo sólo puede existir bajo el sagrado manto de un gobierno liberal e incorruptible.

Los murmullos se transformaron en rugidos y la gritería se soltó la brida.

Juárez se refugió en una de las esquinas del salón.

Su miedo se alimentaba con el recuerdo de la disciplina de Salanueva. Nada se tardarían en llegar las autoridades y, si terminaba sambutido en la cárcel o delante del juez, no podría ocultar que estuvo en el lugar de perdición. Tenía ganas de huir, de largarse lo más lejos que pudiera para limpiarse el sudor de la frente con la manga que quedaría retinta. Pero una pasión malsana se avivaba en su alma: los avinagrados eran lo que él quería ser. El traje impecable y la corbata perfectamente anudada, el pico de oro y la lengua afilada eran lo único que podría atreguar sus anhelos.

La gente del partido del aceite terminó por largarse sin cerrar la puerta. A pesar de su furia, azotarla habría sido una muestra de pésima educación.

Esa vez, las cosas terminaron con una gritería y una tanda de mentadas de madre. La sangre no entintó el río.

⚭

Don José Juan Canseco y los suyos se abrazaron y se dieron sonorísimas palmadas en el lomo. Les sobraban razones para festejar. Tres veces habían derrotado a sus enemigos: desde hacía unos meses eran los dueños del gobierno; de pilón, lograron que las manos se alzaran en el Congreso para aprobar sus leyes y, para colmo de su gloria, ese día los habían vencido en la tribuna. El nacimiento del Instituto dejaba en claro que la Universidad Pontificia tenía que ser clausurada, los lugares de las sotanas debían morir para que las aulas de los librepensadores florecieran. Si el edificio de la Pontificia estaba a muchas jornadas de distancia no les importaba. Ellos habían triunfado en Oaxaca y pronto clavetearían unas trancas sobre las puertas del Seminario donde reclutaron al rector y algunos catedráticos. Los curas irredentos también estaban de su lado.

Cuando el jelengue bajó de tono, José Juan Canseco miró a Juárez. La presencia de un muerto de hambre que no les pedía limosna lo obligó a fisgonear. En un descuido, sus prédicas podían ser ciertas.

Se acercó y lo observó.

La miseria se revelaba en cada parte de su cuerpo: los jiotes comenzaban a marcársele en la cara, las tiras de cuero de sus huaraches estaban rajadas y su ropa se veía tan luida que a golpe de vista se advertían los recuerdos de su viejo dueño. Aunque Benito creyera otra cosa, los zurcidos sobre los zurcidos se notaban a leguas.

No tuvo tiempo de preguntarle nada.

—Quiero ser como su merced —le dijo el indio.

El rojo le puso la mano en el hombro y sonrió.

Delante de él estaba el prieto que renegaba de su pasado y estaba dispuesto a beber el cáliz de la fe revolucionaria.

∾

Abandonó el Seminario sin sentir añoranza por el peso del hábito. El inicio de la expulsión de los españoles y los obispos que huyeron eran buenas razones para justificar su escape delante de Salanueva. Sus mentiras parecían perfectas y tenían la fragancia de la verdad sin tacha. Si el mandamás de la Iglesia oaxaqueña era una sombra, nadie podría ordenarlo. Ir hasta Nueva Orleans para encontrarlo estaba mucho más allá sus posibilidades: la diligencia que lo llevaría a Veracruz y el barco que atravesaría el Golfo eran demasiado caros para el franciscano. Las consecuencias de ser un menesteroso tenían que pagarse.

Las cosas no fueron tan simples como lo imaginaba. Don Antonio sabía lo que pasaba y el arrepentimiento le desgarraba el alma. Las voces del templo y el chismerío del barrio tenían el mismo tono. Sin embargo, a las tormentas y los nubarrones que lo azotaron en casa de Salanueva les faltó enjundia para doblegarlo. Juárez se sentía protegido por su nuevo amo. Mientras más le ronroneara a don José Juan Canseco, más se acercaba a la posibilidad de que le diera unas monedas para largarse del lugar donde vivía y comer lo que fuera.

Pasara lo que pasara, tenía que resistir y seguir adelante.

Vestirse de casimir y corbata no era sencillo. Aunque delante de la gente sus palabras reivindicaran a la indiada, los librepensadores lo miraban como el criado que era. Para ganarse las clases y las limosnas no había más remedio que atenderlos. Los zapatos y las botas boleadas, la escoba que recorría los pasillos del Instituto y el actuar como mesero en sus comelitonas eran los asuntos de su competencia. A pesar de los sermones de los colorados, su lugar en el mundo era preciso.

El día que don Antonio López de Santa Anna llegó a Oaxaca con sus tropas, los rojos del instituto lo recibieron con manteles largos sin imaginar que su seductor les daría la espalda con la mano en la cintura. Benito no fue invitado a sentarse a la mesa. Su trabajo era servir y levantar la vajilla, lavar los trastes y trapear los puros pisados y los gargajos que no le atinaron a la escupidera que había perdido su brillo a fuerza de flemas. Esa vez, ni siquiera tenía huaraches. El sudor marcaba sus pasos en el piso de barro que habían pintado con tal de que remedara un tapete. Ninguno de los catedráticos le dio un peso partido por la mitad para que pudiera comprarse los harapos que disimularían su condición.

A pesar de esto, don José Juan Canseco lo presumió delante del caudillo.

—Él es uno de nuestros alumnos. Véalo, es un indio que camina hacia la luz del progreso —le dijo a Santa Anna.

Los ojos negros del general lo rozaron durante un instante y levantó su vaso con una sonrisa.

—Por usted —murmuró y la conversación siguió como si nada hubiera pasado.

Juárez le agradeció inclinando la cabeza y se fue cargando el platón con el esqueleto del guajolote. Esa noche, después de que todos se largaron, no tocó las sobras de la comida. A pesar de su sonrisa, el hombre fuerte lo había mostrado tal y como era. Y, para acabarla de fregar, lo obligó a acompañarlo a recorrer las calles de la ciudad.

Lo que ocurrió en ese paseo se le quedó grabado en el cuerpo. Ese recuerdo le colmaba la boca de hiel.

༒

Destacar en el Instituto no le costó trabajo. Por más que las cátedras tuvieran nombres rimbombantes, lo que ahí se decía siempre era lo mismo y, para su fortuna, los alumnos estaban tan perdidos como los profesores. Las voces de los avinagrados eran machaconas y la duda no tenía cabida en sus sílabas. Se estaba con ellos o en contra de ellos. La perorata en contra de la Iglesia, los insultos a la gente del partido del aceite y las loas a un gobierno que debía ser todopoderoso eran fáciles de aprender y repetir. La certeza de que el dueño del poder era más grande que Dios se le metió en la sangre.

De vez en vez, don José Juan Canseco lo miraba desde la entrada del salón. La curiosidad lo obligaba a tratar de entenderlo. El rostro de la deidad zapoteca era absolutamente inexpresivo, pero sus palabras parecían perfectas. Si esa voz era la de un perico o si brotaba de la comprensión no le quedaba del todo claro. A pesar de esto, no se preocupó por dilucidar lo que pasaba delante de él. Juárez era el mejor de sus conversos: la roja idolatría era la única dueña de su alma.

Aunque nunca se lo propuso, poco a poco se lo fue arrebatando a Salanueva. Las limosnas que le daba aumentaron su monto y, pese a que no había terminado sus estudios, le dio un trabajo que lo rescató de la ignominia sin que el rector se opusiera. El catedrático de física faltaba de más y Benito se convirtió en su sustituto. Si no entendía de qué manera funcionaba el cosmos era lo de menos, y si las matemáticas le engarrotaban los dedos tampoco importaba. El indio repetía con un convencimiento impecable las consignas avinagradas.

El día que José Juan Canseco le dio para medio comer y alquilar un cuartucho se largó de la casa del franciscano y no volvió a pasar delante de ella. Ése era un lugar maldito, el sitio del fanatismo que debía ser olvidado y maquillado para revelarse como lo que nunca fue.

Algunas noches, don José Juan Canseco despachaba temprano a Benito. Lo que iba a suceder no podía ser visto por un pelafustán que usaba zapatos de segunda mano para fingir que era decente. Pero Juárez no estaba sordo, aquí y allá corrían los susurros que mentaban la escuadra y el compás, la piedra cúbica y las columnas perfectas, al Gran Arquitecto del Universo que estaba muy lejos del fanatismo de los retrógrados y los ensotanados que profanaban los misterios del cosmos.

Por más que lo intentó, no logró asomarse a la casona que estaba en la Plaza Mayor. Apenas sabía que su piso era ajedrezado y que ahí sólo entraban los iniciados que mandaban en el partido del vinagre. Sólo en una ocasión vio los mandiles bordados con los símbolos precisos y el espadín que mataba y resucitaba.

Nada podía preguntar, pero era un hecho que la distancia que lo alejaba de sus amos estaba en los rituales que casi ocurrían en secreto. Las palabras que había escuchado en los pasillos del Seminario y en los púlpitos tenían un nuevo sentido.

Juárez parecía condenado a la ceguera y la exclusión, a ser el eterno criado que se vestía con los harapos que le regalaban con tal de no verlo en cueros. Pero lentamente las cosas cambiaron. Don José Juan Canseco le dio a leer las páginas que no debían salir del Instituto y, cuando la mayoría volvía a sus casas, se sentaba delante de él para alumbrarlo con las únicas ideas verdaderas.

La luz del Gran Arquitecto del Universo empezó a iluminarlo, y así siguió hasta que una noche don José Juan lo invitó a la casa de piso ajedrezado.

El momento de ser aceptado por fin comenzaba.

Las lámparas de aceite tenían la llama baja para ocultar los defectos del templo maltrecho. Las columnas de Salomón se veían al fondo, y gracias a la penumbra no revelaban los clavos chuecos ni la yesería que pronto se cuarteó; ahí también estaban la piedra cúbica y el gran ojo del Arquitecto del Universo con su compás y su escuadra. El pan de oro que supuestamente los cubría no podía engañar a la vista: su tono rojizo delataba el cobre que pronto se volvería verdoso por el exceso de clara de huevo con la que lo pegaron.

En el centro del salón habían colocado un ataúd abierto. El raso negro y cuidadosamente fruncido lo cubría para anunciar la muerte y la resurrección.

Don José Juan Canseco lo acompañó hasta el sarcófago.

—¿Estás dispuesto a morir para renacer? —le preguntó mientras con el espadín largo y delgado le apuntaba a la manzana de Adán.

—Lo estoy —respondió Juárez y se acostó dentro del féretro.

La tapa se cerró y la oscuridad de la muerte se apoderó de su cuerpo.

En unos minutos renacería para ser recibido como aprendiz por sus nuevos hermanos. Por eso, al momento de volver a la vida, Juárez pronunció las palabras precisas.

—Bajo pena de que me sea arrancada la lengua por debajo de mis mandíbulas y mi corazón me sea arrancado por debajo de mi axila izquierda, y mi cuerpo sea sepultado bajo el límite de los altos mares, allí donde la marea desciende y sube dos veces en veinticuatro horas, juro que guardaré y ocultaré los secretos de la masonería.

V

José Juan

Hay palabras que nomás se dicen de dientes para afuera. Los que le hacen el caldo gordo son unos mentirosos de poca monta y lengua larga. Tanto se embarran en el piso, que Juárez se limpia los zapatos en ellos con tal de que las suelas le huelan a incienso y copal. Pero lo que pasó de verdad, en nada se parece a lo que cuentan desde que nos dio la espalda para treparse al candelero y mirar a la gente por encima del hombro. Por donde quiera que lo vea, las cosas son como son y no hay manera de ocultarlas: el hermano Benito es un chaquetero.

No me haga esa cara. ¿Para qué le explico lo que sabe y seguro padece? Ni por asomo hay algo más perro que un criado que por capricho del destino se vuelve el patrón de la casa. Al peladaje de esa calaña, lo único que le importa es vengarse de quienes les dieron una limosna o les tendieron la mano para sacarlos del mierdero donde vivían. Por más que le busque nunca la encontrará: la gratitud no tiene espacio en su alma, la traición es la culebra que se les enrosca en el corazón. Indio que mucho ofrece, indio que nada merece.

Lo que decíamos delante de la gente era pura pose: por más que le hizo, el patas rajadas nunca nos deslumbró en el Instituto.

Burro llegó y burro salió. Las altas calificaciones de las que se vanagloria eran más una costumbre que el reflejo de su sabiduría, y lo mismo pasó con los secretos que le revelé cuando estábamos solos. Por más que le digan y le redigan, el hermano Benito está muy lejos del que presume ser: es una veleta y el aire lo lleva para donde le conviene. Ya sabe usted: el chiste no es ser cuzca, sino saberlo menear.

๑๑

Entre gitanos no nos leemos las manos para averiguar quiénes somos, al tocarnos nos reconocemos de inmediato. Yo lo supe todo de usted en el preciso instante en que su pulgar me apretó para saber si era una piedra cúbica. El oficio se nos nota en el cuerpo y nos marca el corazón. Por eso mero, su merced y yo podemos hablar sin esconder las palabras, los hermanos no pueden mentirse y tampoco necesitamos que nos pongan los ojos verdes.

Yo le digo las cosas sin pelos en la lengua: fue muy difícil aceptarlo como aprendiz en la logia y darle un lugar en nuestro venerable templo. Actuamos de buena ley, aunque a la hora de la hora nos traicionó sin tentarse el alma.

๑๑

El Supremo Arquitecto del Universo dice que todos los hombres somos iguales y estamos obligados a la fraternidad y la ayuda. Esta verdad es sagrada y nadie con tres dedos de frente se atreve a discutirla, pero Él también dejó en claro que de ninguna manera los hombres pueden ser idénticos. Usted y yo sabemos que Juárez era nuestro igual, pero lejos estaba de ser nuestro idéntico. Manque aunque la mona se vista de seda, mona se queda.

A mí no me da miedo decir la verdad: ninguno de mis hermanos nació con una mancha prieta en la rabadilla, todos tenían manera de sostenerse sin pedir limosna y no vivían en un cuchitril que daba miedo mirar. La piedra burda tiene que desbastarse para trasmutar en el cubo perfecto, y muchos —por no decir casi todos— dudaban que lo lograra. La sangre de la decadencia y la estupidez corrían por sus venas. Por eso ignorábamos si sus escasas palabras provenían de la revelación y la sabiduría, o si nomás repetían lo que decíamos las personas de razón. Su memoria era deslumbrante, pero su inteligencia se pasaba de opaca. Por más que lo intenté, fui incapaz de darme cuenta de qué demonios tenía en la cabeza y, cuando lo descubrí, ya era demasiado tarde.

Para colmo de los peros, su iniciación en nada contribuiría a los más elevados fines de la masonería del Supremo Rito de York: Juárez era lejanísimo del hermano Tiburcio Cañas que litigaba nuestros asuntos en los tribunales y a fuerza de leyes o embarradas de mano los ganaba, tampoco se parecía a los hombres sabios que levantaban la diestra en el Congreso del estado para apoyar las leyes que anunciaban el futuro, y mucho menos se semejaba a los hermanos Santa Anna y Juan Álvarez. Ellos tenían las tropas que los seguirían hasta la muerte y nos apoyarían cuando fuera necesario. Ellos eran valiosos, el indio no servía para nada. Que no le quede duda: Benito era un pobre Diablo, un muerto de hambre que vivía de la caridad de sus hermanos masones.

෨෩

Más de una vez discutimos la posibilidad de su iniciación. Ese asunto era espinoso, y para más de tres tenía el color de las hormigas más bravas. Sí, ésas que muerden y levantan las ronchas que anuncian las calenturas y los delirios. En cuatro ocasiones casi todas las manos se quedaron tiesas para negarle el beneplácito. Ninguno podía darse el lujo de respaldarlo hasta las últimas consecuencias. No fue sino hasta la quinta, cuando los votos de los hermanos Tiburcio Cañas y Miguel Méndez inclinaron el fiel de la balanza a su favor.

Los que no estaban convencidos con la votación, los cuestionaron sin miramientos. Las puertas del poder no se le abren a cualquier muerto de hambre, a un sin calzones que apenas tenía con qué mantenerse de una forma que estaba muy lejos de la dignidad. Sin embargo, la suerte ya estaba echada. Esa noche, conteniendo las toses y los esputos de la tisis, el hermano Miguel les contestó a las claras: "Alguien como él estará dispuesto a matarse por nosotros; su fidelidad vale oro".

Sus palabras anularon las dudas y las malquerencias: ese indio sería nuestro aliado más fiel aunque en ello se le fuera la vida. El Supremo Arquitecto del Universo sabe que los títeres también ayudan a la causa; pero todos ignorábamos el futuro del nuevo aprendiz. La confianza de que a barbas de indio navaja de criollo sobraba para darnos la tranquilidad que necesitábamos. Por eso fue que le abrimos las puertas y por eso nos fue como nos fue.

❦

Entre los hermanos, las palabras deben ser rectas y transparentes. Entre nosotros no caben las voces que proclaman que el más amigo es traidor y el más verdadero miente. La logia es el lugar del poder y el templo nos permite enfrentar a los enemigos más tenebrosos y retardatarios. Su merced lo tiene clarísimo: sin la masonería, estaríamos al garete y perdidos en la inmensidad de la nada. Sin el compás y la escuadra seríamos peores que los náufragos que están a mitad del océano e ignoran dónde carajos está la playa más cercana. Por eso, desde que el hermano Poinsett llegó a Veracruz fuimos capaces de organizarnos y tejer las atarrayas que nos amarraron gracias al amparo del Supremo Arquitecto del Universo.

Lo que el hermano Poinsett pedía a cambio de apoyar a la verdadera masonería estaba más que justificado. La luz de la razón y la antorcha del progreso tenían un precio: los yanquis querían comprar el norte de México para civilizarlo. Ese dinero nos permitiría fortalecernos, derrotar a los curas y expulsar a los gachupines que todo nos robaron. Cada dólar y cada caja de armas que llegaran, apuntalarían los pasos que nos alejarían de las tinieblas que nos heredaron los conquistadores. El mundo de las sotanas, los confesionarios y los monarcas absolutos es incompatible con el adelanto de la civilización.

A las cosas hay que decirles por su nombre. Esas tierras polvosas, casi despobladas de gente de razón y colmadas de apaches en pie de guerra eran un estorbo para la patria. En esos lugares, la muerte era lo único que se daba entre los mezquites y las nopaleras, y todo lo que hiciéramos para salvarlas enflacaba las arcas que de por sí estaban raquíticas. Cualquier persona en su sano juicio podía darse cuenta de lo evidente: lo mejor era deshacerse de esos terregales. Arriero que vende mula, o tira coz o recula.

El desierto no vale un peso partido por la mitad, pero la arena del mal patriotismo lija los ojos. Por eso mero fue que las cosas se pusieron de la tiznada. A pesar de sus afanes y sus ofertas, el hermano Poinsett fracasó y los clericales lo expulsaron sin miramientos. Es cierto, sus palabras olían a rebelión y susurraban que, del otro lado de la frontera, los yorkinos recibiríamos los pertrechos y el dinero que necesitábamos para derrotar a los retardatarios. El miedo a que triunfáramos marcó su destino. Hoy sólo es una firma rematada con los tres puntos precisos.

Su expulsión fue un tropiezo, pero las logias del Supremo Rito de York nos hicimos fuertes a pesar de los malos vientos y el avance de los retardatarios. Las palabras secretas recorrían los caminos de sur a norte y del oriente al poniente: de Oaxaca arribaban a la capital, de ahí se esparcían por los estados y, al final, alcanzaban a los americanos que nunca nos levantaron la canasta. El contrabando de armas e ideas, aunque apenas sea un goteo, no se ha detenido. Nuestros mensajes eran crípticos y llegaban a los caudillos que se sumaban en contra de los enemigos: Iturbide, el emperador de pacotilla, y más de tres gobiernos infectos cayeron cuando los masones tomamos las armas.

La razón de la fuerza era el único camino que nos quedaba. Por eso permitimos los saqueos y ningún mercado quedó entero cada vez que agarramos los fusiles. El pueblo tiene derecho a cobrarse las que les deben sus verdaderos enemigos. Cada tenderete arrasado nos congraciaba con los que se matarían por nuestra causa. El mal que hemos causado está justificado por el bien mayor que buscamos.

☙❧

Lo que hacíamos era y no era un secreto, la luz de las logias alumbraba más recio que los quinqués y las velas de sebo de ballena. Todos sabían que los iniciados en el Supremo Rito de York éramos librepensadores y buscábamos que la patria tomara el camino correcto: el de los Estados Unidos, que nos salvaría de la ignominia y el oscurantismo. Pero, desde que llegaron los embajadores de Inglaterra, lo que hacían nuestros enemigos también quedó más allá de la duda: las soflamas en los púlpitos y las amenazas del fuego eterno en los confesionarios, las reuniones en las falsas logias del Rito Escocés y lo que publicaban en sus periódicos era más claro que el agua. Cualquiera que tomara uno de los papeluchos que brotaban de sus imprentas, nada se tardaba en descubrir que su apelativo era el anagrama de "arde plebe roja". Los nombres que tomábamos eran lo de menos: el vinagre y el aceite apenas eran una manera de decir sin decir.

Si el general Bravo se había levantado en armas contra las sociedades secretas era lo de menos; y si la ley las prohibía, a ninguno nos importaba. A palabras de borracho, oídos de jicarero. Las logias no podían ser clausuradas con un papel y tres sellos que nada valían. Esos documentos apenas servían para limpiarse la cola, todos sabemos que las leyes nomás se hacen para ser cambiadas. Ellas —junto con los fusiles y los cañones— nos llevarán por el rumbo preciso sin que las consecuencias nos jalen la rienda. El fin justifica los medios y bendice las acciones que, según algunos, se zurran en el verdadero espíritu de la masonería: la fraternidad entre los hermanos puede posponerse hasta que la luz del Supremo Arquitecto ilumine la patria.

Por eso hicimos lo que hicimos. Los templos y grados revelaban el poder que tenían los hermanos antes de entrar a la logia: Santa Anna y Juan Álvarez podían recibir los más altos sin recorrer el tortuoso camino de los aprendices. Hasta en los perros hay razas. Cada uno de sus cañones valía más que la revelación de los misterios arcanos. Y lo mismo pasaba con los que se sentaban en las curules, con los que mandaban en el gobierno o los que podían conseguir lo que nos faltaba para seguir adelante.

Entendámonos, el hermano Benito no era de esos. Su lugar estaba claro: era el último eslabón de la cadena que lleva del Supremo Arquitecto del Universo al más bajo de los hombres.

๑๑

Después de que Benito renació como aprendiz, le echamos la mano como Dios lo manda. Un masón no puede quedar a merced del mundo, siempre habrá alguien que ofrezca apoyo para lograr la victoria de la causa que el Supremo Arquitecto escribió en el libro del destino. Con nosotros no va aquello de que anda tu camino sin ayuda del vecino.

Aunque todavía no le dábamos su patente de abogado, el hermano Tiburcio le abrió las puertas de su despacho. Las pocas monedas que recibía por fingir que era el catedrático de física se sumaron a las que le pagaba por esa chamba.

En esos días abandonó el cuartucho donde vivía y se cambió a una vecindad que por lo menos tenía una letrina en el último de los patios. Eso era mucho mejor que la bacinica que vaciaba en la calle mientras se salpicaba las valencianas deshilachadas y su único par de zapatos. Si encaló las paredes y se agenció una cama de resortes para abandonar el colchón relleno de pelos de perro es algo de lo que no puedo darle razón, pero lo que sí es un hecho es que poco a poco se fue comprando la ropa que casi lo hacía parecer un hombre de bien. En esos momentos, igual de bonito le parecía estrenar que desarrugar. Y, con el paso del tiempo, los trajes viejos que Tiburcio y yo le regalábamos terminaron en el olvido. Es más, a esas alturas se adornaba con un bastón de segunda mano. La leontina de gruesos eslabones llegaría más tarde. Sólo se haría presente gracias al reparto del botín en la asonada del hermano Juan Álvarez. Él no era como los pobres y los tecoloteros que se van sin dinero.

☙❧

Si el hermano Benito era un burro irredento era lo de menos. Lo que no había aprendido en nuestras brillantísimas cátedras terminaría dominándolo con el trajín cotidiano. Por más que le digan otra cosa, no se puede tapar el sol con un dedo: el colmillo de los leguleyos no crece en los libros, se hace grande y se retuerce en los acuerdos que se pactan en la oscuridad, en los lugares donde se conocen a los que reciben las cantidades precisas y se hacen las amistades que de verdad valen la pena. Usted y yo lo sabemos: vale más un buen arcial que fuerza de oficial.

Gracias al hermano Tiburcio aprendió a llevar y traer los papeles a los juzgados, a redactar con letra inclinada los pliegos que demandaban y contrademandaban y, a pesar de lo que creíamos, nada se tardó en aprender a hablar como si fuera un jurista con todas las barbas. A la menor provocación citaba los artículos de las leyes y, para sorpresa de muchos, tenía el don de hallar el preciso para justificar lo que fuera. Gracias a él, al crimen más grande le sobraban atenuantes, y en más de un caso era una acción bendecida por el derecho.

Contra todo pronóstico, la luz le entró en la entendederas y se aprendió todas las chingaderas.

☙❧

No pasaron muchos meses para que nos convenciéramos de que estaba listo para moverlo de casilla. Aunque su mudez a medias

72

casi seguía firme, nomás había que alzarle el labio para mirarle el colmillo que le brotaba en la encía ennegrecida. La ocasión para que diéramos el siguiente paso era propicia: Benito sería uno de nuestros candidatos al ayuntamiento. El hecho de que empezara como regidor sería una prueba de lealtad y, si metía la pata, bastaba con alzarle la canasta para que todo se arreglara en un santiamén. Los hermanos ayudamos, pero jamás perdonamos.

Su merced entiende cómo son las cosas, a un masón de su rango hay muy poco que explicarle. Nadie, absolutamente nadie podía derrotar a Juárez en las mesas donde se votaba: los hermanos señalaron su nombre y, para que nada fallara, llegaron acompañados con todos los que pudieron. De a cinco o de a diez, sin problema se juntarían los votos que se necesitaban. Y, para que nada saliera chueco, los buenos masones se quedaron cerca de las mesas. Ahí, sin ningún empacho, medio se abrían el chaleco para que todos vieran el pistolón que los acompañaba.

Muchos del partido del aceite se dieron la vuelta cuando miraron el fierro pavonado y el gatillo listo. Y, como los escrutadores tampoco eran ciegos ni pendejos, no les quedó más remedio que contar los votos como debían hacerlo.

Si faltaban algunos para su triunfo, tampoco había problema. La retórica del hermano Tiburcio era infalible.

—Mi suegro y mi abuelo habrían votado por Juárez, así que anótelos —le decía al escrutador con voz de trueno mientras le resoplaba el humo del puro en la cara.

Si los santos señores estaban muertos, no tenía ninguna importancia. El "habría" bastaba y sobraba para que su última voluntad se cumpliera a carta cabal y el hermano Benito ocupara el puesto que nos interesaba.

෧෧

Ya se lo aclaré pero se lo repito para que no se le olvide: da igual lo que digan, la verdad es distinta de lo que andan contando los que le hacen el caldo gordo. En el cabildo, Juárez se sentaba como ídolo y se quedaba con la boca cerrada. Por más que quisiera, no tenía los tamaños para desobedecer las órdenes del hermano Tiburcio.

—Tú no eres un Demóstenes y vale más que hables después de que te hayas aprendido el discurso que te dará don José Juan —le decía con una sonrisa que apenitas parecía amigable.

Ya sabe usted: vale más una de león que cien de ratón.

Los labios esclavizados no engarrotaron la mano de títere. Siempre la levantó a favor de los acuerdos que la logia proponía.

◌◌

El hermano Benito nunca nos defraudó, su buena memoria jamás le falló. A esas alturas no había manera de discutir si se había ganado el sueldo con creces. Peso sobre peso se merecía todo lo que le pagaban. Por primera vez en su vida, empezó a vivir como la gente decente. El costillar que se le brotaba quedó oculto debajo de la manteca, y el colchón retacado de lana recibió a su humanidad satisfecha.

En esos días le iba tan bien que empezó a apersonarse en casa de don Antonio Maza. El chamaco que fue su criado en nada se parecía al hombre con un traje bien planchado y una corbata de seda en el gañote. Costara lo que le costara, Juárez necesitaba blanquearse, demostrar que las podía y era capaz de ser idéntico a quienes le refregaban su jeta de indio. Por eso fue que empezó a pretender a doña Margarita. El patas rajadas tenía claro el consejo preciso: busca mujer que valga, y no sólo por la nalga. Para eso estaban las mugrosas con las que andaba y nunca presentaba. El Supremo Arquitecto del Universo es testigo de que no miento: casarse con la entenada blanca era una manera de subir un escalón y sentir los primeros mareos.

Todo lo hizo muy bien, tan bien que en el templo dejó de ser un aprendiz para colgarse los primeros grados del rito; los otros son tan oscuros como los de Juan Álvarez y Santa Anna. De pilón, le dimos su patente de abogado y le conseguimos el puesto de juez. En la barandilla sería el aliado perfecto del hermano Tiburcio. Ahí aprendió que la ley es para los enemigos, pues los amigos siempre se merecen la justicia.

Nuestra confianza no tenía cortapisas y los masones más poderosos lo invitaron a estar cerca de ellos: la obediencia sin límites y la memoria prodigiosa que lo mostraba como un abogado de a deveras eran sus cartas de presentación.

ൟ

Ningún hermano se opuso a que se sentara en el Congreso del estado. A todas luces se había ganado una curul para poner el nalgatorio. Su silencio y la mano de títere se mantenían en todas las sesiones; apenas de vez en vez se atrevía a tomar la palabra por cuenta propia. Siempre lo hacía para lo mismo, pedir que se cambiara una palabra sin importancia en el acta de la sesión anterior. Tachar "miseria" para escribir "pobreza", o borrar "llegar" para poner "arribar", eran los asuntos que más le preocupaban al señor legislador.

Cualquiera que lo oyera podría creer que le importaba la belleza de las voces; pero no era así, la única vez que subió a la tribuna por cuenta propia lo hizo para proponer que le quitaran el nombre a Cuilapan para que se llamara Guerrerotitlán. Aunque se oyera de la mismísima tiznada, el general fusilado se merecía eso y más. Por fortuna, nadie le hizo caso a su chifladura y todo terminó con una estatua que no se parece al mulato.

Desde su curul, Juárez votó a favor de la ley que de a deveras nos importaba: la expulsión definitiva de los curas gachupines. Ellos debían tener el mismo destino de los obispos que dejaron a la iglesia descabezada. Ése fue el golpe decisivo en contra de esos malandrines y, además, nos daba chance de recuperar lo que los curas y los españoles nos habían robado. La orden de que se largaran era casi inmediata y no les quedó de otra más que malbaratar sus propiedades con tal de no irse sin un peso en la talega. Esta casa fue de uno de esos ladrones y la finca donde cosechan mis cacaos era de otro. Los mexicanos nos merecíamos comprar por centavos lo que valía pesos. Y, si no todos pudieron agenciarse sus cosas, ya llegará el tiempo en que les toquen. Lo único que les hace falta es tantita paciencia: las tierras del clero y la indiada deben estar en manos de los patriotas.

No me frunza el ceño ni me venga con eso de qué tienen que ver las pestañas con el culo: lo robado no luce, pero mantiene.

✑

En esos momentos estábamos seguros de que la calaca nos pelaba los dientes. Don Valentín Gómez Farías mandaba en el país mientras el hermano Santa Anna se ocupaba de sus asuntos más urgentes. Las mulatas y los gallos lo jalaban más que el puesto que se había agenciado: él era presidente para lo que de a deveras se ofreciera, para salvar al país y no para andar correteando papeles ni negociar pendejadas. Lo importante era que los rojos íbamos para arriba y los vientos soplaban a nuestro favor. Pero la mera verdad es que estábamos equivocados y más mareados que la cola de un perro por tantos triunfos. El Supremo Arquitecto del Universo sabía que las desgracias nos asechaban a la vuelta de la esquina.

El cólera se arrancó el bozal y, a fuerza de flatos, la mierda aguada anunció el triunfo de la muerte. Nada ni nadie podía detener el mal: por más cal que le echaran a las calles, la fetidez se metía en el cuerpo para carcomerlo y secarle la médula. De nada servía que se abrieran nuevos panteones y se clausuraran las puertas de los infectados, la pestilencia no se detenía y dejaba sus garras marcadas en la madera. Los carromatos cargados de cadáveres que recorrían los barrios y la quema de los jacales de los infelices que se contagiaron tampoco pudieron jalarle la rienda a la epidemia. Si don Valentín abandonaba el palacio para atender a los enfermos de nada valía, la Siriquiflaca no tenía llenadera y la ciudad se pobló de crespones negros para anunciar nuestra derrota. Por esta mera le juro que si él se hubiera bebido el pus de los contagiados como si fuera Santa Rosa de nada le hubiera valido. Aunque no se enfermó, Gómez Farías era un muerto que caminaba en el palacio.

Usted sabe que las desgracias nunca llegan solas. El cólera todavía no conocía el sosiego, y la sequía se nos vino encima con toda su rabia. Las plantas se secaron y se volvieron quebradizas, los topos se tragaron sus raíces y el chahuistle terminó de joderlas. Dicen que más allá, por los rumbos dejados de la mano de Dios, las langostas se tragaron todas las siembras y de los surcos brotó la pestilencia que envenenaba la tierra. Poco a poco, los costales que se miraban en los mercados empezaron a enflaquecer hasta que apenas se tentaban los granos con gorgojos. Los tlacos que antes se pagaban por un cuartillo de maíz ya no alcanzaban ni para un puño: los jinetes de la peste y el hambre cabalgaban sin que nadie pudiera protegerse de sus tajos. Por más que en el Congreso exigimos que obligaran a los campesinos a sembrar todo lo que tuvieran, nuestra ley terminó flotando entre las natas de una bacinica. La lluvia no leyó el decreto, y a los graniceros que a chicotazos arrean a las nubes la vida se les fue por la cola.

Ése fue el principio del fin.

La gente empezó a enlutarse para ir a los templos y recibir el viático que los salvaría del infierno. La calaca los acariciaba y sus pasos que traqueteaban llenaban la noche. Más de tres juraban que la carreta del Diablo se miraba en las calles. Sus llamas y sus carcajadas eran un aviso que no podía ignorarse.

Los curas comenzaron a hacer lo que siempre hacen para culpar a sus enemigos. Todos vociferaban en los púlpitos. Dios castigaba a los mexicanos por los actos impíos de sus gobernantes. Cada ley que se publicaba en contra de la Iglesia y los españoles tenía que pagarse con sangre. Las plagas de Egipto caerían sobre los faraones y los rojos que los apoyaban.

Ni don Valentín ni nosotros fuimos capaces de aguantar ese huracán. El corazón del viento nos pegó con toda su rabia. En esos momentos nadie se atrevía a gritar *chingue su madre la muerte mientras la vida nos dure*. Todos sentíamos cómo nos rondaba la fría y, a veces, hasta soñábamos con su mirada vacía y su lengua de gusanos.

Cuando el gobierno se estaba cuarteando, Santa Anna llegó para darnos la puntilla.

El hermano nos traicionó y de buenas a primeras chaqueteó de nuestro bando. Un acuerdo con los sacerdotes y los retardatarios fue suficiente para que Gómez Farías se largara del país y el mando de los rojos se desmoronara. Ésa fue la primera vez que nos vendió por trece monedas.

Todos perdimos.

Al hermano Benito no le quedó más remedio que largarse a Tehuacán con tal de que no lo juzgaran y lo condenaran al paredón. El títere también sería uno de los paganos. Pero la mera verdad es que esa vez le sobró la suerte: no se quedó mucho tiempo en esos rumbos, volvió para abrir su despacho y meterse en problemas por andar fisgando lo que a nadie le importaba. Con tal de ganarse unos fierros se puso a defender a unos indios y terminó en la cárcel. La logia volvió a tenderle la mano, el hermano Tiburcio y yo pagamos la fianza. Él nomás nos besó las manos para agradecer lo que hicimos y, después de eso, nos pidió unos centavos para darle de comer a su familia. Se los dimos y nunca nos pagó. El dinero es lo de menos, lo de más es que ese hecho lo muestra tal y como es: alguien incapaz de cumplir con su palabra.

∽

Las cosas estaban de la riata, el único camino que nos quedaba era replegarnos y conspirar. Los días de Santa Anna no podían ser eternos y nosotros volveríamos por nuestros fueros. Por suerte, los yanquis nos invadieron y las cosas cambiaron. Los días del caudillo estaban contados.

VI

Santa Anna

Los muy perros me dejaron solo. Sin acordarse de quién era su padre, me clavaron un puñal entre las paletas del lomo. Por más que se les quemen las habas para adornar lo que pasó, la mera verdad es que esos rejijos apenas podían fregarme por la espalda. De frente les temblaban las patas y mojaban los calzones cuando en las orejas les retumbaban los martillazos de mis órdenes. A ver quién de ellos tiene los tanates para pararse en jarras y decirme que miento... a esos cabrones el valor y el patriotismo no les alcanzaron para fajarse las enaguas y seguirme como la jauría que le partiría la madre a los yanquis. Por eso fue que me cargó la tiznada sin que pudiera meter las manos. Más de una vez estuve a punto de darles una patiza, pero siempre me dejaron a la buena de Dios y me negaron los pertrechos y los centavos. Es más, cuando tenía la victoria al alcance de la mano, las tropas de refuerzo se largaban sin soltar un solo plomazo. Sus pendejadas en el Congreso y las politiquerías de quinta decidieron el curso de la guerra. La historia no miente y con letras de fuego escribirá que mi peor enemigo estaba en la retaguardia. Y, si alguien lo duda, sólo tiene que acordarse de los putetes que se levantaron en armas en la capital mientras los yanquis avanzaban desde el norte. A esos invertidos namás les importaba bailar la polka y lamerle las nalgas a los curas.

Ahora los oigo y me doy cuenta de que nadie se avienta al ruedo para desenmascarar sus mentiras, pero la verdad no tiene que ver con lo que ladran. Por más que digan y redigan, los gringos no tenían mejores armas, la mayoría de sus hombres eran unos muertos de hambre que jamás habían tocado un fusil y, de pilón, sus tropas no eran mucho más numerosas que las mías. Los soldados yanquis estaban igual de jodidos que los nuestros. La diferencia está en otro lado, a ellos los ayudaron para seguir adelante, a mí me obligaron a echarme para atrás. A la hora de la verdad, esos desagradecidos no quisieron darse cuenta de que le había visto la cara al presidente yanqui: el señor Polk me dio unos buenos pesos para que regresara creyendo que sería su aliado, pero desde que puse mi única pata en el muelle de Veracruz lo mandé a la fregada y tomé las armas en su contra.

A mí nadie me obliga a hacer lo que no quiero y, si lo intenta, a dos yemas se va de puntitas a la chingada. No me pele los ojos ni se haga tarugo con las persignadas, usté está delante de un jarocho de buena ley. Por eso le digo pan al pan y vino al vino. A mí nadie me puede venir con la tarugada de que hay que respetar las leyes y, si se me pega la gana, le atino con un gargajo a las florituras de los tapetes que adornan el Palacio Nacional.

¿Entonces qué? ¿Estamos o no estamos?

෩

Después de que los gringos tomaron la capital y a la mala se escabecharon a los que se pasaron de bravos, a esos jijos nomás les urgía rendirse, vender el país por un plato de lentejas y mandarme a la fregada con tal de hacer sus marranadas sin que nadie los metiera en cintura. Da lo mismo si eran los rojos más colorados o los clericales que después de rezar el rosario se atiborraban con chocolate mientras se asomaban al escote de las más sabrosas. En el fondo, el color de su partido no importa: todos son iguales, lo único que les importa son los centavos.

Yo les estorbaba, y los vendepatrias me quitaron la escalera para dejarme colgado de la brocha. Por más que le busquen chichis a las culebras para difamarme, la duda no cabe. El hedor del azufre chamuscado señala a los culpables. Ellos eran unos maricones con las nalgas dispuestas y el fundillo embarrado de manteca. En cambio, yo siempre seré el padre de la patria, el ángel salvador, la alteza serenísima delante de la que todos se empinan. Da lo mismo si lo hacen por convencimiento o porque les da un ataque de lambisconitis en la espina dorsal. El país es mi cuerpo y los mexicanos tienen mi nombre metido en las venas. Yo soy su sombra y, cuando la oscuridad los agarra, me vuelvo tan negro como mis ojos para aparecerme en sus sueños.

❧❧

Si hoy me puedo limpiar las nalgas con esos malamadre y más de tres andan a salto de mata con ganas de tumbarme, en esos días no me quedó de otra más que retirarme con los pocos soldados que continuaban a mi lado.

El capitán Iniestra me seguía y no soltaba la pistola para enfrentarse al que se le pusiera enfrente. Ni siquiera las querencias que había dejado en Veracruz lo jalaban tan fuerte como mi mando. Dicen que la mulata que se andaba cogiendo lo tenía amarrado y que ese listón estaba clavado en una de las cruces del cementerio de Manga de Clavo, pero la mera verdad es que eso no importa. Él se la rifará hasta el último tiro y, al final, la bruja tendrá la muerte que se merece y tiene cantada. Sin problemas puedo apostar una de mis haciendas a que se irá de este mundo cuando Iniestra encuentre a una más blanca y la mate a fregadazos. Esa noche nadie meterá las manos y, al final, envolverán su cuerpo maldito en una sábana para irlo a tirar al monte. Usté sabe que en esto no me equivoco. Mis palabras son mejores que las barajas y los sueños para anunciar el futuro.

Aunque el capitán y los suyos cabalgaran a mi lado, la retirada no podía discutirse: la ciudad había caído y en el palacio se miraba la bandera yanqui, por eso mero había que echarse pa' tras con tal de agarrar carrera. Pero a esos malditos les valía que pudiera levantar ejércitos de la nada o que de mi bolsa salieran los pesos fuertes para pagarle a las tropas que nunca se matan de a gratis. También les valía si había empeñado todo lo que tenía para sostener la guerra contra los invasores. Los quinientos mil pesos que puse para salvar al país no alcanzaron para la victoria. Ninguno quiso darse cuenta de que soy su padre, y da lo mismo si es de a deveras o nomás lo soy porque siempre salvé a México.

☙❧

El indito piojoso fue uno de los que me dio la puntilla para abrirle la puerta a los gringos y jugarle el dedo en la boca a los huele curas. Yo lo conozco y lo tengo bien calado, pero él apenas me intuye y sabe que mis manos son las del titiritero que mueve los hilos de su vida. Por eso quiere que todo sea al revés: Juárez me pinta como un monigote con tal de que el hocico se le llene de infundios y malquerencias.

Desde antes de que los yanquis nos invadieran, mil veces había apostado la vida por la patria. Los que hoy me andan diciendo Quince Uñas sólo quieren ocultar que perdí una pata por salvar al país y, cuando los españoles desembarcaron en mi tierra para intentar la reconquista, me enfrenté al tal Barradas y le puse una de perro bailarín. La zoquetiza no tuvo límites, los que no se murieron por las fiebres se pelaron al otro mundo por las balas. Por eso mero, cuando se largaron con la cola entre las patas y las banderas gachas, las ganas de volver a México se les hicieron agua de borrajas. De no ser por mí, el águila negra de los gachupines ondearía en estos rumbos y a usté se le enredaría la lengua con tal de hablar como ellos.

¿Qué hacía el indio mientras yo estaba en el frente y le ponía el pecho a las balas y la metralla de los gachupines? Andaba con el culo fruncido y, cuando caminaba, las gasgarrias le dejaban casposas las tepaljuanas. Por los amores de mi esposa Dolores le juro que, cuando el run run de que las tropas españolas ya habían zarpado de La Habana se volvió un chillido, en Oaxaca apenas unos cuantos se aprestaron para entrarle a los plomazos.

La gentuza del partido del aceite miraba a Barradas y sus soldados como el último chance que les quedaba para volver a pararse entre los cuernos de la luna; pero —manque sólo fueran un puñado— usté sabe, no faltaron los patriotas de ley. Sin pedirle permiso a nadie, don José Juan Canseco enroló a los alumnos de su escuelita. Las armas ausentes eran lo de menos: las tres pistolas y los cuatro mosquetes se completarían con machetes, hoces y picas. Y, como debe de ser, repartió grados y responsabilidades hasta donde le alcanzó la sesera: al patas rajadas le tocó el de teniente que presume cuando quiere adornarse con lo que nunca fue. Ahí estaba el oficialito prieto, el quesque militar que, en cuanto viera a un soldado de a deveras, se zurraría en los calzones.

Una vez que estuve por esos rumbos, y mientras el mezcal me calentaba los dentros para saponificar la manteca de la comelitona, don José Juan Canseco me contó lo que pasó en esos días: con su ropa ajada, el indio se quedaba tieso y buscaba el consuelo de los rincones. La collonería se le notaba a leguas y los ciegos podían descubrirla nomás con olerlo y tentarlo. Las manos temblorosas y la pestilencia de la cagalera eran sus señas. Pero esa vez estrenó la suerte que lo acompaña sin darle la espalda, antes de que los oaxacos tomaran el camino para sumarse a mis tropas, yo le había partido la madre a Barradas.

Al final, a mí me compusieron un himno y a él sólo se le quitó el chorrillo.

La traición del patas rajadas no tiene que ver con mi amor a la patria ni con el tamaño de mis tanates. Que él los tenga chiquitos es un asunto que aquí no importa. Es más, tampoco meábamos juntos y por eso no me tiene envidia por el tamaño de mi miembro donde se han columpiado un titipuchal de mulatas y una gruesa y media de blancas. Yo soy un garañón y al prietito nomás se le entiesa por milagro. El hígado se le puso negro por otras cosas: me sirvió en la mesa como el criado que era, y su odio se completó cuando le enseñé a usar pantalones, zapatos y chaqueta. De no ser por mí, el indio de mierda seguiría oreándose las patas.

El muy maldito no puede perdonarme que le tuviera lástima y lo tratara como si fuera una persona de bien. Nunca le entró en la cabeza que ese día levanté mi vaso en buena ley para brindar por él, y que, con ganas de portarme a la altura, lo vestí como la gente de razón. En el fondo, Juárez era uno de mis hijos manque no me hubiera tirado a su madre por miedo a que me pegara las ladillas. Eso de empelonarse los abajeños no va conmigo.

Por más que le dije y le redije, ese día no se atrevió a caminar a mi lado. El miedo a que mi sombra devorara la suya lo obligaba a guardar distancia. Iba tres pasos atrás con la mirada clavada en el suelo y sus manos hacían lo que podían para detenerse y enderezarse los calzones de manta de ixtle.

Nomás entramos al tendajón y luego luego me recibieron como lo que soy. Con él las cosas fueron distintas, sin pensarlo dos veces lo trataron como si fuera mi criado. ¿Quién quita y, si el dependiente se hubiera quedado callado, lo que pasó habría sido diferente y aún me lamería la pata?

—Su merced sí es buena gente con sus sirvientes —me dijo ese hombre y no se me ocurrió aclararle las cosas.

Esa tarde, el patas hediondas salió a la calle vestido como si fuera un ser humano, lo único que le faltaba era un bastón para que viera como un hombre hecho y derecho. La misericordia me salió cara, pero la vida emparejó las cosas cuando se quiso pasar de chulo.

Lo que ahorita haga no le va a servir para nada, en menos de lo que canta un gallo se lo va a cargar la chingada junto con Álvarez y Comonfort; esos cabrones —al igual que el tal Ocampo que nomás se acuesta con una viejita que tiene la cara arrugada y el vientre inflado— ni para botana me alcanzan. Los amigos que traicionan merecen la peor de las muertes y, si por mala pata ya se echaron un jarabe con la Siriquiflaca, no queda de otra más que alimentar a los cerdos con sus cadáveres.

☙❧

Por más que se pavoneaba, el tacuate no sabía de qué lado mascaba la iguana. Los que de a deveras tenemos el colmillo retorcido adivinamos pa' dónde van a soplar los vientos. En el aire olemos la pólvora que todavía no se quema, y la brisa nos trae las voces que nos señalan los rumbos donde las desgracias son voces atragantadas. Nosotros no tenemos que lamernos el dedo y alzarlo para saber el camino que tomarán las asonadas.

Pero el indito creía que las tenía todas ganadas, que su gallo siempre saldría bueno y en un suspiro le rajaría el cogote a su rival. La mera verdad es que estaba muy pendejo y no se daba cuenta de que su destino dependía de mí. Cuando mandé a Gómez Farías a la fregada por pasarse de riata, cayó junto con sus patrones.

Los pocos centavos que ganaba desaparecieron y, manque no me consta, es seguro que a nada estaban de ponerlo patitas en la calle de la pinchurrienta casa que rentaba. Imaginármelo no me da trabajo, tampoco tengo que hacerme las cruces para mirar lo jodido que estaba: su cara de me las estoy viendo negras porque prietas las tengo, las jetas de rabia que le hacía a su mujer cuando le pedía para el gasto, el rostro de furia que le nacía cuando berreaban sus escuincles y la seguridad de que si se agarraba una oreja no se encontraría la otra lo traían de un ala.

Una decisión mía bastaba para troncharle la vida sin que su nombre me pasara por la cabeza.

☙

Al final, la suerte le sonrió. Los masones que chaquetearon le consiguieron un trabajo en el gobierno. Su lomo pando le bastaba para amacizarlo. Así fue como terminó con el nuevo mandamás de Oaxaca. Don Antonio León se pasaba de persignado y ni por aquí le pasaba la posibilidad de llevarme la contra con la salida de Valentín. En menos de una semana, al indito ya se le había bajado la calentura de los rojos. El cura que tenía grabado en la carne le renació en un santiamén y, para acabar de llenarle el ojo a su patrón, se volvió un santanista de hueso colorado. Las cartas que me mandaba escurrían miel, y en ninguno de sus renglones faltaba una alabanza a mi persona. Según él, yo era el predestinado, el salvador de todos, el guardián de la fe, el ángel de la paz, y si de plano no me ofreció a la criada de su hermana, es porque estaba en la calle de la amargura. La única vez que la miré sólo pude pensar que debía tener la trompa cerrada, con los colmillos pelones era igualita a Lucifer.

A mí no fue al único que le lamió las patas; delante de los curas de Oaxaca se hincaba hasta que le dolían las rodillas. Ahí andaba, con el rosario en las manos y haciendo bola en las procesiones; siempre tenía el miserere en el hocico y, si se lo hubieran pedido, se habría dado de chicotazos en el lomo con tal de pagar sus pecados. A todos les besó la mano y a todos les pidió que le echaran la bendición a su familia. El comecuras se había lijado los dientes para que el Padre Nuestro le brotara sin raspones.

Juárez era el hijo pródigo, la oveja descarriada que volvía al rebaño y, después de arrastrarse hasta que la ropa se le luyó, los

86

convenció de que había chaqueteado por puro convencimiento. Si los masones que le tendieron la mano se quedaron con un palmo de narices, le valió madres. Sin contar a las mujeres, Benito es el más traidor de los traidores.

☙❧

El numerito le salió a pedir de boca y don Antonio León le dio su premio: lo mandó a la capital como diputado. Lo hubiera visto cuando por primera vez entró al Congreso: el tacuate que bajaron del cerro a tamborazos nomás pelaba los ojos y se tentaba la ropa. Manque trajera sus mejores garras no podía esconder lo muerto de hambre que estaba. Él era la mano que desde Oaxaca alzaba don Antonio y por eso le hacían el feo. Sus murmullos tipludos caían en oídos sordos y sus ansias de posar como jurista se secaron: lo que había aprendido en su tierra no le servía delante de los trinchones que se sentaban en la Cámara.

Sus días en la capital habrían pasado sin pena ni gloria, pero los masones volvieron a echarle la mano. A fuerza de estar duro que dale lo volvieron a iniciar: la Cámara se convirtió en el templo de la logia y, nomás para adornarse, tomó el nombre de Guillermo Tell. ¡Qué pendejito estaba! Es más, hasta me daba ternura pensar en sus tarugadas: el muerto de hambre al que le urgía llenarse las bolsas andaba queriendo engañar a todos disfrazándose de protector de la leperada. Para hacer eso sin quemarse nomás hay de una: ser como yo.

Cualquiera que lo viera nomás alzaba la ceja: siempre era el primero en la cola de la pagaduría y jamás de los jamases dejó de contar tres veces los centavos que le daban. A él no le podían quedar a deber ni un tlaco partido por la mitad. La gente que quesque lo quiere dice que tenía sus virtudes, pero yo no meto las manos a la lumbre por nadie, y menos lo haría por un hijo de mala madre. A mí nomás me consta que no era putañero, que tampoco le cuadraban los gallos ni las barajas y que, si podía, se negaba a pagar la comida. Poco faltaba para que anduviera cargando una cucaracha muerta para echársela al plato antes de que se tragara el último bocado.

Lo que sí es un hecho es que, a pesar de lo que decía y hacía en su tierra, el muerto de hambre no era un buen cristiano. Lo único que le interesaba era el dinero manque presumiera que con dos reales le sobraba para el diario.

❧

El gusto apenas le alcanzó para una probada. Del plato a la boca se cae la sopa. Los yanquis nos invadieron y las traiciones se volvieron cosa de todos los días. Por más que lo intenté no pude pararlos. A como diera lugar necesitaba dinero, por más que sacara de la bolsa ya no me alcanzaba: las balas cuestan, los fusiles valen sus buenos pesos y los cañones no brotan de los árboles. Por más ángel salvador que fuera, no me quedaba de otra más que obligar a los curas a que soltaran los millones que tenían. Siete veces siete me mandaron a la mierda.

—La riqueza no es nuestra, es de Nuestro Señor y por eso es intocable —me decían mientras miraban al cielo y mis soldados se morían.

Pero ya sabe usted, para un cabrón, cabrón y medio. No me quedó de otra más que pactar con los rojos: ellos le querían dar en la torre a la Iglesia y yo necesitaba sus centavos. El enemigo de mi aliado se volvió mi enemigo. Sin problemas levantaron la mano en el Congreso para vender las propiedades de los sacerdotes: si eran diez, quince o mil millones era lo de menos. Esa lana era indispensable para que no nos cargara la tiznada. Y el indito, manque andaba posando de mocho, no dudó al alzar la mano, el infierno le daba menos miedo que desobedecer a su amo o mandarme a la porra.

Después de eso le tuve confianza, pero me dio la espalda en un parpadeo. El muy collón no se quedó a defender a la patria. Los yanquis todavía no se miraban en los cerros cuando ya se había largado.

౷

Cuando llegó a Oaxaca, la suerte siguió de su lado. El indio no sabía que la vida es un sube y baja; la creencia de que nomás caminaba hacía lo más alto lo tenía mareado. Don Antonio León no se quedó para ver cómo se caía el país a pedazos. Para su fortuna, tampoco había ningún tarugo que quisiera hacerse cargo del despacho. Intentar detener el avance de los yanquis no era cosa de enchílame una gorda. Ante la ausencia, cualquier baboso resultaba bueno. Por eso fue que la gente del partido del aceite lo puso al frente del gobierno, y el tacuate me dio la espalda de buenas a primeras: en el periodicucho del estado publicó que las leyes del Congreso no valían en esos rumbos, que me rascara con mis uñas y que Oaxaca era libre y soberana. Poco le faltó para decir que los oaxacos eran neutrales en la guerra y seguirían los pasos de los yucatecos o los zacatecanos.

Manque nadie me lo crea, dejarme al garete no le atreguó la perfidia, con tal de amacizarse en la silla empezó a defender a los curas. Ni un peso se atrevió a tocar del diezmo, y a capa y espada protegió las propiedades de la Iglesia. Si los gringos nos conquistaban era lo de menos, el muerto de hambre era el gobernador y no estaba dispuesto a dejar de serlo. Juárez era idéntico a los jijos que se levantaron en armas en la capital para exigirme que no tocara la riqueza del clero.

En Oaxaca se volvió más papista que el papa y más cristiano que Cristo. El "Dios quiera" y el "con el favor de Nuestro Señor" le brotaban del hocico a la menor provocación manque la hostia le supiera amarga. La gente del partido del aceite estaba feliz con un pelagatos de su calibre: los dejaba hacer y deshacer con tal de cobrar su sueldo, meterse unas propinas en la bolsa y pavonearse en el Palacio de Gobierno con la ropa que le daba miedo arrugar.

El hecho de que los blancos lo invitaran a comer o a sus bailes le bastaba para soñar que era igual a ellos. Al indito no le importaba que, cuando les enseñara a sus hijos arrugados, trompudos y con los pelos parados, siempre le dijeran lo mismo.

—Le salió morenito, pero está bonito.

¿Quién quita y hasta pensaba que sus escuincles se casarían con una güera para mejorar la raza? Por esto y por aquello, cuando se acabó su tiempo, le organizaron unas elecciones más chuecas que un plátano con tal de que repitiera como gobernador. Eso de que la leperada lo apoyaba y lo idolatraba son puras mentiras. El patas rajadas tenía a sus amos y los obedecía como el más fiel de los perros.

∞

Así estaban las cosas mientras me retiraba de la capital con un puñado de valientes. A como diera lugar tenía que llegar a Oaxaca. Ahí sanarían mis hombres y levantaría un ejército con la indiada. Ellos se matan por menos de lo que piden los blancos y los mestizos, si uno les dice que los enemigos van a profanar a su santo patrono basta y sobra para que agarren los machetes. Ya lo dije y no me da pena repetirlo: yo les estorbaba a los cabrones que querían abrirle la puerta a los yanquis, y era una almorrana para los curas que no me perdonaban haber intentado vender sus propiedades para salvar a la patria. Por eso, cuando le mandé un correo con Iniestra para que me recibiera y me apoyara, me mandó a la fregada.

Las palabras que le dijo Iniestra me calaron de a deveras. Si seguíamos adelante, los oaxacos nos atacarían por ser enemigos de México, por tener las armas dispuestas y negarnos a la tregua.

De ese tamaño era su jotería.

En ese instante me di cuenta de que no quería ser el padre de una patria llena de traidores. Esos culeros no me merecían. Sólo unos pocos, como Tomás Mejía, siguieron adelante y mataron hasta que se les acabaron las balas.

Por eso me retaché para mi tierra y me trepé en el primer barco para darles la espalda.

"Que se jodan", fue lo único que pensé cuando el viento hinchó las velas.

Eso sí, no me fui de a gratis: antes de que mi única pierna tocara la cubierta tenía en la bolsa el decreto que garantizaba el pago de todo lo que me debían y, como debe ser, me otorgaba una pensión por mis servicios al país.

Rico era y rico me fui. Lo que sobraba, se lo dejé a los chacales.

೦ು

Los mexicanos no pueden vivir sin mí. Soy la mancha que los acompaña y no los abandona en la más negra de las oscuridades. Por eso regresé de Colombia para enderezar las cosas. Y, antes de que se pasaran de chulos, a todos les puse los puntos sobre las íes: eso de ser presidente nomás no me cuadraba, la silla era una lata por los marrulleros que la rodeaban. Lo mejor para todos era que me reconocieran como Su Alteza Serenísima, como el mero mero al que nadie podría jalarle la rienda. Ninguno levantó la voz para que me cerraran la puerta: yo era el único que podía entenderme con el ejército, yo era el salvador de la fe que se podía sentar a platicar con los curas y, por supuesto, era el único cabrón que podía lograr que los comerciantes y los agiotistas se limaran las uñas.

Meter en cintura a la patria no era poca cosa, pero la mano no me tembló para hacerlo. A los periódicos les puse el bozal que se merecían y, como ya estaba encarrerado, también prohibí la pendejada de los judas en Semana Santa. Eso de que me quemaran y me tronaran nomás no me cuadraba; otra cosa habría pasado si los hubieran seguido rellenando de gatos para que los animales salieran destripados o corrieran con la pelambrera chamuscada. Yo los tenía que enderezar y por eso empecé a pagarle a la gente que denunciaba a los conspiradores: a esos valía más encarcelarlos o matarlos con todo y familia antes de que hicieran de las suyas. Ninguno que tuviera su apellido podía salvarse, las ansias de venganza los amamantarían y en nada tomarían un arma en mi contra.

Ningún cabrón se podía pasar de tueste y los que me la debían me las pagaron còn creces. El indito fue uno de ésos: mientras con mi pluma de cuervo firmaba el papel que lo condenaba nomás pensaba en su jeta. El muy idiota se creía intocable y estaba seguro de que sus patrones lo protegerían de la desgracia que se acercaba con los nubarrones.

Se equivocó de cabo a rabo.

Sus mandamases se echaron para atrás, y a lomo de mula lo mandé a Veracruz sin que alcanzara a avisarle a su familia. Mi hijo lo acompañaba para que le quedara claro que hay gente con la que nadie debe meterse. Tarde que temprano su mujer se enteraría y conste que sus escuincles pedorros me dieron lástima.

ಌ

Juárez se pudriría en la cárcel de San Juan de Ulúa y ahí se quedaría ciego por la negrura que carcome los ojos. La muerte lenta era su destino. Por desgracia, las cosas no salieron como quería: los clericales oaxaqueños empezaron como cuchillitos de palo. Por más que les dije que los iba a traicionar, siguieron en sus necedades y no hubo forma de convencerlos.

¿Para qué meterse en pleitos por un pobre diablo? Lo saqué de la cárcel y lo trepé en el barco que lo abandonaría del otro lado del mar. En Europa podría volverse un mendigo o acabar en una jaula al lado de las mujeres barbudas, los niños con huesos de hule o las siamesas que apenas podrán separarse cuando el odio les raje el cuerpo. Si tenía suerte algunos centavos le aventarían al escenario... algo podía ganar un salvaje emplumado. Sus gritos de que él era el gran legislador sólo provocarían la risa del público.

Pero la suerte no le dio la espalda: al llegar a La Habana huyó como pudo. Dicen algunos que se agenció unos centavos mendigando como lo hacía de escuincle o que un cura le mandó dinero para que se trepara en otro barco. Sólo Dios sabe de dónde sacó el dinero, pero el caso es que terminó en Nueva Orleans y ahí, por azares de la vida, se encontró con otros de su calaña: el tal Ocampo y el cubano Santacilia, quienes hasta le consiguieron una chamba liando puros.

A estas alturas no me cuesta trabajo imaginármelo: mientras torcía tabaco en un jacalón desvencijado, mi nombre le manchaba las manos. Cada cigarro que hacía era idéntico a los de mi tierra. Y, cuando el perro de Álvarez se levantó en mi contra, ellos volvieron del otro lado quesque para hacerme la guerra. Pero la mera verdad es que están muy pendejos... por más que le hagan al ensarapado no pueden negar que soy su padre. Y, nomás por levantarme la mano, se van a morir como los perros que chillan y agachan las orejas mientras sus dueños los apalean.

VII

Benito

El general Díaz se quedó con la mano extendida. La ciudad que tomó en nombre de la república y la negrura del uniforme de gala no tuvieron la fuerza para detener el paso del señor presidente. La capital postrada ante Juárez apenas era un incidente de poca monta, el acta de defunción del imperio se había firmado cuando los fusiles tronaron delante de Maximiliano, Miramón y Mejía. A toda costa, la victoria de Porfirio tenía que ser ninguneada. Las bajezas elevadas a la categoría de asuntos de Estado eran más importantes que saludar a su rival.

Los tiempos en que el paisanaje y la causa los unieron estaban muertos y sepultados sin que nadie se tomara la molestia de rezarles un novenario. Para ellos apenas existían la misa negra y la bayoneta calada. Sus aborrecimientos huían de la luz para adentrarse en los pozos que llevaban a la oscuridad que rasgaban las flamas atizadas por Satán. Al igual que los soldados que perdieron la vida sin saber por qué, la guerra también se llevó entre las patas su amistad fingida. Nadie podía engañarse: el país no era lo suficientemente grande para dos hombres como ellos. Después de las matanzas, era obvio que la silla presidencial apenas soportaba un nalgatorio.

Desde que la berlina de Juárez entró a la capital, los políticos y los militares tuvieron claro que el momento de arrancarse las máscaras los esperaba a la vuelta de la esquina. En el preciso instante en que terminara el desfile triunfal, comenzarían las hostilidades. El campo de batalla aún estaba por decidirse. Frente a ellos apenas se miraba la certeza del enfrentamiento. Porfirio tenía a los soldados curtidos a fuerza de batallas, y lo umbrío del mandamás que parecía eterno amedrentaba a los diputados que a mano alzada decidirían el resultado de las elecciones.

Nadie —ni siquiera los que se odiaban— sabía de qué cuero saldrían más correas. Los fusiles y las leyes a modo estaban a punto de volver a chocar. Sus chispas avivarían los tizones que calentaban los ánimos desde el día que, a fuerza de leyes torcidas, Juárez se ratificó como presidente sin preguntarle a nadie. Bajo las cenizas de la guerra corrían ríos de fuego. Los rumores del enésimo cuartelazo o del albazo en el Congreso tenían el olor de la guadaña. La moneda giraba en el aire y sus lados eran idénticos: una calavera troquelada señalaba el destino de la patria.

☙❧

Juárez pasó delante de él con la vista fija en la nada. Costara lo que costara, debía demostrarles a todos que el general Díaz era una mierda insignificante que ni siquiera apestaba. Sus pasos eran cuidadosamente lentos y, como ya era costumbre, su apariencia se esforzaba para disimular el paso de los años.

El ruido de sus tacones en el mármol polvoso se afanaba por convertirse en un eco infinito, su rostro tenía las marcas de la rigidez mortuoria que brotaba de la rabia contenida. La juventud de Díaz invocaba a los demonios de la envidia sin consuelo. Por más que quisiera negarlo, el general tenía la vida por delante; la suya avanzaba hacia el ocaso que anunciaban los achaques.

Los más de veinte años que los separaban no eran poca cosa.

La espalda del señor presidente se perdió en el pasillo. Porfirio se miró la palma callosa por el sable y la pistola. Se la acercó a la cara y la olisqueó con calma. El aroma del acero y la pólvora le habían tatuado el olor de la rebelión y el salitre quemado.

Díaz no pudo evitar que la sonrisa se asomara en su rostro.

—Pronto, ya pronto —murmuró antes de darse la media vuelta para salir al patio del castillo.

Su estado mayor lo esperaba, pero algo se tardó en llegar.

El bosque maltrecho por la guerra reclamaba su atención. Los ahuehuetes añosos no olían a nada y en silencio asesinaban las plantas que intentaban crecer bajo su sombra. Algo venenoso brotaba de sus ramas y sus hojas. El suelo seco y polvoso era la imagen precisa de su rival. Nada ni nadie podía brotar cerca de él. Juárez tenía que ser el niño del bautizo, la novia de la boda, el muerto del velorio y, si podía, también debía ser el único invitado que se divertiría mientras los otros lo miraban con tal de llenarse el alma con la presencia del dios encarnado en un cuerpo fofo y prieto.

Se detuvo un instante para mirar el castillo.

Los cristales estaban rotos, entre los marcos de las ventanas se asomaban los jirones de terciopelo que se resistieron a ser arrancados.

—Parece que todo quedó perfecto —le dijo con tranquilidad a uno de sus hombres.

—Sí, mi general —le respondió el coronel—, todo se hizo como lo ordenó.

Díaz asintió. El resto de los oficiales se acercaron.

—¿Tienes la bandera? —le preguntó a su asistente.

—Ya lo espera en palacio —le contestó sin dar más explicaciones.

El general Díaz no tuvo que dar ninguna orden. Todos montaron y volvieron al cuartel.

❧❦

Por más que intentara mantener la careta que lo mostraba como alguien inconmovible, la gente no tenía manera de seguirle el juego: el señor presidente estaba encabronadísimo y valía más sacarle la vuelta. El leve temblor del párpado y las venas que le marcaban la sien como si fueran várices, eran las señales de su rabia. Quienes lo alcanzaron a ver, dicen que —en el momento en que creyó que estaba solo— se sobó el pecho con fuerza para tratar de atreguarse los latidos que amenazaban con reventarle el corazón. Si su orgullo no estuviera en juego, habría ordenado que le trajeran un trapo caliente para frotárselo con tal de espantar al dolor que lo carcomía. El recuerdo del cadáver de Maximiliano y las loas que le endulzaron las orejas en San Juan del Río no aguantaron los ramalazos que le atizaron en las afueras de la capital.

Cuando llegó a Chapultepec, la realidad lo golpeó sin que pudiera evitarlo.

Lo suyo no era presentar la otra mejilla, pero ese día lo agarraron desprevenido y sin piedad le cruzaron la jeta. El general Díaz sabía cómo vapulearlo sin que pudiera reclamarle, siempre tenía la respuesta precisa para callarle el hocico. Las palabras que estaban en el papel arrugado no podían ser rebatidas: "La austeridad republicana también debe respetarse en la victoria", le escribió Porfirio con ganas de fregarlo. Por eso, ahí, delante de él, estaban los arcos de triunfo que alistaban para su entrada a la Ciudad de México. Eran los mismos que se usaron para recibir a Maximiliano.

Bajo la delgadísima capa de cal aguada aún podían leerse su nombre augusto, el de la emperatriz y los poemas ripiosos que adornaban sus lados. Los artesanos que les daban una mano de gato aún no raspaban el águila coronada y el escudo de armas de los Habsburgo mostraba sus blasones apenas deslavados por la intemperie y las lluvias. Las fotografías que Aubert tomó en Querétaro confirmaron el temor que lo roía: el fusilamiento transformó a Maximiliano en una presencia eterna. El emperador era un Cristo crucificado, un dios derrotado capaz de opacar al becerro de oro.

Para colmo de las desgracias, los rumores de que los músicos no tuvieron tiempo ni ganas de componerle una marcha triunfal eran ciertos. El "no se preocupen" del general Díaz les secó la escasa inspiración que tenían. Las notas que escucharía en el desfile serían las mismas que le escribieron a la emperatriz Carlota, pero, con tal de no quedar mal, las bautizarían con un nombre que se ajustaba a la ocasión. La marcha imperial bien podía convertirse en una marcha republicana. Todo era cosa de izar la bandera adecuada.

಄

Su respiración era dificultosa mientras caminaba por el castillo. Llamar al médico era un lujo que no podía darse, las habladurías de que la presencia de Díaz lo trastornó debían abortarse como los monstruos que se aferran a las tripas de sus madres. La legra más afilada le rasparía la lengua a todos los que lo vieran. Delante de la gente, Porfirio tenía que pelarle los dientes y bajarle el prepucio.

Uno de sus escoltas se acercó para acompañarlo, pero de inmediato lo despidió con un movimiento de mano.

Quería estar solo, pasara lo que pasara necesitaba estar solo.

—Primero me muero antes de que me vean quebrado —susurró con ganas de darse ánimos.

Sin pensarlo dos veces se dejó caer en el único sillón que parecía en buen estado. No se detuvo a mirar las huellas que el vómito labró en el tapiz y entre las arrugas del capitonado. Si el traje impecable se jodía, era lo de menos. Para eso estaba el ministro de Hacienda que le pagaría al tintorero o al sastre que solucionarían el daño.

El lujo del castillo era una penumbra medrosa.

Los tres años de arquitectos, decoradores y pintores fueron derrotados por el chínguere y las fauces babeantes. Antes de que las tropas del general Díaz se adentraran en la capital, la plebe lo transformó en el escenario de sus cerdadas y, como era de esperarse, lo saquearon hasta que un soldado disparó al aire para ahuyentarlos.

Las huellas de los orines se miraban en las esquinas de las paredes y en el suelo estaban los jirones de las alfombras donde los muertos de hambre se revolcaron para engendrar un bastardo.

∽

Se levantó y caminó sin rumbo fijo manteniendo las manos lejos de su ropa. Las huellas blancuzcas que tenía en el casimir le daban asco. Los redobles de su corazón empezaron a tranquilizarse y los fuelles de su pecho casi recuperaron el ritmo. El viento que se colaba entre los cristales rotos le secó el sudor helado.

Llegó a la cocina. Las ollas brillaban por su ausencia, los cajones donde guardaban la cuchillería estaban despedazados. Lo único que quedaba de las porcelanas eran los trozos regados en el piso. Los fragmentos de loza aún mostraban sus filos de oro y dejaban adivinar la heráldica del imperio que colorearon los pinceles en Limoges. No tenía caso preguntarse por el destino de los objetos ausentes. Sin quebrarse la cabeza, el señor presidente tenía claro dónde habían terminado: algunos amanecieron sobre una manta raída en los puestos de los baratillos, otros los cambiaron por jícaras de pulque, y unos más se hallaban en las vecindades donde los ladrones los atesoraban para empeñarlos o venderlos cuando el hambre los mordiera.

Ahí se quedó, pensando, recordando los momentos que siguieron a su huida. Cuando aún le tenía lealtad, don Guillermo Prieto le había contado que, el día que Maximiliano y Carlota llegaron a Palacio Nacional, ni siquiera tenían dónde acostarse. Las camas estaban cundidas de chinches, y al Habsburgo no le quedó de otra más que dormirse sobre la mesa de billar. La imagen del emperador rodeado por las troneras que inútilmente esperaban las bolas de marfil dejó de causarle gracia.

El destino los había emparejado. Aunque estuviera en un castillo, Juárez no tenía un lugar para tirarse.

El nombre de Díaz le amargó la boca.

—Perro maldito... ojalá te pudras —murmuró antes de llamar a cualquiera de sus escoltas.

El soldado perfectamente uniformado llegó casi de inmediato.

—Ordene usted, señor presidente —le dijo con marcialidad.

—Que preparen un lugar decente donde pueda quedarme.

Sin más, el militar se fue a cumplir con lo mandado.

Las venas de Juárez volvieron a hincharse.

Con toda la mala leche, el general Díaz no le alistó una habitación a la altura de su cargo. Todo lo había dejado como estaba y, en un descuido, capaz que lo encerdó más de lo que estaba. El presidente debería dormir en un palacio saqueado y el general se acostaría en la cama que su asistente le tendería en el cuartel.

☙❧

Cenó solo. Por más que sus ministros insistían en hablarle, las puertas de la recámara permanecieron cerradas. Sus escoltas no flaquearon y siempre les dieron la misma respuesta: "El señor presidente se está reponiendo de la fatiga del camino".

La comida no era tan mala como lo esperaba. Lo único que mostraba su minusvalía era el vino Carlón que tenía el dejo agarroso del vinagre. Seguramente lo habían colado con una manta de cielo para atrapar la madeja de la madre que nació en la botella mal encorchada.

Con algo de miedo tomó un puro.

El sueño de la cena perfecta se había terminado. En la pequeña mesa sólo estaban sus platos. Las tres sillas vacías eran un deseo incumplido. Por más que lo ordenara, ninguno de sus hombres podría satisfacer su anhelo. Sentar en ellas a los cadáveres de Maximiliano, Miramón y Mejía para que lo vieran masticar un trozo de hígado era imposible, y exactamente lo mismo ocurría con sus ansias de montar la sala de los rivales en Palacio Nacional. Los cuerpos embalsamados de los que osaron enfrentarlo no podían desenterrarse sin provocar una respuesta inconveniente. A pesar de sus pretensiones y los ruegos para que no ordenara el fusilamiento del emperador, debía mostrarse como un hombre magnánimo.

—Los sueños, sueños son —murmuró para conformarse por no tener lo imposible.

La posibilidad de que la taquicardia volviera casi lo obligaba a no encender su puro; sin embargo, le mordió la punta, escupió el trozo de tabaco y lo prendió después de que las chispas le dieron vida a la llama.

Le dio un jalón, el humo trazó madejas en el aire.

ઉ૭

Aunque quisiera ocultarlo, su victoria estaba empañada. De no ser por los yanquis, seguiría a salto de mata y sus tropas habrían mordido el polvo antes de alimentar las piras donde sus cadáveres se retorcerían por el fuego.

Mientras los gringos se mataron con singular alegría en una guerra fratricida, los franceses y los retardatarios lo obligaron a huir con el trasero fruncido. Nadie, absolutamente nadie le tendió la mano en otros países. Apostarle a un derrotado era un lujo que no podían darse. Sin embargo, cuando los confederados fueron vencidos, las armas que sobraron de la matanza cruzaron la frontera con todo y sus cajas de parque. Ninguna llegó a manos del general Díaz, pero eso no le impidió seguir adelante y reclamar el mármol que se merecía.

De nueva cuenta, los yanquis lo habían salvado.

Desde los tiempos de la guerra de tres años, siempre hizo todo lo que pudo para corresponderles como se merecían: las reclamaciones por la venta de una parte del territorio apenas fueron un asunto de rigor, una nota diplomática que sólo se escribió para cumplir con el expediente, y el tratado que a su nombre firmó Ocampo para entregarles el país era bastante más que una acción desesperada con tal de derrotar a los retardatarios. Juárez era uno de los suyos, sus ojos se negaban a mirar del otro lado del océano:

Europa era el lugar de sus enemigos, el paraíso de los ensotanados y los monárquicos.

Pronto entraría a la capital como el único salvador de la patria. Si los arcos de triunfo y la marcha que escucharía tenían un origen inconfesable, a nadie le importaría. A los miserables les habían amputado la memoria. Su paso en un landó y la gritería de la plebe en nada se parecerían a la mañana que llegó con las tropas de Álvarez y Comonfort. La mula panda que avanzaba al final de la columna brillaría por su ausencia y los soldados no asustarían a la gente decente con la piel podrida por el mal del pinto.

☙❧

Antes de que conociera a don Juan Álvarez y a Comonfort, las desgracias le partieron el alma; pero, contra todo pronóstico, lo llevaron al lugar preciso, al sitio que le abriría las puertas del palacio y le entregaría la silla dorada con el águila que remataba el respaldo. Aunque los caminos eran tortuosos, la diosa Fortuna jamás lo abandonó. Su encarcelamiento en San Juan de Ulúa duró mucho menos de lo que esperaba, apenas se tardó un par de días en recuperar la vista por completo y dejar atrás el ardor de la luz. Su olfato era la única pérdida notoria, la pestilencia de la celda estaba irremediablemente pegada a su cuerpo.

Cuando lo sacaron de las tinajas, el hijo de Santa Anna lo esperaba en el muelle astroso. En los pilotes que lo sostenían la sal había labrado navajas y púas.

—Ese barco es el suyo —le dijo mientras señalaba el *Avon* que aún tenía las velas arriadas.

Juárez sólo podía guardar silencio.

Dos soldados lo escoltaron hacia la lancha que lo esperaba y se treparon para asegurarse que abordaría el navío.

Al llegar a la cubierta del *Avon* escuchó las palabras del capitán.

—Su destino final es Londres, sólo haremos una escala en La Habana.

Nada podía discutir. Su traje arrugado y apestoso le había robado la poca dignidad que le quedaba. Por eso sólo pudo buscar un lugar donde arrinconarse como los gatos piojosos.

Durante varias semanas dormiría a la intemperie. En la primera noche aprendió a no quitarse los zapatos para evitar que las ratas le mordieran los dedos. A nadie le importaba lo que alguna vez había sido: el gobernador y el diputado eran las viejas pieles que se descascararon hasta borrar sus huellas. Los marineros y los escasos pasajeros apenas podían mirar a un indio astroso, a un muerto de hambre al que no debían acercarse.

☙

—Ésa es su decisión —le dijo el capitán del *Avon* mientras alzaba los hombros y torcía los labios con desgano.

Al patrón de la nave le daba lo mismo si se bajaba o no en La Habana.

Juárez no tenía un peso partido por la mitad y tendría que volver para comer en el mismo rancho de la marinería. Las galletas que sólo se quebraban a martillazos y debían remojarse hasta que pudieran ser mascadas, la carne salada y el agua hedionda tenían la fuerza para obligarlo a regresar. Por más que se parara con la rectitud de una plomada, era obvio que el indio no pasaba de perico perro. Y, aunque tratara de fingir lo contrario, era incapaz de sobrevivir por sus medios.

Benito desembarcó del *Avon*. Al pisar el muelle sintió el mareo de los que vuelven a tierra firme. Cada uno de sus pasos era idéntico a los que daban los borrachos y los bisoños del mar. Su nariz volvió a sentir el olor salobre, la suave pestilencia de los pescados recién atrapados, el tufo del sudor de los cargadores negros que pasaban a su lado con los cuerpos brillosos.

La posibilidad de huir estaba al alcance de su mano, pero trató de contenerla. Nadie le tendería la mano, y al cabo de unos días sería idéntico a los esclavos sin tener la fuerza para soportar los bultos que llevaban en el lomo.

Sus fieles devotos cuentan que el patriotismo lo llevó a dar el paso definitivo, pero su decisión apenas fue un arrebato del que terminaría arrepintiéndose. Huiría del navío y ya vería cómo lograba sobrevivir. Juárez había olvidado que ser limosnero era un mal oficio, un negocio equivocado que nunca le permitía matar el hambre.

❦

El *Avon* levó anclas sin esperarlo, Juárez se quedó en La Habana. Ahí descubrió su nueva miseria, la pobreza absoluta que lo distanciaba del escuincle que, con las ansias de un pan marcadas en la cara, se quedó tieso delante del taller de Salanueva. La falta de techo, su ropa miserable y el hambre sin remedio no eran lo peor que podía pasarle. Los jirones que brotaban de su traje y los zapados heridos terminarían por condenarlo a la desnudez, a mostrar sus carnes flácidas y el vientre hinchado por las lombrices. Por más que tratara de evitarlo, sus harapos revelarían los pies callosos, las uñas largas y carcomidas por los hongos amarillentos y, como si fuera un fenómeno de circo, mostrarían su piel lampiña y la pelambrera grasosa que daba hogar al piojerío. Los tiempos del casimir y las corbatas de seda estaban muertos.

A pesar de la miseria y el fantasma de la desnudez, las desgracias no lo martirizaron más de la cuenta. Juárez no era el único que había huido del país. En un arrebato de piedad, uno de los enemigos de Santa Anna le dio un consejo y algo de dinero.

—Tome un barco a Nueva Orleans, allá están los nuestros que lo recibirán con los brazos abiertos —le dijo con ganas de olvidarlo.

Esos centavos y esas palabras le ahorrarían la posibilidad de volver a mirar los ojos resecos y los labios cuarteados del limosnero que le presumió lo que alguna vez había sido.

105

Juárez obedeció. El anhelo de comer tres veces al día y tener un lugar donde tirarse eran suficientes para ir al puerto de nombre afrancesado.

❧

Los hombres que lo esperaban en Nueva Orleans apenas estaban menos jodidos que él. Durante muchas semanas no se habían atrevido a ir más allá de los muelles, los almacenes y el malecón. El miedo a alejarse de la basura que hurgaban era más grande que la posibilidad de adentrarse en la ciudad. Sus pocos centavos debían alcanzarles para sobrevivir hasta que cayera Santa Anna. Ninguno hablaba inglés, apenas uno medio mascaba el francés. De algo tenía que servirle el tiempo que estuvo en París para tratar de ocultar la vergüenza de engendrar una niña con la mujer que podría ser su madre. A don Melchor le gustaban las damas que se pasaban de maduritas.

Las noches de sueños interrumpidos les marcaban el cuerpo. Cada vez que intentaban tirarse entre las cajas apiladas, aparecía un gendarme que los obligaba a largarse. El muelle y las calles no eran dormitorios, para eso estaban los albergues donde los miserables se formaban para tratar de descansar con la esperanza de que nadie les diera una cuchillada para robarles los despojos que guardaban. En esos lugares el mundo se reducía a juntar unas monedas para pagar una borrachera larga y buena que terminaría de borrarles la memoria.

Poco a poco el valor empezó a entrarles en el cuerpo.

A fuerza de señas y ruegos se agenciaron los trabajos que pudieron. José María Mata atendía las mesas en un restaurante y le diputaba las sobras a los mendigos para llevárselas a sus amigos. Por su parte, Melchor Ocampo se quebraba el lomo en el taller de alfarería donde apenas ganaba lo indispensable para no morirse de hambre. Todo el dinero que le heredaron lo había gastado en chifladuras. Ponciano Arriaga y Pedro Santacilia vivían de lo que podían. Las pocas monedas que les daban como limosna las invertían en el billar y los dados. En las cantinas de mala muerte nunca faltaba un borracho que aceptaba apostar a que les ganaría a los vagos del taco y el cubilete.

Aunque las costillas ya les tensaban la piel, su miseria era distante de la que Juárez padecía. En unos cuantos días, al indio le arrebató las entendederas. Su capacidad de pensar en el futuro se perdió en la bruma, la posibilidad de que en la sesera se asomara algo abstracto apenas ocurriría por milagro. Benito sólo quería comer y medio esconder sus vergüenzas: prefería un pan en ese momento a una docena al día siguiente. Sus compañeros no habían perdido la cabeza. Ocampo escribía cartas y proclamas que llamaban a la rebelión, Mata hacía todo lo posible para enviar sus artículos a los pocos periódicos que aún estaban en contra de Santa Anna, y los demás tenían ánimo para acompañarlos en sus discusiones y señalar los errores que se leían en esos panfletos.

Entre todos pagaban un cuartucho infecto. A Juárez apenas le tocó uno de los rincones y un jergón que alguno encontró en un tiradero. Sus mejores noches eran las que José María se quedaba en el restaurante con tal de ganarse unos centavos de más, el deseo de tirarse en un colchón de paja apestosa era su mayor anhelo. Su mirada siempre estaba fija en los movimientos de Mata: antes de ir a trabajar se afeitaba sin agua ni jabón, el ruido de la navaja mellada sonaba como las lijas que tienen los granos más gruesos. Después se anudaba y desanudaba la corbata hasta que las huellas de la polilla quedaban ocultas y, antes de salir, se humedecía un dedo en el tintero de Melchor para pintarse la piel que se asomaba entre las medias agujereadas. Fingir que estaba limpio y no era un muerto de hambre era indispensable. Sin ese disfraz lo correrían del restaurante.

☙❧

Antes de que pasara un mes, Ocampo le consiguió un trabajo de medio pelo. Juárez torcería puros en un galerón que encontraba a unos pasos de los muelles. El lugar casi estaba en penumbra, el sol era malo para el tabaco. Sus dedos pronto aprendieron a tomar las hojas, a unirlas en el churro que metía en un molde para darle unos cuidadosos golpes con un mazo de madera. A su lado estaban los negros que tenían las cicatrices de la esclavitud y hablaban una lengua incomprensible. Su vecino le sonreía de cuando en cuando, pero los ojos amarillentos y los dientes podridos lo obligaban a bajar la mirada. Ellos eran peores que la indiada.

Cada semana le quitaban una moneda de lo que ganaba. Esos centavos tenían un destino preciso: eran para el hombre que les leía durante la jornada. El miedo a perder lo que le quedaba silenció sus quejas. Los muertos de hambre no pueden alzar el puño, tampoco tienen el valor para protestar. Si comprendía o no la voz que llenaba el galerón era lo de menos. Sólo debía pagar y sanseacabó.

੭੮

Los días pasaban, la monotonía era obscena. Los dedos de Juárez trabajaban mientras en su cabeza estaba la nada. La repetición incesante no le permitía recuperar sus pensamientos; sin embargo, una mañana ocurrió un milagro: entendió lo que leía el mulato y se dejó llevar por las aventuras de un libro ínfimo.

La lengua se le llenó de nuevas voces que se hacían más fuertes en las noches. Poco a poco fue comprendiendo lo que le decía Ocampo: su fidelidad a la Iglesia no tenía sentido, lo que hizo con tal de defender los diezmos y las propiedades de los curas había sido un error de gran calado. Don Melchor era más claro y más radical que José Juan Canseco y los librepensadores que peroraban en el Instituto y la logia.

Día a día, Juárez aprendía más de lo que creía y se imaginaba.

Pero, cuando llegó el momento de la verdad, el miedo y las ansias de no perder los centavos que le daban en la tabaquería, lo obligaron a quedarse. Sus compañeros se irían a Brownsville para fundar un periódico y alentar la rebelión en contra de Santa Anna.

La distancia entre el Misisipi y la frontera se salvaba gracias a las cartas que iban y venían. En los papeles corrientes, las letras de don Melchor y Santacilia refrendaban la amistad y el compromiso con la causa. En uno de esos pliegos le llegó la noticia de que, en el sur, la insurrección en contra de Santa Anna tronó con todas las ganas. Álvarez y Comonfort se habían levantado en armas y lo invitaban a sumarse a la asonada. Es más, hasta le mandaron dinero para que pudiera treparse en los barcos que lo llevarían a La Habana, Panamá y Acapulco.

Juárez dudó.

Esos centavos eran mucho más de lo que podía ganar en meses y sin problemas podrían atreguarle el hambre. La traición y el robo no lo percudirían más de lo que estaba. Según él, los miserables tenían el sagrado derecho a desertar y apoderarse de lo que pudieran. Las tripas retacadas eran más importantes que los ideales.

Se tardó en decidir su destino. La suerte era un volado y, al final, estuvo dispuesto a echárselo.

La moneda cayó del lado que ordenó la suerte: rebelarse en contra del hombre que lo humilló era lo único que podía hacer. Sin embargo, hay otros que dicen que todo fue distinto. La decisión de Juárez no fue por un volado, sino por las palabras que un muerto de hambre le murmuró mientras liaba el enésimo puro.

—Muérete joven o acabarás como yo.

VIII

Juan

Las cosas son como son y no hay para dónde hacerse. Por más que le digan mi alma, no hay manera de ponerles una careta para endulzarles la jeta. Yo soy igualito a mi compadre Satanás, pero la Virgen y el Santo Niño de Atocha nunca se apartan de mi lado. A los que están en el Cielo y en el infierno se les queman las habas para quedar bien conmigo. Por muy diablos que sean, el Tenango y la Minga se quitan las máscaras con pelos de crin cuando me apersono en los pueblos de la costa. De una vez lo digo para que la sesera no se le llene de telarañas: yo no soy un pelagatos que cualquier hijo de vecina puede despreciar. Si alguien lo duda, namás tiene que verme: estoy viejo, pero los años no me volvieron pendejo. Yo soy de esos que las pescan al vuelo.

¿Qué tan chingón seré que una ojeada me basta para darme cuenta de las intenciones que trae cualquier fulano que se pare delante de mí? Un movimiento en falso, una palabra atragantada, un temblor en la mano o una mirada esquiva lo descubren sin que puedan evitarlo. El sudor no cuenta, en mis rumbos hasta el hielo gotea y se convierte en llamas azules. En esto que le digo no hay vuelta de hoja: por más que lo intenten, a mí no me va a pasar lo mismo que a los otros levantiscos. Hagan lo que hagan, me voy a morir en mi cama, rodeado por mi gente y lejos de los paredones y las traiciones. Cuando mi alma agarre para el rumbo del infierno, mi hijo Diego me cerrará los ojos y ningún cabrón podrá darme el tiro de gracia.

Un don como el mío no lo tiene cualquier canalla, tuvieron que pasar muchos años para que aprendiera a medir a la gente sin meter la pata. Yo era un vaquero de quinta y ahora soy el mandamás del sur, el cabrón que se dio el lujo de desdeñar la presidencia con todo y su olor a cadáver. Pasar la vida entre plomazos y estar al lado de los grandes no fue en vano. Don Nicolás Bravo y yo somos los únicos que quedamos de las tropas de mi general Morelos, y —aunque a muchos les urja tronarnos— no terminaremos delante del pelotón como Vicente Guerrero, el mulato más fregón de estos rumbos que tuvo el destino que a mí me saca la vuelta. A él se lo cargó la chifosca por la calentura de sentarse en la silla que mata. Para ser un presidente de a deveras namás hay de una: ser el único que sigue vivo y adornarse con las calaveras de los rivales.

No importa que nadie me crea. Por más que le busquen, todavía no echan al mundo al cabrón que nos pueda matar a la mala. El general Bravo y yo aprendimos a librarla, pero eso no fue por chiripada. Los compromisos jalan más duro que las yuntas y las tetas. Por peores que se pongan las cosas, nuestros hombres jamás nos abandonarán. El chance de chaquetear no les pasa por la cabeza. Mis pintos tienen la lealtad herrada en la carne. Que le quede claro y labrado: conmigo namás andan los machos de ley, los valientes que nunca se culean.

❧

Yo los conozco de tiempo, les bauticé a sus hijos y en mil volados nos hemos jugado la existencia. La vida y la muerte son las caras de la moneda que echamos al vuelo. Mis soldados no sólo los tienen bien puestos, su estampa amedrenta a los que se creen muy bravos. Da lo mismo si traen una pistola en el cincho o si retacaron de zopilotes el cuero de una vaca para andar volando, delante de mis pintos todos se echan para atrás. Mis hombres van por el mundo con la cara prieta, comiscada por el mal que los iguala a los endemoniados que se largaron del infierno porque las llamas no tenían la enjundia para tatemarles las llagas.

Mis pintos no tienen necesidad de ponerse las máscaras de jaguar que usan los tecuanis, tampoco necesitan chirriones para llamar a los rayos que achicharran los montes. Son los hijos de las peores mujeres y las brujas más perras, por eso tienen el odio metido en la sangre y la maldad es el humor que les gobierna la sesera. Los he visto matar a los enemigos y a los que no tienen vela en el entierro, a los tarugos que se les atraviesan cuando el mezcal los ataranta y, como debe ser, tampoco se quedan con las ganas de ayuntarse con las viejas de los rivales o con las que se les antojan cuando entramos a los pueblos sin nombre. Sus huellas son la muerte y el incendio, la rabia que no se atregua, la furia que sólo se detiene cuando les jalo la rienda. A mis bravos ni siquiera tengo que encajarles las espuelas para que se endiablen.

Ellos siempre están listos para partirle la madre al que sea. Por eso los fui llamando de a poquito cuando ese hijo de puta se pasó de la raya. No crea que con esto que digo lo estoy insultando, namás lo describo a las claras. La Guadalupana y el Santo Niño de Atocha son testigos de las veces que me la jugué con él sin detenerme a pensar en las consecuencias. En esos momentos había que entrarle y yo le entré sin que me temblaran las piernas. El Señor del Sacromente sabe que Santa Anna era un buen tipo, un cabrón que seducía al que se le pegara la gana: las letras que se comía mientras hablaba, la puntería que tenía para los gallos y las viejas, y sus ojos negros que se reían antes de que soltara la carcajada eran buenas razones para que mi lealtad estuviera apuntalada a fuerza de mezcales y aguardientes.

Yo no soy como esos que niegan lo que todos conocen: éramos amigos, y siempre me salpicaba cuando hacía de las suyas, pero las querencias y los centavos no aguantaron su última andanada.

Toñito se creía el único mandamás, y las ansias de partirnos la madre le enlodaron el alma. ¿Quién se creía para hacernos de lado? Nosotros somos los meros meros en nuestras tierras, y él ni a perico perro llega en estos rumbos. Veracruz es suya, el sur es mío.

Aunque a veces me remordía la conciencia y me daban ganas de atreguarme, no me quedaba de otra más que echármelo al plato. El buen corazón es un peligro. A nada estuvimos de clavar su cabeza en una pica para que a todos les quedara claro que no hay modo de brincarse las trancas. Delante de los que son como yo, hasta el presidente se mueve sabroso; pero don Antonio se pasó de la raya y, para acabarla de fregar, le jaló los bigotes al tigre.

Quién quita y namás lo hizo porque tenía la sesera retacada de aire caliente. A fuerza de andar oliendo inciensos, se le olvidó lo que de a deveras es importante: en el juego que admite desquite, nadie se pique.

⚮

Los leguleyos que se meten a militares siempre le hallan la cuadratura al círculo. En sus plumas corre la sangre de Satán y nada se tardan en encontrar las justificaciones para desenterrar las armas. Nachito Comonfort era de ésos, aunque de cerca se mirara como un hombre de paz al que le encantaba sentarse a jugar baraja con las viejitas. De que era bueno para el rentoy y el tresillo, lo era a todas luces.

El día que nos encontramos para parlar, me puso las cosas en su lugar: mi pleito con Santa Anna tenía que ir más allá del desquite. Si namás lo colgaba delante del palacio o arrastraba su cadáver por las calles hasta que su carne quedara embarrada, las balaceras no servirían para nada. Es más, sin hacer alharacas me metió un calambre con una sola pregunta: ¿qué iba a hacer después de que ganara? Nachito tenía razón. Ése era el problema más espinoso y no había de otra más que arreglarlo de una vez y para siempre.

A pesar de lo que andan diciendo con tal de echarle mierda, Comonfort tenía el mejor de los planes: a punta de plomazos nos fregábamos a don Toño, yo me volvía presidente y, para que la gente no se endiablara de más, en tres patadas se escribiría una nueva Constitución que dejaría contentos a todos. Eso de que uno solo mandara y se pasara por el fundillo las leyes y los compromisos se iba a terminar para siempre. La federación era la única manera como los poderosos de los estados tendríamos el respeto que nos merecíamos y, con un gobierno variopinto, a cada uno de los alebrestados les tocaría su parte: los liberales y los conservadores, los curas y los soldados, los agiotistas y los comerciantes tendrían un despacho en palacio.

—Todos o ninguno —me dijo Nachito para que las cosas quedaran bien remarcadas.

ഌ

En menos de lo que canta un gallo nos pusimos de acuerdo, pero también era claro que, por más que quisiéramos, no podíamos darle de patadas al avispero. Santa Anna tenía jalón entre la leperada y en un santiamén levantaría ejércitos de la nada. El dinero del gobierno y su fortuna le alcanzaban para eso y hasta le sobraba para un tanto más. Algo teníamos que hacer para emparejar las cosas. Por eso mero fue que Nachito se largó de Acapulco en el primer barco que lo llevaría a San Francisco; mi hijo Diego hizo lo mismo para llegar a Nueva York.

Allá, del otro lado de la frontera, harían los enjuagues que nos darían la victoria.

En este pleito los centavos dolerían más que los catorrazos. Por cada peso que don Antonio sacara, nosotros pondríamos dos en la mesa. Lo que aprendimos en el rentoy tenía que servir para algo. La cosa estaba cantada: los masones yanquis no le quitaban la vista a México, y un gobierno que los apoyara les venía como anillo al dedo; es más, ellos les echaron la mano a los que andaban huidos con tal de que se retacharan y se sumaran a mis hombres. Nachito estaba seguro de que nos faltaban buenas cabezas, y sin que la lengua se le enredara llenó de flores a Ocampo, a Mata y a don Ponciano Arriaga. Los rojos más perros debían estar de nuestro lado.

Todo pintaba como debe ser. Namás una cosa medio me nublaba el panorama: por más que le pregunté a qué carajos se había comprometido con los yanquis, Nachito me contestaba con puras palabras a medias. No tenía ningún caso que le siguiera rascando, era de ley y con eso me bastaba. Al fin y al cabo, los tratos se hacen para romperlos.

Los cuatrocientos mil pesos que mi hijo Diego consiguió empeñando la aduana de Acapulco y los pertrechos que Nachito se agenció prometiendo el toro y el moro eran indispensables. Si ganábamos, ya veríamos cómo le haríamos para cumplirles o para sacarles la vuelta a los gringos.

∞

El barco en el que volvió no entró al puerto. Allá se quedó, anclado en la isla del Grifo hasta que todo estuviera dispuesto. Nachito fue y vino en la lancha hasta su gente entendió que ésa era su única oportunidad para que no se los cargara la tiznada. En el fondo, namás se hacían los remolones para cumplir con el expediente: los tinterillos le debían todo a Comonfort, y los militares estaban conmigo aunque a ratos les costara aceptarlo.

Esa noche, los que trabajaban en la aduana y los soldados del fuerte de San Diego miraron para otro lado o de plano se hicieron los dormidos. Con la luna ausente y el faro apagado, las cajas llegaron al muelle. Los fusiles parecían recién engrasados y la pólvora olía al tizne que marcaría los uniformes santanistas. A ellos no les quedaba de otra, la verdad se pasea en Corpus y no se esconde en San Juan: el Quince Uñas estaba terco en adueñarse de la aduana de Acapulco, y los empleados estaban a nada de terminar en prisión por quedarse con lo que no les tocaba. El contrabando namás podía ser un negocio de Su Alteza Serenísima, su señora tenía otro: doña Lolita obligaba a las más ricachonas a que le entregaran sus alhajas a cambio de corales engarzados en plata.

En unas semanas estábamos listos y más que dispuestos. El grito de guerra lo dio un militar de poca monta en un pueblucho a mitad de la nada. Ignacio y yo nos teníamos que quedar callados unos días y, para que nadie dudara de que éramos buenos patriotas, quesque nos sumamos a la proclama que le declaraba la guerra a Santa Anna.

❦

Todavía andábamos en Acapulco cuando lo vi por primera vez. Manque su nombre lo anunciaba, la jodidez se le notaba en la oscuridad que acobardaban las lumbradas. Ahí estaba, parado delante de mí con el cuero amarillento y la panza inflada por la falta de sustento. Lo calé en un santiamén. La ropa deshilachada, el olor del tabaco rancio, la pestilencia de la sobaquina y los pelos grasientos contaban la historia de sus carencias. Eso de que llegó en calzones y lo apapaché después de enterarme quién era, es pura hablada. A la gente le encanta adornar las pendejadas. Don Melchor me lo había recomendado a más no poder, y como Nachito todavía le respetaba la pluma, le metió el hombro sin conocerlo. Por eso fue que Beno se agenció un lugar en mi estado mayor. Tenía buena letra, y luego de que le matamos el hambre y lo vestimos como gente de bien, recuperó la cabeza. Sus palabras eran más venenosas que las de Comonfort y sin problemas encontraba las precisas para que lo malo se volviera bueno.

—Tiene retórica —me dijo una vez don Melchor Ocampo.

Yo namás lo mire para soltarle la verdad.

—Sabe Dios si la tiene o no, pero lo que sí es cierto es que es un hijo de la chingada por los cuatro costados. Con ese indio hay que andarse con cuidado, vale más tenerlo cerca que dejarlo a las ventoleras.

Cualquier persona con tres dedos de frente sabe que ser un hijo de la chingada no tiene nada de malo. Esa virtud se aprecia cuando es de a deveras y apenas se nota. Por eso mero fue que Beno me cayó bien y sin más ni más le agarré aprecio. En un descuido capaz que era una de las cabezas que según Nachito nos faltaban. Cómo serían las cosas que hasta le perdonaba sus defectos: le sacaba la vuelta al mezcal, y si llegaban las suripantas decía que la jaqueca lo estaba matando. ¿Quién quita y le tenía miedo a los chancros del gálico? La mera verdad es que no tengo claro por qué lo escamaban, con esas pústulas no hay por qué preocuparse: se quitan solas o, si se ponen rejegas, con tantito azogue se van a la fregada. Por más que se lo expliqué, Juárez no entendía que los males que pegan abajo del vientre son iguales a las heridas de combate y, como debe ser, los machos las presumimos sin sentir vergüenza. Las manchas azulosas en el pito apenas son el recuento de nuestras correrías.

El caso es que le justificaba sus cosas y lo mismo hacía cuando empezaban los plomazos: luego luego se huía a la retaguardia y, si el tiempo le alcanzaba, se largaba al pueblo que estuviera a una jornada de distancia. El vale más que digan aquí corrió que aquí murió lo tenía clavado en el alma. Nadie le creía la cantaleta de que había sido teniente. Después de tres combates terminó por tragarse sus presumideras delante de los que sí se jugaban la vida.

Era cobarde, pero hacía bien su trabajo. Cada quien a lo suyo, pus Dios no repartió los güevos a lo parejo. Nachito, que desde los tiempos de Iturbide no se tentaba el alma para agarrar un sable, se burlaba de él cuando se desmecataban las balaceras. Con una sonrisa de cachete a cachete decía que Benito siempre le apostaba a las mismas estrategias. Su arte de la guerra apenas le alcanzaba para tres acciones: si los enemigos eran muchos no había de otra más que huir como almas que lleva el Diablo, si eran pocos bastaba con esconderse y, si nadie venía, era el momento de dar el grito de guerra: "¡A la carga, hijos de la chingada, que para morir nacimos!"

De que los tenía chiquitos, pus así los tenía y qué le vamos a hacer. Al fin y al cabo yo no lo quería para semental.

☙❧

Por más que quiso y le hizo, Santa Anna no pudo pararnos. En todos los lugares se alzaron los ejércitos y las gavillas que lo combatían. Algunas tenían hartos hombres y otras se pasaban de bravas, como la que Díaz acaudillaba en Oaxaca. Es más, cuando el Quince Uñas empezó a darse cuenta de que la tenía perdida, apostó su resto a la última carta que le quedaba: a los meros meros les ofreció todo lo que pudo con tal de que nos dieran la espalda. Ninguno le aceptó el dinero, y si alguno lo hizo, namás se lo clavó para hacerse de mulas. Don Antonio se había pasado de cabrón, pero a esas alturas ni la plata ni las mulatas ni las copas de chínguere podrían salvarlo de la desgracia.

Al cojo no le quedó de otra más que echarse para atrás y, cuando la derrota de a deveras le lamió los tanates, enrolló la cola y se largó para otro lado. El zacatón huyó sin presentarse a la última batalla. Después de eso, dejamos que la gente hiciera lo que se le pegara la gana: sus haciendas y casas terminaron saqueadas y achicharradas. Él era nuestro enemigo y, manque rogara, no se merecía ni una gota de piedad.

☙❧

Apenas necesitamos unos pocos plomazos para llegar a Cuernavaca. Cuando los santanistas nos divisaban, luego luego bajaban las armas y nos rogaban para que los sumáramos a la tropa. Esos pobres diablos no tenían ideas ni partido, se mataban por unos pesos y lo mismo les daba quién se los pagara. Nosotros podíamos dárselos y, si nos portábamos como buenas personas, hasta les

119

ratificábamos sus rangos y puestos. Con ellos no hacía falta otra cosa: los muertos de hambre salen baratos.

Entramos a la ciudad desfilando, al frente iban mis pintos con sus rostros manchados y cacarizos, después venían los otros soldados, los que nomás se cubrían sus vergüenzas con manta y los que traían puesto el uniforme de los derrotados. Los gritos de la tropa silenciaban las campanadas que anunciaban nuestra presencia y le fruncían la cola a los que aún tenían ganas de enfrentarnos.

El desfile de la victoria salió como debía ser. Los mandamases de la revolución veníamos montados en buenos caballos, y Beno, que siempre les sacaba la vuelta, era el único que andaba en una mula que se pasaba de mansa. A él, lo único que le sentaba eran los carruajes.

ை

La pachanga de la victoria apenas duró un suspiro. Ni siquiera tiempo tuvimos para atarantarnos como Dios manda. Tres farolazos no sirven para nada. Nachito, Ocampo y Juárez estaban en la necia de que urgía legalizar las cosas. Manque hubiéramos ganado, estaban tercos en buscarle tres pies al gato. Algo de razón tenían.

En menos de lo que lo cuento, organizaron una reunión donde estaban todos los representantes de la federación. Cualquier pendejo que los oyera y los viera, terminaría creyendo que sus tarugadas iban en serio. A falta de elecciones, arreglaron la cosa a fuerza de chuecuras y conveniencias: Benito representaría a Oaxaca, don Melchor a Michoacán, Nachito a Puebla y así se siguieron hasta juntar a todos los que necesitaban. Y, si les faltaba un estado, nombraban a cualquiera de los nuestros manque no hubiera nacido en esos rumbos.

—La representatividad es muy importante —me dijo Comonfort cuando me los presentó como si no los conociera.

Según él, la cosa era de a deveras y debía pasarse de solemne.

En tres patadas me nombraron presidente y Nachito, que todavía tenía a su cargo las tropas, empezó a formar el gabinete. Sólo Dios sabe cuántos pliegos llenó y cuántos tachó. De ninguna manera podía permitir que uno de los partidos fuera mayoría.

—El equilibrio es lo único que puede salvarnos —me murmuró después de que rompió uno de los papeles.

Al cabo de muchas horas la lista quedó completa.

Lo malo era que, entre tantas cabezas y credos, los problemas se arrancaron el bozal de buenas a primeras. Nacho quería amacizar la paz y arreglarlo todo con un apretón de manos; en cambio, a don Melchor se le quemaban las habas para arrasar el país. Según él, había que llegar hasta las últimas consecuencias: los santanistas debían ser pasados por las armas y los curas tenían que entregar sus riquezas al gobierno; y, sin que le importara lo que pasaría si le hacían caso, los agiotistas habrían de conformarse con lo que se habían ganado a fuerza de marrullerías y, namás para llevar las cosas al extremo, le urgía desarmar al ejército para crear una nueva guardia. Ocampo estaba chiflado, lo que queríamos era la paz, y a él le urgía seguir echando tiros. Yo entiendo su rabia: ser el bastardo de un cura le llenó el alma de telarañas. Capaz que, en el fondo, sólo quería desquitarse del hombre que lo engendró y lo abandonó en un hospicio para que su madre lo recogiera y pudiera disimular sus calenturas y sus pecados.

Nachito hacía lo que podía y más de tres veces tuve que meter la mano para apaciguar los ánimos. Él tenía claro que las tropas, los agiotistas y los curas eran intocables. Si nos metíamos con esos cabrones en nada se levantarían en armas y todo lo que habíamos conseguido terminaría en el bacín. Mi compadre Satanás sabe que yo no miento. Cada vez que se agarraban del moco, don Melchor soltaba su veneno: "una revolución que tranza es una revolución que claudica", o "una revolución a medias es una revolución abortada", gritaba mientras hacía ojos de loco.

Los bandos estaban claros, los radicales y los moderados no tenían manera de entenderse. Ahí mero fue cuando le vi los cuernos al Diablo. La presidencia no era negocio y, para acabarla de fregar, el tarugo que se sentara en la silla no podría controlar el destripadero que ya se anunciaba. Lo bueno de ser un anciano es que nunca faltan pretextos: el dolor de los dedos que se retuercen por la artritis, la frialdad que duele en el pecho y la humedad que se mete en los huesos se me empezaron a notar desde que tomamos el camino que lleva a la capital.

Ya se lo dije y ahora se lo repito: soy viejo, pero no pendejo. Es más, en ese momento supe que no quería que la gente me recordara como el traidor que se rebeló contra su amigo con tal de ser presidente, para eso sobraban ambiciosos a los que les urgía sentarse en la silla maldita.

ഇ

Cuando llegamos a la capital, mis temores quedaron confirmados. Las calles estaban vacías mientras las tropas desfilaban. Las únicas miradas eran las que se asomaban entre las cortinas y las maderas que ocultaban las ventanas. El miedo y el asco a mis pintos los obligó a meterse en sus madrigueras. Nadie quería vernos, ninguno quería tocarnos y muchos preferían arrancarse la lengua antes de cruzar palabra con los hombres con la cara roída. No es que quisieran a Santa Anna, pero lo preferían a encontrarse con una tropa implacable.

El Santo Niño de Atocha es testigo de que esa vez me pasé de buena gente y contuve a mis hombres. Los saqueos y los desmanes estaban prohibidos, y si a alguno se le metía el Diablo, con un mecate en el cogote se lo sacábamos mientras las patas le temblaban para anunciar la llegada de la niña blanca. Tanta era la paz que ni

122

siquiera en las pulquerías se rajaron la carne con un trozo de cajete y, manque nos ardieran los abajeños, las chinas se fueron a sus vecindades con el hombre que les cuadraba. Si alguien lo duda, vaya y pregúntele a don Memo Prieto, que se empiernó con más de una. Pero mis afanes les valieron madre a la gente y los poderosos.

Esa noche, cuando me llevaron al teatro para ver la obra que quesque estrenarían en mi honor, el lugar estaba casi vacío. La herradura que formaban los palcos estaba desierta y apenas unas pocas butacas tenían espectadores. El desaire de los pudientes me pegó, pero no me eché para atrás. Caminé hasta donde estaban los actores y me recargué en la tabla que apenas ocultaba un cachito del escenario. Esa cuarta de madera era para que no les viéramos las patas a las furcias que actuaban. Eso de que enseñaran los pies namás atizaba las calenturas. Por más que me lo pidieron, no quise subirme para saludarlas. Desde abajo les miraba los pies y les adivinaba los chamorros.

Lástima que fuera vigilia.

Si la gente no estaba era lo de menos, les dije que prendieran los candiles y se arrancaran con la comedia. Aunque pareciera perro de carnicería, eso de desperdiciar la mirada era un pecado que no se valía.

಄

Las cosas se pudrieron antes de que maduraran. El momento de largarme había llegado. Sin oír los ruegos junté a mis pintos y me retaché a mi tierra. Esos cabrones no tenían remedio y eran peores que los curas fanáticos. De no ser porque el colorado los distinguía, se habrían vestido de blanco como los jueces del Santo Oficio para quemar a sus enemigos a mitad de la plaza grande.

A pesar de los borlotes que se veían venir, la mano no me tembló para apostarle a Nachito. En un descuido, capaz que era el único que podría apaciguar a los lunáticos. Por eso fue que le dejé la silla y le di tres abrazos con tal de que la suerte no lo abandonara.

—Si las cosas truenan, namás me hablas y me dejo venir con mi gente —le dije con ganas de que no se le saliera el alma.

Nachito nunca me llamó y yo fingí que Dios me hablaba.

Quién quita que, si me hubiera retachado con mi tropa, las cosas no hubieran tronado de tan fea manera. Pero ¿qué le vamos a hacer? A lo hecho, pecho.

ୡ

Don Melchor, Memo Prieto y los más atrabancados no quisieron entender lo que estaba haciendo. Los muy pendejos pensaron que me estaba echando para atrás y les dejaba la mesa puesta para su cena de negros. Por más baldes de agua que les echara, lo jarioso nunca se les atreguaría. Todavía no alcanzaba a divisar Iguala y ya se estaban dando de catorrazos. Beno —a lo mejor porque le encantaba ser ministro— andaba como cucaracha en quemazón. Entraba al despacho de Nachito y se iba corriendo al de Ocampo, luego se sentaba con don Guillermo y se retachaba al de Comonfort. Su chamba de anda, corre, ve y dile lo traía como perico a trapazos.

A pesar de esto, la cara no le cambiaba al Beno. La gente que lo vio me dijo que siempre parecía muy circunspecto. La fiesta la traía por dentro. Lo único que le daba miedo era agarrar al toro por los cuernos. Por muy ministro que fuera, no se atrevía a firmar un papel por decisión propia. Cada una de esas letras la tenían que aprobar los que estaban jalándose las greñas. Para qué le hago el cuento largo: su changarro estaba más tieso que un muerto.

Al final, sus afanes no terminaron en un mal parto: a fuerza de súplicas convenció a don Melchor de que no renunciara y se diera la mano con Nachito. Con el conque de que la nueva Constitución lo arreglaría todo, le sacó el sí más de fuerza que de ganas. La cabellera desmelenada de Ocampo y los pelos bien peinados de Comonfort terminaron por encontrarse delante de todos los ministros y se dieron un abrazo con hartos lomazos.

A golpe de vista, cualquiera habría pensado que los pleitos se habían terminado; pero la verdad era otra.

—El país no necesita abrazos ni apretones de mano, lo que le urge son apretones en el pescuezo —le dijo don Melchor a Beno cuando se regresó a su despacho.

ꆰ

Lo que pasó estaba cantado. Todavía no se acababa el mes cuando los rojos mandaron a la fregada a Nachito. Ninguno estaba dispuesto a ceder un pinche dedo. Comonfort namás se quedó con los moderados sin pensar en lo que decía el cura de su parroquia: "A los tibios los vomitaré de mi boca".

Ni modo, qué le vamos a hacer. Los afanes de Beno se fueron a pique, pero le dieron su premio de consolación: sería el nuevo gobernador de Oaxaca. Comonfort se decidió por el camino que mejor le venía. La cercanía del indio con Ocampo no le cuadraba, manque en más de una ocasión le había sido más fiel que un perro faldero. Valía más que estuviera lejos; total, si lo necesitaba apenas tenía que echarle un chiflido para que volviera meneando la cola.

Cuando Juárez llegó a su tierra, la gente le dio la espalda. Los liberales le conocían las mañas y los curas sabían de sus traiciones. Al pueblo, como siempre, el nombre del que mandaba le valía madre y no contaba. La mera verdad es que no tenía las cosas fáciles. El día que se iba a sentar en el palacio, los sacerdotes cerraron la catedral y le negaron su *Te Deum*. Por más que rogó, no pudo jurar ante Dios que era el gobernador de Oaxaca.

Ese desprecio le caló más hondo que los calzones que le regaló Santa Anna.

ꆰ

Manque el sol se puso negro, Nachito siguió adelante. Organizó las elecciones para llamar al Congreso y, con tal de seguir haciéndole al malabarista, publicó las leyes que escribieron los rojos. Si don Melchor ya no estaba en el gabinete era un asunto que valía una pura y dos con sal, su mano se notaba en las letras que escribieron Beno y Lerdo de Tejada. Por lo menos en esos papeles, los colorados se había fregado a los curas, a la indiada y a los militares: ya no tendrían tribunales especiales y sus tierras se venderían al mejor postor.

A esas alturas daba lo mismo que don Melchor y sus achichincles festejaran el madrazo que les dieron a los sacerdotes y los soldados. Estaban equivocados. Cualquiera que no se pasara de caliente podía verle los cuernos a mi compadre: ése no era el momento para patear el avispero. Cuando los diputados se juntaran, tendrían a todos en su contra, pero eso no le importaba a Beno: estaba en su tierra, podía hacer sus negocitos, y lo que pasara en la tribuna le venía guango. Al final, el único que salió trasquilado fue el pobre de Nachito.

IX

Ignacio

El viejo fue el único que olió la desgracia y se largó del palacio en el momento preciso. Don Juan se lavó las manos como Pilatos y quedó bien parado con todos. Nadie podría emprenderla en contra del cacique que se hizo a un lado y no movió un dedo a favor de ninguno de los partidos. La estrategia de "rásquense con sus uñas" lo salvó de la matanza anunciada. La Pantera del Sur, como le dicen para endulzarle las orejas, nos va a enterrar a todos, un marrullero de su calaña siempre sale bien librado.

Álvarez no mentía cuando aseguraba que una mirada le bastaba para medir al que se le parara enfrente. Nos caló con una ojeada, y a lo mejor con ganas de apostarle al mal menor, me entregó la presidencia con la vana promesa de que estaría a mi lado para apoyarme. A estas alturas no puedo negarlo: le creí de buena fe, pero hoy me arrepiento con toda el alma. Por más mensajes que le mandé, los pintos no volvieron a la capital y, cuando me quedé más solo que un coyote añoso, las herraduras de los levantiscos me aplastaron en un santiamén. Un presidente convencido de la reconciliación era un estorbo para los bandos que anhelaban la muerte.

En este momento, mientras la costa se aleja y el viento me lleva lejos, me doy cuenta de lo obvio: por más que tratáramos de engañarnos, la Constitución había nacido muerta. Ni siquiera se dio el lujo de padecer una larga agonía. La grisura del mar y el sol apesadumbrado desenmascaran mi destino. A la distancia, las troneras del fuerte de San Juan de Ulúa no revelan sus cañones, y la pestilencia que asesina a los presos se diluye en la brisa que apenas tensa el velamen. Me voy al exilio y no tendré la suerte de Santa Anna: apenas traigo lo puesto y en mi talega no pesan las monedas de oro. A pesar de todo, el gobernador Gutiérrez Zamora fue generoso, pues no permitió que mis enemigos me atraparan y me regaló una letra de cambio que apenas me alcanzará para lo indispensable durante unos pocos días.

Desde hoy sólo podré mirar los toros desde la barrera. Ya no puedo ser el juez de la plaza, nadie me ofrecerá un capote para enfrentarme al berrendo, y ni siquiera me darían un hato de banderillas para debilitar al animal con las puntas y el fuego que las adornan. A pesar de perderlo todo y estar manchado con las injurias, todavía me queda un consuelo: mis manos no se mancharán con sangre y, cuando los campos se llenen de zopilotes, me llamarán con tal de que vuelva para remediar sus desgracias.

Los conozco desde hace mucho, lo que sucederá no me es desconocido. Sé que los rojos y los clericales siempre hacen lo mismo: Santa Anna se fue y vino mil veces, y los otros caudillos se largaron y regresaron cuando los radicales se quedaron entrampados en sus odios. Aunque hoy me maldigan, soy el único que podrá sanar sus entuertos.

❦

Por más confianza que tenía, mis sueños de paz trocaron en pesadillas. La mujer con túnica blanca y la Constitución en la mano se transformó en un esperpento, en un ser monstruoso que ardió junto con las páginas que nacieron malditas. Nuestro error fue inmenso. La furia de Caín devorará al país. Fracasamos en la creación de una ley suprema que le abriera el paso a la concordia. Por más moderada que fuera, parimos un adefesio que a nadie le acomodaba. Cada uno de sus artículos era una púa que a alguien hería, da lo mismo si lo hacía en la realidad, en la imaginación o en el orgullo.

La Iglesia y los militares no eran los únicos descontentos, yo también fui una de sus víctimas: de un día para otro me transformé en un presidente con las manos atadas, en la persona que debía pagar la derrota que sufrieron los generales de Santa Anna y los excesos donde se veía la siniestra presencia de Ocampo. Lo que ocurrió era predecible: antes de que la Constitución lograra su plena vigencia, el bramido de la guerra se adueñó del país. El hecho de que los diputados se persignaran y la juraran en nombre de Nuestro Señor no tenía ningún valor, aquí y allá se desenterraban las hachas que anunciaban el fratricidio.

☙❧

Aún no terminaban de imprimirla y la Iglesia ya la había condenado sin miramientos. Las voces que anunciaban la excomunión tenían el mismo sonido de las plagas que todo lo devoran. Los sacerdotes jamás extenderían su mano derecha sobre ella, y aquellos que se atrevieran a hacerlo serían castigados hasta el fin de los tiempos: sus cuerpos no podrían reposar en tierra santa y tendrían que enterrarse en lugares impíos, sus nombres jamás serían pronunciados en las misas de difuntos y, mientras estuvieran vivos, los curas les cerrarían el confesionario hasta que se ahogaran con sus pecados. El infierno era su único destino.

Ninguna persona que la jurara tendría el perdón de Dios. Según los clérigos, la nueva ley estaba escrita con la sangre del Diablo. Por esa razón el Santo Padre había censurado cada una de sus letras. Las copias de los pergaminos lacrados que llegaron desde el trono de San Pedro se mostraban sin rubor en los templos y se discutían en las casas de los más persignados. En esos renglones nos acusaban de hacerle la guerra a la fe y sus ministros, de anular sus leyes y robar las propiedades divinas. Por más que hablé con el obispo Pelagio no logré convencerlo de lo contrario. Para él y los suyos sólo había una manera de salir del atolladero: abolir la Constitución y convocar un nuevo Congreso que haría su trabajo como Nuestro Señor lo exigía.

Por más que me afanaba, el obispo no entendía que tenía las manos amarradas. Los diputados eran los titiriteros y yo era el monigote. Tampoco le entraba en la cabeza que lo ocurrido en el Congreso era muy distinto de lo que pensaba y juraba. Ni siquiera se tomó la molestia de pensar en la propuesta que le hice: uno de los suyos debía sumarse al gabinete, la voz de los clérigos era indispensable para la reconciliación. Por más que se besara los dedos cruzados, Pelagio era idéntico a Ocampo y los radicales: un sordo que no estaba dispuesto a ceder un ápice.

—Mis ojos no pueden mancharse con las palabras del infierno —me decía con rabia cada vez que le insistía en que la leyera.

ᥬᥭ

A Pelagio no le importaba que los diputados radicales no alcanzaran para enrojecer la Cámara y ni siquiera tuvieran la fuerza para teñirla de rosa. A él, como a todos los clericales, lo envenenaron los chismes y las páginas de los periódicos que transformaban un piojo en un caballero con la lanza en ristre. Yo no tenía la culpa de que los moderados fueran apáticos, que faltaran a la menor provocación o que pocas veces se aventuraran a tomar la palabra en la tribuna. Sin embargo, en el momento de las decisiones, nunca fallaron y siempre levantaron la mano a favor de la concordia.

A pesar de que sus votos valían mucho más que cualquier discurso incendiario, lo que ocurría en las planas entintadas era distinto: las voces de los rojos más intransigentes se ganaban los cabezales en los periódicos, y a muchos los llevaron a pensar que se saldrían con la suya. De nada servían los rezos y las rogativas a Nuestro Señor que se hacían al comenzar las sesiones, y de poco valía que los legisladores se proclamaran católicos y se persignaran como Dios lo ordena. La Iglesia era tan sorda como sus ansias de revancha.

෨ා

Los diputados aún no bajaban la mano del juramento y las rebeliones comenzaron aquí y allá. La cruz y la espada se unieron sin que nadie pudiera evitarlo. Daba lo mismo si las alianzas y las conspiraciones se fraguaban en las sacristías al calor del oporto, en las áridas plazas de los pueblos donde se apersonaban los indios con sus picas o en la oscuridad de los templos masónicos donde los supuestos hermanos se saludaban como si fueran perros.

Para los que estaban a nada de tomar las armas, las cosas estaban claras: a pesar de la derrota en las votaciones que le dieron cuerpo a la Constitución, los rojos seguían empecinados con el todo o nada. Y, para abonar la desgracia, las leyes de Juárez y Lerdo los crispaban: la idea de que los militares y los clérigos pudieran ser juzgados en los tribunales comunes era una afrenta imperdonable, y la sola posibilidad de que se vendieran los bienes de la Iglesia y los pueblos indios avivaba su rabia. El murmullo de "religión y fueros" rompía el más tenso de los silencios para anunciar la matanza.

Los militares se transformaron en los soldados de Cristo y los curas bendijeron sus banderas negras con cruces encarnadas. Las palabras que pronunciaban mientras los consagraban eran indiscutibles: ellos se convertirían en los nuevos macabeos que ofrendarían sus vidas en la masacre que salvaría de los endemoniados a la única fe verdadera. La suya era una guerra santa. Yo sabía que en Tacubaya se confabulaban los generales Miramón y Zuloaga, pero juro por Dios que no esperaba los levantamientos en Puebla y la

Sierra Gorda. La indiada que seguía a Tomás Mejía estaba dispuesta a ensangrentarlo todo.

ର୨

Mejía era tan indio como Juárez, pero estaba curtido por las mil batallas en las que apostó la vida. No tengo más remedio que reconocer que es un valiente, un católico enloquecido que está dispuesto a asesinar a todos los que pueda antes de ser crucificado y sentir la sed que el vinagre no puede aplacar. De joven se enfrentó a los apaches y de ellos aprendió los gritos que hielan el alma cuando sus tropas se lanzan a la carga. Esas voces se imponen al ruido de los caballos y llaman a los rayos que todo lo incendian.

En esa guerra eterna también hizo suyas las tácticas de los salvajes: a menos que la victoria estuviera asegurada, el combate de frente no tenía sentido. La mejor manera de aplastar a los enemigos era esperar la llegada de la noche y atacarlos en la oscuridad que se rajaba por los alaridos endiablados. De los indios indómitos grabó en su memoria que el horror era su aliado más poderoso: a los enemigos muertos les cortaban la cabeza para ensartarlas en las picas que adornaban los campos de batalla y, cuando exigía la rendición, enviaba las cabelleras con la piel sangrante de sus prisioneros. Esos cueros eran el aviso de lo que ocurriría si alguien se atrevía a levantar su fusil. Y, por si esto no bastara para mostrar su bravura y su sed de sangre, Tomás también se enfrentó a los yanquis en los peores lances y se llenó los ojos de muerte cuando Monterrey cayó en manos de los invasores. El día que se firmaron los tratados de paz para ratificar la ignominia, se negó a entregar sus armas y atacó al gobierno de los cobardes, al régimen que estaba en manos de los rojos que renegaron de la patria con tal de congraciarse con los gringos. Su santo y seña era preciso: los herejes, los masones y los protestantes debían ser exterminados para que Nuestro Señor reinara en estas tierras.

La indiada lo seguía por algo más que la lealtad sin cortapisas. Mejía era hijo de caciques y sus palabras les ofrecían todo lo que anhelaban. Cuando a fuerza de balas y machetes destruyeran al gobierno impío, las tierras de los hacendados liberales serían repartidas entre sus seguidores y las tiendas de raya se enfrentarían al saqueo y las llamas. Ninguno de los santos patronos de la Sierra Gorda sería profanado y las mayordomías proclamarían la devoción de sus fieles. La Santa Cruz se convertiría en la única brújula que guiaría los pasos de la patria.

Las palabras de Mejía eran perfectas y ninguno de los indios se atrevía a negarlas. Él era como ellos, y ellos eran como él. Sin embargo, la voz del obispo Pelagio también se escuchaba en los bramidos de la Sierra Gorda y, como las llamas en los pastizales resecos, cundió en otros lugares. En Puebla —la ciudad que fue fundada por los ángeles que tensaron las cuerdas de su trazo para cumplir el mandato de Dios—, los militares y los pueblos también se levantaron en contra de la Constitución y mi gobierno.

∞

La situación era desesperada. Delante de mí se abrían dos caminos en los que forzosamente debía adentrarme. Mi alma estaba desgarrada y no había manera de suturarla. A como diera lugar tendría que tender puentes con los radicales para equilibrar la balanza de la guerra. A toda costa tenía que derrotar a los alzados que tomaron las armas en nombre de la Iglesia. Apenas había un hecho que me consolaba: con la victoria llegaría la posibilidad de pactar la reconciliación que todo lo salvaría. Por eso le pedí a Juárez que dejara Oaxaca y se sumara a mi gobierno. El hecho de que fuera una veleta me permitiría pactar una alianza con Ocampo y los suyos. Benito nada se tardó en llegar. En su tierra lo detestaban y los clérigos le cerraron las puertas después de sus robos y sus traiciones. Un despacho en palacio o la presidencia de la corte valían más que una gubernatura condenada a la pena capital.

Juárez, después de inventar el mejor de los pretextos que pudo urdir, se había aprovechado de lo que señalaba la ley de Lerdo. Según él, tenía que cumplir con lo mandado y, además, como gobernador debía poner el ejemplo para que los ciudadanos siguieran sus pasos para fortalecer las políticas liberales. Por eso se otorgó un préstamo del gobierno para comprar la casa de la Calle de Coronel. Y, como nadie le marcó el alto, aumentó su deuda con tal de pagar centavos por otras propiedades del clero. El hombre que alguna vez tuvo el Padre Nuestro en la boca y cargó a la Virgen en las procesiones le mostró su verdadero rostro a los clericales.

Todos sabíamos que la excomunión le importaba un bledo. Lo único que le interesaba es que jamás pagaría una mensualidad del préstamo y que por fin viviría como si fuera blanco. Por más que lo intentara, no podía cobrarse a sí mismo y, cuando el país quedó patas arriba por la guerra, a ninguno le preocupó recuperar ese dinero. ¿Quién tendría el valor de apersonarse con el presidente para decirle que debía cumplir sus compromisos? Nadie, absolutamente nadie. El leguleyo sabía cómo valerse de la ley y el poder.

❦

Como siempre lo hizo con los poderosos, Juárez me juró lealtad eterna y, para no variar ni perder la costumbre, se desvivió por apoyarme. A pesar de lo que dicen, Benito siempre supo ganarse el sueldo y los privilegios. Los meses que tuvo a su cargo el Ministerio de Gobernación fueron decisivos. Si después me daba la espalda era un asunto distinto: los traidores siempre están en busca de un mejor postor.

Sólo Dios sabe cuántas veces se reunió con los diputados para que me dieran poderes más allá de la Constitución. Ésa era la única manera como podría salvar al país de la guerra que todo lo devoraría. Al final lo logró gracias a los colorados que no estaban dispuestos a claudicar ante los militares y el clero, ellos votaron las líneas que me permitieron suspender las garantías individuales en caso de que el país estuviera en peligro.

Sin miramientos mandé las garantías a la porra, asumí el mando de las tropas y tomé el camino a Puebla. Nuestro Señor sabe que tuve que ser implacable con tal de no desobedecer los mandatos del Deuteronomio y el Levítico: el ojo por ojo y el diente por diente guiaron mis pasos. El avance de mis tropas quedó marcado con sangre y fuego. Jamás tomamos prisioneros y, al llegar a la ciudad de los ángeles, la sitiamos para atacarla sin piedad.

Derrotar a los poblanos no era un asunto de coser y bordar. Tuvieron tiempo de sobra para prepararse: en las calles levantaron fosos y parapetos y en algunas cavaron trincheras. Los carromatos que recogían la basura la dejaban tirada, su carga ya sólo eran las piedras que se usaron en las fortificaciones. Conforme el sitio avanzaba, el lodo, la mierda y los desechos se acumulaban en las defensas. Los miasmas que anunciaban el inicio de los males se metían en el cuerpo. Los civiles y los militares, los que nada tenían que ver con los plomazos y los que se sumaron con un rosario colgado del cuello, se cubrían la nariz y la boca con paliacates humedecidos con vinagre.

Después de cuarenta y un días de sitio, las llagas de los cañonazos y los cuerpos que mis hombres destriparon mientras se retorcían en las horcas los obligaron a rendirse. Lo que cuentan sobre los otros horrores es cierto: en muchos sótanos nuestras huellas quedaron marcadas con jirones de piel y trozos de dedos y uñas; y, aunque me rogaron para que les marcara un alto, mis soldados profanaron a las hijas y las esposas de los que se atrevieron a tomar las armas.

Por más que los poblanos hubieran rezado por la victoria, Nuestro Señor les dio la espalda para entregarlos a los endiablados. Ése fue su castigo por violar los mandamientos de la fe. Ellos mataron y con eso invocaron la Ley de Talión. Nuestra venganza también estaba bendita.

∾

Cuando el obispo Pelagio se apersonó en mi despacho, los derrotados todavía estaban levantando los cadáveres. Nadie se atrevió a detenerlo. Cuando abrió la puerta sin tocar le pedí a mis oficiales que nos dejaran solos. Frente a mi ventana estaba la catedral. Aunque no podíamos mirar su portada, el clérigo se santiguó y murmuró una plegaria. Su rostro parecía seráfico, pero ocultaba los crímenes que había cometido.

Pelagio Antonio de Labastida no se tomó la molestia de saludarme, sólo me tendió la mano para que me hincara y se la besara. No lo hice, apenas le sonreí cuando le ofrecí un asiento. Los militares torturados no podían mentir: el dinero de la Mitra había pagado la insurrección, y esas monedas también llegaron a manos de Mejía en la Sierra Gorda.

—Esto es un crimen, una ofensa a Nuestro Señor —me dijo mientras suspiraba con tal de mostrarse con la oveja más mansa.

En sus palabras se escondía la furia de la excomunión, la certeza de que nunca sería juzgado.

Con toda la tranquilidad del mundo encendí un puro sin tomarme la molestia de soplarle al fósforo. Lo dejé en el cenicero para que se consumiera delante de nosotros. Necesitaba que me viera casi pensativo.

—El de Caín también es un pecado, ¿no le parece? —le respondí con calma.

El Obispo resopló con tal de contenerse.

Después de la derrota, a sus cruzados no les quedaba más remedio que bajar las banderas y entregar las armas. Por más terribles que fueran las excomuniones y por más oro que guardara en sus arcas, no tenía la fuerza para publicarlas ni para usarlo en mi contra.

—Alguien tendrá que pagar por los daños y responderle a las familias de los muertos —le aseguré con serenidad.

—Que lo hagan los militares, ellos tuvieron la culpa —me contestó a punto de perder los estribos.

Me levanté de mi silla y caminé hacia él con calma.

—Esta vez se equivoca, señor obispo. La mitra poblana pagará los platos rotos.

—Pero...

—Por favor, le suplico que no me interrumpa. Usted y yo sabemos que su mano movió los hilos; además, su merced sabe que los rojos son mis aliados. En este momento nos podemos levantar en paz o tenemos la posibilidad de volver a enfrentarnos... Usted decide.

El obispo Pelagio se paró de su silla y me miró para remarcar que hablaba en serio.

—Está bien, calcule los daños y dígame lo que cuestan. Sólo le pido que no exagere. La Iglesia acepta ayudarlos con tal de socorrer a los desvalidos, pero no acepta que las muertes y los destrozos sean su culpa. ¿Estamos de acuerdo?

—Por supuesto, señor obispo.

Pelagio se dio la media vuelta y se largó de mi despacho sin despedirse.

୧୨

Benito estaba asombrado. Por más que se esforzaba no le cabía en la cabeza lo que sucedió en Puebla: el obispo había doblado las manos por vez primera.

—Usted es más radical de lo que muchos imaginan —me dijo sin que en su rostro se asomara la sombra de una sonrisa.

Su voz monocorde no me permitía saber cuál era el significado preciso de sus palabras. En ellas cabían el apoyo o la traición, el deseo de seguir adelante o la posibilidad de unir a los rojos en mi contra.

—No lo crea —le respondí—, la verdad es simple: la moderación tiene límites, y hay veces que para mantenerla es necesario usar las armas. Ahora, lo que nos toca es afianzar la paz y avanzar juntos. ¿Está de acuerdo?

Juárez asintió y, después de que cerró la puerta de mi oficina, se fue del palacio como alma que lleva el Diablo. A como diera lugar, tenía que encontrarse con don Melchor y su gavilla para contarles el chisme.

Mi mensaje no se tardaría en llegar a los oídos indicados.

∽

Poco a poco llegaron al lugar donde se reunían. Más de dos parroquianos me contaron lo que vieron y otros tres me dieron una relación precisa de sus palabras. Por más que la gente quiera ocultarse, el secreto es imposible. En política todo se sabe: lo que se sueña y se piensa, lo que se dice y se murmura, lo que se anhela y lo que se hace siempre se descubre. Nunca falta alguien que lo platique con tal de quedar bien o, por lo menos, para dejar mal parados a sus rivales.

En el café el ambiente era denso y las copas que servían tenían nombres que sonrojaban a la cursilería. El humo de los puros y los cigarros había marcado los muros con sus huellas amarillentas y el barniz de las mesas estaba desgastado por los golpes de los dados y las fichas de dominó. Tras la barra y la cafetera se miraban las botellas de bajísima estofa. Por más fritanguera que fuera, el olor de la comida no lograba imponerse al del tabaco y la sobaquina.

Casi todas las mesas estaban ocupadas: en algunas se veían los periódicos abiertos, en otras se escuchaba el murmullo que se afanaba para tratar de ocultar las palabras, y en la de don Melchor estaban las tazas donde los granos molidos aún no se asentaban. Su poso se convertiría en el lodo oscuro de sus intenciones.

Juárez hablaba.

Con un solo movimiento de mano, Ocampo imponía el silencio a su camarilla. En ese instante nadie debía interrumpir a Benito.

—Ignacio se quedó solo —murmuró don Melchor cuando el indio dejó de hablar.

Algo de verdad había en sus palabras. Después de lo que había ocurrido en Puebla, la Iglesia me había dado la espalda y los generales apenas podían contener sus ansias de cuartelazo. Las voces que llegaban desde Tacubaya no podían ser ignoradas y las escasas tropas que aún me eran fieles no bastaban para enfrentarlos a todos.

—La presidencia es nuestra —remató Ocampo.

—Suya, don Melchor —lo interrumpió Benito con la zalamería de rigor.

El jefe de los colorados le dio una palmada en la espalda.

—Y usted será el presidente de la Corte. De esa manera podrá sucederme en el cargo, ninguno de nosotros tiene la vida asegurada.

Juárez le agradeció y no se contuvo para asegurar que don Melchor sería eterno. Sin embargo, el que se soñaba perenne era Benito y yo tenía claro que su lealtad tenía un precio.

Antes de que Ocampo hiciera de las suyas, nombré a Juárez presidente de la Corte. Ni siquiera dudó un instante para aceptar el puesto con la seguridad de que habría una manera de ingeniárselas para que los radicales se convencieran de que ése era uno más de sus sacrificios por "la causa".

∞

Mis movimientos fueron en vano, las cosas reventaron en Tacubaya. El general Zuloaga se levantó en armas con el apoyo de otros militares y el obispo Pelagio. La matanza que nacía del quítate tú para que me ponga yo estaba a punto de comenzar. Su plan se reducía a unas pocas cosas: la Constitución debía ser derogada junto con las leyes impías, el Congreso tenía que disolverse, y de inmediato había que restaurar las leyes del pasado.

La tentación de enfrentarlo era mucha, pero jamás podría derrotarlo. Lo poco que había ganado estaba perdido. Por más que lo intentara, no tenía tiempo para levantar un ejército y la idea de la leva era imposible. La leperada prefería sumarse a la revuelta que apoyar al gobierno que atacaban desde los púlpitos.

Aunque no tuviera las mínimas ganas de reunirme con Zuloaga no me quedó más remedio que hacerlo. En ese momento carecía de fuerzas para negociar, por eso me sumé a sus planes. Ese movimiento era la única jugada que me quedaba: gracias a ella quizá volvería a tener el apoyo de los militares y la Iglesia, al tiempo que podría derogar las leyes que sólo enfebrecían al país.

Pactamos sin problemas y, antes de irse, don Félix me dejó claras las cosas.

—Sólo quiero pedirle un par de favores, señor presidente —me dijo con sorna—. Hay deudas que se deben olvidar y hay otras que se tienen que pagar: la pobreza del obispo Pelagio es franciscana y vale más no cobrarle.

—Por supuesto, mi general, así se hará —le respondí con la mirada baja.

—Y, por último, los dos estamos de acuerdo en que los traidores se merecen la cárcel.

—Efectivamente, pero...

—No se preocupe, señor presidente, no hablo de usted ni de los suyos. Me refiero al indio que chaquetea a la menor provocación.

—Así se hará, mi general.

❧

Lo cité en mi despacho y los soldados lo encerraron en una de las celdas del palacio. Zuloaga tenía razón, Juárez nos daría la espalda cuando menos lo pensáramos. Ocampo y los suyos no tuvieron ese destino: antes de que las tropas de Tacubaya pusieran un pie en sus linderos, los más alebrestados huyeron de la capital. Ellos sólo eran buenos en la tribuna, los fusiles los repelían.

Nadie maltrató a Benito en la cárcel. La comida que le daban era la misma que a mí me tocaba y el catre de campaña en el que dormía era tan bueno como los que tenían los oficiales de buen rango. Incluso dispuse que la intendencia se hiciera cargo de mantener limpio el lugar y ofrecerle la posibilidad de que se bañara tras una cortina.

Verlo era extraño, todos los días su esposa le traía ropa con tal de que se mantuviera presentable y, en más de una ocasión, la mandó a la pagaduría para que recogiera el sueldo que le negaron. Él no tenía de qué quejarse, pero mi situación era desesperada: apenas tres alfileres me tenían prendido a la silla. Los militares y el obispo me la tenían jurada.

Mi soledad apenas era un eco en el palacio. Por eso ordené que lo dejaran libre y opté por el exilio que será muy breve. No estaré mucho tiempo en Estados Unidos, los enviados de los militares y la Iglesia llegarán para rogarme que vuelva como el picador que le bajará la furia a los toros.

X

Benito

A pesar de los siete años de mal fario por el espejo quebrado, el ministro de Hacienda se merecía la felicitación más calurosa. Delante de todos le daría un abrazo, y tal vez le sonreiría para acentuar sus querencias. La desgracia del castillo y la recámara destartalada no eran su culpa; el responsable era otro y en unas horas se lo cobraría con creces. El perro de Porfirio y el goloso de Lerdo agacharían las orejas y le pedirían perdón con la cola entre las patas.

Los sobrados pesos que el ministro había pagado sólo mostraban su buen gusto y las ganas de complacerlo: el casimir era intachable, a leguas se notaba que era de Inglaterra; la raya de sus pantalones parecía trazada con una plomada que no temblaba por los estragos de la Santa Cruz, y la levita cortada con buena mano disimulaba su panza crecida. Nadie podría mirarle la barriga aguada que casi le tocaba la pelambrera del bajo vientre. La camisa blanca contrastaba con su rostro moreno al grado de volverlo más prieto, pero su tersura y la corbata perfectamente anudada seguro que se lo clareaban. El único defecto era la papada que se desbordaba sobre los lados del cuello endurecido a fuerza de almidones, pero eso era remediable: durante todo el desfile mantendría la cabeza en alto y estiraría el pescuezo para ocultar los pellejos. Se acercó al espejo y entre sus cuarteaduras se reflejó su cabello, las canas apenas se asomaban. El tizne de los huesos de mamey seguía firme.

Por fin estaba listo para que la leperada lo cubriera de vivas y los encopetados lo contemplaran pasar sin atreverse a verlo de mala manera. La posibilidad de su venganza no era lo único que los acobardaría y les amarraría la lengua; el miedo al mal de ojo y a que sus sombras se perdieran tenían lo suyo. Los diez años de guerra no pasaron de balde: a fuerza de horrores y cadáveres, su mirada se volvió pesada, sus pupilas opacas eran idénticas a las que tenían las bestias carroñeras. Ese día, todos sus enemigos tendrían que dar un paso atrás al verlo ataviado como el hombre más poderoso del país. Ni siquiera el general Díaz tendría los tamaños para sostenerle una ojeada. El uniforme colmado de medallas nada podía en contra de la silla del águila.

Su pinta lo cautivaba hasta hechizarlo. La imagen que observaba en nada se parecía a la que veía en su recámara mientras se alzaba el camisón para cumplirle a Margarita con las nalgas al aire. Durante muchos años había tenido que montarla más de fuerza que de ganas: el furor de su mujer tenía que apagarse con tal de que no le brotara la cornamenta. Nadie, absolutamente nadie podría mancharlo con los chismarajos del engaño. Pero ese pasado ya estaba pisado. Lo que ahora contaba era la celebración de su victoria absoluta. La comezón que sentía en el escroto podía ser ignorada. Ya no necesitaba tocarse para que la imagen del dios pagano llegara a su mente. Él era el becerro de oro.

Estaba contento. El ímpetu de su desquite había llegado hasta el último rincón de los edificios públicos. Ningún tinterillo se salvó de su revancha, tras ella sólo quedaron los lugares vacíos, los papeles abandonados y las plumas chatas. Seguir los pasos del difunto Ocampo fue la mejor de sus decisiones. Cuando derrotaron a los retardatarios, don Melchor, siempre acompañado por los soldados y los escribanos, despidió a todos los burócratas. A fuerza de empujones y culatazos los puso de patitas en la calle para que los tlacuaches del hambre se cebaran con ellos. Los que se atrevieron a protestar sólo se encontraron con su mirada iracunda y oyeron las palabras que los condenaban.

—Los traidores a la patria tienen que morirse con las tripas pegadas al espinazo —les decía con una sonrisa que envidiaría el más cruento de los verdugos.

Los años habían pasado, pero las acciones eran las mismas. Ningún fiel al imperio podría seguir en su puesto; si lo habían sido por necesidad o lealtad era lo de menos. El poder le pertenecía a Juárez y sólo él podría repartir sus dádivas entre los que estuvieran dispuestos a lamerle las suelas.

☙❧

Las tropas que lo esperaban estaban firmes. Aunque una mosca se les parara en la cara no podían moverse, el castigo que les impondrían los oficiales sería mucho peor que las patas cosquillosas y los pequeños lunares que nacían de sus mierdas. Los uniformes nuevos y los botones brillantes eran otra de las acertadísimas decisiones del ministro de Hacienda.

Antes de salir de la habitación volvió a mirarse. Durante unos instantes pensó en el otro rostro de la ciudad que lo esperaba. En las calles lejanas de las manos de Dios estaban las mujeres que vendían su cuerpo o asesinaban a cualquiera que se les atravesara con tal de llevarse algo a la boca; ahí también andaban los criados que fueron despedidos de las casas más ricas. Reconocerlos era fácil: todos traían en la mano su libreta de buena conducta y tocaban las puertas para mostrarla con la mirada gacha y ofrecerse a cambio de lo que fuera. La mayoría nada conseguirían, y en poco tiempo engrosarían las filas de los delincuentes. Ellos no eran lo que él había sido. Eso le pareció suficiente para sentirse tranquilo: sus pasos debían ser seguidos por todos los mexicanos.

A pesar de esta certeza, era incapaz de negar que el hambre estaba suelta y los horrores se asomaban a la vuelta de cualquier esquina. La guerra y el sitio habían degradado a la capital, pero eso se arreglaría en un santiamén gracias a las leyes que brotarían de su pluma de cuervo y que, en menos de lo que canta un gallo, serían aprobadas por un Congreso manso. Su gloria era indiscutible: el quince de julio de 1867 quedaría grabado con letras de oro en las páginas de la historia y todos debían santiguarse cuando las leyeran. Su entrada triunfal a la capital era mucho más importante que cualquier hecho del pasado. Él era el señor presidente, el todopoderoso, el omnipresente, el hombre absolutamente omnipotente.

ଊଵ

A las nueve en punto se subió al carruaje. Ninguno de sus hombres de confianza lo acompañaría en el desfile triunfal; la posibilidad de que le hicieran sombra bastaba para que lo esperaran en el palacio donde nadie les daría un vaso de agua hasta que él llegara. Los ministros y los generales tenían la obligación de transformarse en las sombras que apenas existían gracias a la brillantísima luz que manaba del señor presidente. A su lado sólo podía estar el sombrero con la copa más alta y el tímido listón de raso que remarcaba el inicio de su ala. Ni siquiera su primogénito merecía ese lugar. El hecho de que Margarita y sus hijos aún no llegaran le ahorró la molestia de dar explicaciones.

El cochero hizo sonar su látigo y los caballos enjaezados avanzaron hacia su destino mientras los redobles remarcaban los pasos de las tropas. Por más que le rogaron, ese día no aceptó llevar la bandera que le ofrecieron: él era la encarnación de la patria.

ଊଵ

Los arcos de triunfo que aún estaban frescos se hallaban en los lugares precisos. Los brochazos y las flores que los cubrían ocultaban

146

su pasado inconfesable. Los soldados habían cumplido sus órdenes antes de que la marcha comenzara: con torvos modales obligaron los vecinos a adornar los balcones. Como la litografía que mostraba su retrato en un pliego entero no pudo imprimirse, a sus achichincles no les quedó más remedio que conformarse con los lienzos tricolores que amarraron en los garigoles de la herrería. Las banderas que casi parecían infinitas eran lo mínimo que se merecía el señor presidente a lo largo de su trayecto.

—No estaría nada mal que se asomaran y aplaudieran mientras dura el desfile —les decían los militares que tenían la orden de que todo fuera perfecto.

Después de que se largaban sin cerrar la puerta, a los vecinos les quedaba claro que las amenazas veladas serían cumplidas. Sólo Dios sabía lo que podría pasarles si mandaban al indio a la fregada. Todos salieron cuando los redobles se escucharon en los rumbos de Bucareli. Los varones no levantaron la vista y las mujeres apretaron sus rosarios.

El más colorado de los diablos era el dueño del país.

☙❧

Aunque la organización parecía perfecta, los problemas comenzaron poco antes de que el señor presidente saliera de Chapultepec. Las calles por las que pasaría casi estaban vacías, apenas unos pocos curiosos se veían en las banquetas. Su desgano era más que notorio y pronto se largarían para husmear en otros lugares o para levantar el codo en lugares tan abyectos como la pulquería de don Frijoles. Por más que los miraban, esos muertos de hambre no bastaban para mostrar el inmenso amor que el pueblo le tenía a don Benito.

El desaire era notorio. La entrada del enésimo vencedor era una opereta que todos habían visto hasta el hartazgo. Cincuenta años de quítate tú para que me ponga yo no habían pasado sin dejar su huella. Y, para acabarla de amolar, en las otras representaciones, las cosas siempre fueron mejores: Santa Anna jamás se olvidó de los toros y los gallos, de los bailes y la pirotecnia. Con él, las papalinas estaban garantizadas y las leyes quedaban en suspenso hasta que terminaba la pachanga. En cambio, el cara de ídolo era tan miserable que ordenó la cancelación del jelengue. La fiesta apenas tenía un protagonista, los demás debían lograr que se divirtiera a sus anchas.

Antes de que la cólera del señor presidente los alcanzara, los oficiales tomaron cartas en el asunto: las tropas entraron a las vecindades y las pulquerías con tal de acarrear a la gente que se necesitaba para atiborrar las calles. En ese momento daba lo mismo si eran chinas astrosas, limosneros con el costillar marcado o briagos que apenas podían cubrir sus vergüenzas con una cobija deshilachada. La amenaza de los fusiles y los centavos que les ofrecieron por gritar a todo pulmón terminaron con los desdenes. A los militares más perros les bastó con alzar su arma para quedarse con el dinero que debían repartir; en cambio, los que eran tantito más decentes, les entregaron las monedas cuando se terminó el numerito. Ellos sabían lo que se siente tener las tripas pegadas al espinazo.

෨෩

Juárez recorrió las calles y la plebe se desgañitó mientras los soldados la miraban. Las órdenes de "grita más fuerte, cabrón" no opacaron los graznidos. Por eso llegó al palacio cubierto de oropeles y se bajó del carruaje como si los años no le pesaran. En la puerta mayor lo esperaba el séquito que lo escoltaría hasta el lugar donde terminarían de aplaudirle.

Sus pasos en el salón fueron lentos. Los que ahí estaban tenían que contemplarlo hasta que los ojos les ardieran. Antes de sentarse, Juárez acarició la silla dorada que contrastaba con la marquetería del piso. Sus manos se detuvieron en el águila y tocaron el terciopelo encarnado.

No tuvo que carraspear para que su voz pudiera imponerse; la densidad del silencio era su aliada.

—Tengo la convicción de haber cumplido con los deberes de cualquier ciudadano que estuviera en mi puesto al ser agredida la nación por un ejército extranjero. Cumplí mi deber de resistir sin descanso hasta salvar las instituciones y la independencia que el pueblo mexicano confió a mi custodia —dijo para remachar su versión de la historia.

Ninguno tuvo el valor para contradecirlo y casi nadie se atrevió a recordar los hechos incómodos que ocurrieron durante la guerra contra los franceses y el Habsburgo. Si Juárez era el presidente legítimo o si sólo estaba ahí por una pirueta legal era un asunto que no debía mencionarse. Guillermo Prieto fue de los pocos que se aventuraron a hacerlo y se jugó su destino en un volado. La moneda cayó del lado equivocado y de nada valió que le hubiera salvado la vida. Don Memo se transformó en un fantasma, en el traidor a la patria y la causa.

El único que sonrió fue el general Díaz y, antes de acercarse al indio, extendió la mano para que su asistente le diera el objeto preciso.

—Señor presidente —exclamó Porfirio—, durante el desfile de la victoria estaba con las manos vacías, por eso le entrego esta bandera. Usted debe respetarla y asumir sus deberes sin que le importen las consecuencias. Quienes lo apoyamos sabemos que no caerá en la tentación de perpetuarse en el mando y tenemos la seguridad de que los tiempos han cambiado: México no está en guerra y tampoco puede darse el lujo de revivir las matanzas fratricidas. El respeto a los sufragios es el único camino que nos llevará al futuro que todos deseamos.

Sin esperar la respuesta, Díaz se cuadró ante el señor presidente y le dio la espalda para salir del lugar acompañado por su estado mayor.

Juárez permaneció incólume y se tragó la bilis.

El perro de Díaz no metió la cola entre las patas y le había restregado en la jeta la posibilidad de su asonada. Ésa no era la primera vez que Benito podía optar por las armas y la huida. Cuando el gobierno de Comonfort se desmoronó, lo hizo y regresó cubierto de gloria. Aquello de que la tercera es la vencida no iba con él. Los ensotanados y los retardatarios no pudieron vencerlo, y lo mismo pasó con los franceses y los imperialistas cuando puso los pies en polvorosa. Si Porfirio se levantaba en armas, Juárez ya tenía el camino aprendido y probado.

∞

Comonfort todavía no llegaba a Veracruz para treparse a su barco cuando Benito se largó de la capital con el miedo a cuestas. Las tropas de Zuloaga y Miramón estaban a punto de tomar la ciudad y no dejarían títere con cabeza: los rojos que se arrodillaban frente a las leyes impías terminarían en el cadalso que se levantaría en la plaza grande. La posibilidad de negociar estaba cancelada y tendría que dejar la presidencia que heredó gracias a su lugar en la Corte. Enfrentarlos era imposible: los cuatro mil hombres que aún estaban de su lado serían barridos por los generales curtidos en las batallas y, para colmo de su desgracia, los artilleros brillaban por su ausencia. Tampoco tenía tiempo para levantar defensas. Los parapetos que tal vez podría construir en las cercanías del palacio no aguantarían la primera descarga.

En los patios y las oficinas del palacio resonaban los pasos apresurados. El ruido de los tacones y las órdenes que se gritaban eran las dueñas del lugar. Los fondos de la tesorería se guardaban en los carretones con mejores muelles, mientras que los ministros recién nombrados hacían lo posible para no caer en las garras del pánico. Ocampo, Prieto, Lerdo e Ignacio Ramírez fingían que todo se resolvería en un suspiro.

Sus imposturas no eran una casualidad ni un arrebato de valentía: el país tenía dos gobiernos y el suyo apenas contaba con pocas tropas y los peores generales. No fue por azar que Santos Degollado terminó ganándose a pulso el mote de héroe de las mil derrotas, apenas algunos de sus oficiales aprenderían a guerrear a fuerza de mirar la muerte de sus soldados.

La guerra fratricida había comenzado. Las chispas que brotaban del mollejón donde la parca afilaba su guadaña incendiarían al país entero.

⊘⊘

Por más que insistió, nadie le hizo caso con sus chifladuras. La solemnísima ceremonia de arriar la bandera del palacio se canceló antes de que llamaran a los tambores y las cornetas. Don Melchor metió en cintura al señor presidente, y sin ningún protocolo la columna tomó camino hacia el norte. La polvareda que levantaban revelaba su miseria y les limaba las esperanzas.

Si Juárez se asumía como la encarnación de la patria y exigía ser tratado como creía merecerlo era un palabrerío que podía hacerse de lado sin miramientos. Sus desplantes nada importaban delante de lo que se les venía encima. En la rayuela de la vida y la muerte no se asomaba en la necedad de llamarlo señor presidente mientras hacían una reverencia.

El silencio era la única coraza que les quedaba.

Las urgencias estaban más allá de las discusiones. A como diera lugar necesitaban engrosar las tropas y agenciarse las armas para enfrentar a sus enemigos. Los hombres que los seguían más de fuerza que de ganas serían derrotados en la primera batalla, y los sobrevivientes se hincarían delante de las banderas negras con cruces coloradas que guiaban a los soldados de Miramón.

⊘⊘

La noche los alcanzó a mitad de la nada y tuvieron que detenerse. Las mulas y los caballos no daban para más. La poca comida que cargaron apenas alcanzó para dos bocados. Las lumbradas crepitaban sin acariciar los comales y las ollas espectrales. Juárez y los suyos tenían la vista clavada en la hoguera que opacaba las llamas de sus cigarros con sus cenizas de sangre. El traqueteo del camino y la certeza de la derrota les curvaban la espalda. Valía más que siguieran callados, una sola palabra podría obligaros a rendirse y buscar el perdón de los conservadores. Su fe en la causa estaba herida de muerte.

Guillermo Prieto se desanudó la corbata y la arrojó al fuego sin que la teatralidad marcara sus movimientos. De no ser por el viento que calaba, habría hecho lo mismo con su saco. En silencio tomó el ánfora que tenía metida en la cintura. Antes de abrirla la miró con ganas de recordar a la china que se la regaló sin pensar que sus amores serían fugaces. Sus pies pequeños, sus sobacos apenas rizados y sus pechos generosos interrumpieron su pesadumbre. Con una sonrisa amarga le dio un sorbo al chínguere con tal de invocar a su musa callejera.

—A falta de pan nos queda el tanguarniz —les dijo a los otros mientras les ofrecía un trago.

Juárez alargó la mano y se mojó los labios.

Sin lograrlo, don Melchor trató de alisarse el greñero. Su cabello era indomable y se encrespaba como la melena que revelaba las oscuridades de su nacimiento.

—Éste es el momento de las decisiones —murmuró mientras la muina le arrugaba el ceño.

Sin embargo, la sombra de la derrota devoraba sus palabras.

Se levantó y caminó unos pasos hasta quedar delante de Juárez y el gabinete maltrecho.

—La leva es lo único que nos queda.

Su voz era dura, implacable.

—Pues salud por ella —afirmó Prieto y alzó su ánfora.

∽

La columna se detenía en los caseríos y los pueblos que le salían al paso. Los que tuvieran edad para sostener un arma se sumarían al ejército. Aunque la causa de los liberales no les importara a los lugareños, todos tenían la sagrada obligación de salvar a la patria.

Si se negaban a hacerlo, no habría juicios sumarios y tampoco existirían los alegatos ni las apelaciones: la horca sería el castigo inmediato. A la hora de la verdad, no tuvieron que colgar a muchos. Uno solo bastaba para que los demás doblaran las manos y aceptaran su destino. Si apenas empuñaban un machete o una hoz era lo de menos, ellos serían la carne de cañón que protegería a los pocos soldados que tenían. A fuerza de mandar gente al matadero derrotarían a los conservadores.

La ruta de los juaristas no sólo estaba marcada por los pueblos sin hombres y las mujeres de luto anticipado, en los graneros y las trojes apenas quedaba el eco del hambre insaciable. Los soldados de la patria tenían que comer y eso bastaba para dejarlos vacíos o entregarlos a las llamas. Al principio, el señor presidente se tomaba la molestia de firmar los papeles que prometían el pago que jamás llegaría y, cuando los pliegos comenzaron a escasear, los compromisos se quedaron mudos.

La ruta que seguían no tenía rumbo fijo, sólo buscaba poner tierra de por medio.

De cuando en cuando les llegaban noticias sobre sus enemigos. Ninguna era buena. Las tropas de los estados que trataban de enfrentar a los retardatarios y los ensotanados siempre eran derrotadas, y más de una vez desertaron al escuchar el apellido Miramón. Él era el macabeo, el defensor de la fe que avanzaba en las ciudades que apenas le oponían resistencia y donde las beatas se quitaban los rebozos para ponerlos en las calles que pisaría su caballo. Sus contrincantes no estaban solos y los garabatos de Juárez no podían convencer a la gente de que los abandonara. Sus bandos y proclamas no tenían el filo para obligarlos a renegar de Dios.

ତ୨

Por más que lo desearan, no había manera de que llegaran a la frontera para comprarles armas a los yanquis. Y, si por un arrebato de la fortuna lo lograban, era un hecho que se quedarían con

153

las manos vacías. Los pliegos de su embajador no mentían. Las logias y los políticos gringos no podían darse el lujo de tomar partido. Los ruegos de sus emisarios apenas se respondían con buenas maneras que no alcanzaban a maquillar las largas que le daban. Apostar a favor de los perdedores era un riesgo que no correrían a menos de que les garantizaran el beneficio que no podían entregarles: ninguna aduana estaba en sus manos y tampoco podían venderles una parte del territorio con tal de pertrecharse. Ellos eran unos muertos de hambre que andan a salto de mata y nadie les firmaría una letra de cambio.

Tras el abandono de los yanquis no les quedó más remedio que gastar las monedas que guardaban en los carretones. Don Guillermo ordenó que se pagaran tres pesos por fusil y uno por cada mosquetón que les entregaran. Poco a poco, los carromatos de buenos muelles se volvieron más veloces por la carga que dejaban en el camino. Y, cuando apenas quedaba para lo indispensable, el decomiso se convirtió en un decreto. Por las buenas o por las malas, la gente debía entregarles los pertrechos que tuvieran: con las manos vacías no serían una amenaza. Si los bandoleros los masacraban, apenas era una confirmación de su mala pata. La causa tenía que salvarse, los que bailaban su último jarabe con la flaca apenas eran un mal menor.

◈

La derrota en Salamanca los puso entre la espada y la pared. El gobierno de Juárez apenas mandaba en las cuarenta varas cuadradas que medía la oficina que estaba a punto de rendirse. Ahí estaban, ninguno se atrevía a asomarse por las ventanas. El riesgo de que una bala perdida les arrebatara la vida los mantenía lejos de los cristales. De nueva cuenta, la suerte les daba la espalda. Cuando llegaron a Guadalajara creyeron que tendrían un respiro: Manzanillo estaba cerca y podrían iniciar la travesía que los llevaría a

Veracruz para hacerse fuertes, pactar con los yanquis a cambio de lo que fuera y lanzarse al contraataque.

El plan parecía bueno, pero el coronel Landa los traicionó después de leer la carta que le llegó de Salamanca. Proteger a los derrotados era una balandronada que sólo lo llevaría al paredón. Por eso hizo lo que hizo: antes de que terminaran de aposentarse, Juárez y los suyos se convirtieron en los prisioneros del Palacio de Gobierno. La voz de alarma corrió y sus escasos soldados intentaron liberarlos con pocas ganas y menos tiros.

Las desidia apenas enmascarada estaba justificada, las tropas de Landa podían resistir sin problemas hasta que las banderas de Miramón ondearan en el horizonte. Sin embargo, el coronel no estaba cerrado a las negociaciones.

—Yo también me estoy jugando el pellejo —les dijo con amabilidad fingida—. Ustedes saben que el general Miramón no se anda por las ramas y las medias tintas no le cuadran. Dense cuenta, estamos en la misma ratonera... la única diferencia es que yo puedo abrirla.

Don Memo lo miró con calma.

—¿Y como cuánto cuesta la llave? —le preguntó al coronel con la misma gentileza.

—Pues ustedes dirán... el tesoro del país alcanza para eso y todavía quedará para repartir.

Los ojos de Prieto brillaron.

—Si ése es el precio no hay ningún problema: los tres pesos que quedan son suyos.

El coronel Landa se levantó en silencio y se largó. Las negociaciones habían fracasado.

ଚୀଚ

Las manecillas del reloj se movían con una lentitud obscena y los balazos apenas se oían de cuando en cuando. A las cinco en punto de la tarde, las campanadas anunciaron la llegada de los soldados.

Con las armas al hombro, el pelotón entró a la oficina y se formó delante de los juaristas. El teniente Filomeno Bravo desenvainó su sable para cumplir sus órdenes.

Su voz quebró el silencio.

—¡Preparen!

El ruido metálico de las balas que entraron a la recámara de los fusiles tenía el compás perfecto.

—¡Apunten!

Y, antes de que la voz de ¡fuego! se pronunciara, Prieto se paró delante de los fusiles.

Durante un instante su mirada chocó con la del teniente y poco a poco comenzó a recorrer los rostros del pelotón. Esos soldados estaban tan muertos de hambre como los suyos y seguían a sus oficiales más por miedo que por amor a su causa.

—¡Los valientes no asesinan! —gritó don Memo.

Los fusiles dejaron de apuntarles. El teniente bajó la mirada y envainó su sable.

—Vámonos —les ordenó a sus soldados.

Cuando la puerta se cerró, Prieto se quebró por primera vez. La mandíbula apretada no pudo contener las lágrimas. Ocampo se dejó caer en uno de los sillones y el resto del gabinete se alejó de su salvador.

Juárez y Prieto estaban frente a frente.

—La patria siempre te agradecerá tu valor —le dijo el señor presidente.

Don Memo le dio un abrazo y Benito le murmuró al oído:

—Te debo la vida, siempre tendrás mi lealtad.

☙❧

El coronel Landa abrió la puerta cuando los ánimos aún no se calmaban.

—Tuvieron suerte y todavía pueden tener más —les dijo.

Don Guillermo lo miró en silencio. Valía más no averiguar si el intento del fusilamiento había sido una pantomima para obligarlos a ceder.

—¿De cuánto estamos hablando? —le preguntó como si hablaran de cualquier cosa.

—Ustedes ponen el precio.

El estira y afloja apenas duró lo necesario para cumplir con el expediente.

Landa quedó satisfecho con una cantidad que hacía palidecer los tres mil pesos que le pagaban los curas por protegerlos de los colorados.

Juárez y su gabinete estaban en libertad y el coronel los escoltaría hasta Manzanillo con todas sus tropas y la artillería de Guadalajara.

Cuando llegaran al puerto, sus caminos se separarían para siempre: ellos tomarían el primer barco que los llevara a Panamá y Landa se treparía en cualquiera que lo transportara a otro país. Ahí se quedarían sus hombres; el bando al que se sumaran era lo de menos.

❧

La espera estaba marcada por la angustia. El calor del puerto no tenía la enjundia para que dejaran de sentir el aliento de la calaca. El héroe de las mil derrotas no pudo frenar el avance de Miramón y sus tropas flaqueaban en todos los frentes. Ocampo se pasaba el día mirando al horizonte con tal de vislumbrar el punto que interrumpiera su línea implacable.

—Estamos perdidos —le dijo Juárez con la certeza de que ningún navío llegaría a tiempo.

Y, para remarcar la desgracia, don Melchor le dio una palmada en la espalda.

—Siempre queda una carta en el monte —murmuró con ganas de mantener la esperanza.

La mirada de Juárez estaba clavada en la arena y ahí se habría quedado de no ser porque las palabras llegaron a su boca.

—Pero ya no quedan sotas ni caballos ni reyes...

Ocampo levantó los hombros como si eso no importara.

—¿Tú qué sabes?, en el monte siempre hay bastos y espadas.

Se fueron caminando al mesón donde se hospedaban. El techo de palma, las hamacas y las mesas de palo daban cuenta de su pobreza.

Juárez pidió que le llevaran su escribanía. La carta que le mandaría a Santos Degollado debía ser destruida inmediatamente después de que la leyera. Sólo él y sus generales de confianza podían enterarse de esas palabras: a partir de ese momento tendrían que negociar con los bandoleros para lograr su apoyo. Lo que les dieran a cambio era algo que no debían revelarle a nadie y quedaba a su criterio. Las espadas del monte debían sumarse a la causa.

XI

El Mosco López

Si no me hubieran dado por muerto sin echarme a la tumba, otra sería mi vida: Dios me estaría esperando en su trono para que me aposentara a su lado y le ayudara a hacer milagros. Aunque no me lo crea, se me han ocurrido algunos que sí están buenos, eso de que las vírgenes lloren sangre o que las aguas se abran es poca cosa y, aquí entre nos, tampoco le ayudan a la gente. Yo le encargaba a san Ramoncito que las criadas no salieran preñadas de sus patrones y, ya encarrerado, le mandaba a san Martín de Porres que a las mulatas les pasara lo mismo. ¿Para qué queremos tantos bastardos, si con los que hay nos sobra para dar y repartir? Éstas son cosas que sí urgen y no son como la tontera de andar abriendo los mares cuando sobran los barcos.

¿Ya vio lo que pasa por mirarme tan raro? Luego luego se me van las cabras al monte y no le digo lo que de a deveras importa.

Por ésta le juro que hasta ese día sólo asesiné porque no me quedó de otra. Si no me cargaba a esos cabrones, la peor de las muertes me habría alcanzado sin que pudiera meter las manos. Nuestro Señor es testigo de que no me manchó el pecado. La ira no estaba en mi cabeza y mucho menos era la dueña de mis armas. A estas alturas puede pensar lo que quiera de mí, pero jamás fui en contra del quinto mandamiento. Maté para que no me mataran. Me los escabeché porque me lo ordenaron y, si no cumplía, seguro que me paraban delante del paredón. Ya sabe usted: de que lloren en casa de otros a que lloren en la mía... pus mejor que chillen en la de otros.

Por eso, cuando mi ánima llegara al Cielo, sólo vería a los pecadores retorcerse en el Averno, pero mis lágrimas piadosas les sanarían las heridas de sus torturas. Un llanto desde la Gloria puede más que las llamas eternas y los castigos que no pueden contarse so pena de padecerlos. Mi cuerpo también sería diferente, en las orillas de las uñas no tendría las manchas sarrudas de la sangre, mi piel no estaría fruncida en cuatro lugares y los riablos no se lamerían los bigotes cada vez que grito "¡Azorríllensen, cabrones!" Yo sería otro y, cuando la parca me llevara, Nuestro Señor Jesucristo pensaría que, a pesar de todo, había sido una buena persona.

Así habrían sido las cosas, pero a la hora de la hora todo fue distinto y mi destino se torció sin remedio.

☙❧

Cuatro plomazos les bastaron para aplacar su venganza y dejarme tirado con todas mis armas. Vaya a saber su mercé si esto que le digo es de buena ley, pero a mí se me hace que Lucifer les nubló las ansias de venganza. Por eso no me machetearon ni me arrancaron la cabeza. Ese día andaba de suerte. En un descuido capaz que el Chamuco les marcó el camino a las balas para que no le atinaran al lugar del hasta aquí llegó tu raya. ¿Pa' qué se lo niego? Hay veces que pienso que lo mío son puras imaginaciones, pero la mera verdá es que no puedo darle razón de por qué todo pasó de esa manera. Lo único que sí puedo jurarle es que las hojas del *Sagrado rezo dedicado al Santo Cristo Señor de los Afligidos* que traía desde mi pueblo se volvieron cenizas sin que su lumbre me tatemara.

Esa vez quedé malherido, pero las almas no se me salieron del cuerpo. Nomás una quedó tullida. La que vive en mi corazón apenas puede susurrar y su voz no me tienta. Lo bueno y lo santo casi están mudos en mi cuerpo. En cambio, las que se anidan en el hígado y la cabeza siguen macizas y guían mis pasos.

Por eso soy como soy y no me da miedo que el Riablo me lleve.

ᑲᑲ

Esos jijos no se robaron mis armas por falta de ganas, tampoco me las dejaron porque les sobraran los centavos. Hasta en noche cerrada se les notaba que los tres tlacos que tenían no les alcanzaban para agenciarse unos calzones de hilo fino. Ellos se metieron a la guerra por lana, pero salieron más trasquilados de lo que llegaron. Por más que mataron y remataron, ni una morusa de oro les tocaba luego de los combates. Es más, ni siquiera les daban chance de que bolsearan y encueraran a los cadáveres para quedarse con sus botas y sus ropa. Jodidos entraron y jodidos siguieron.

¿Cómo le hago para sacarle las dudas de la cabeza? Por eso es una lástima que ellos no estén aquí para confirmarle lo que le digo y le juro mientras me beso los dedos cruzados. Lo único que se pudieron agenciar fue el milagrito de cobre que le arrancaron al santo de un pueblo chorriento. Lo que les pasaba no era una chiripa ni por su mala pata. Don Juan y el señor Nachito repartían el botín como se les daba la gana: primero ellos, luego los suyos y, si algo quedaba, se despachaban de nuevo.

Como esos canijos eran pura plebe leperuzca, no les quedaba de otra más que andarse con tiento para que el Riablo no se los cargara por limpiarse la cola. Por más que se juraran compadres de don Juan y cuñados del señor Ignacio, con ellos no valía eso de que la justicia es para mis cuates. Y, aunque la lengua se les acalambrara de tanto guara guara, eran de los que, si te vi, no te reconocí.

A lo mejor esto lo explica todo: si se pasaban de sabrosos y se echaban al plato a quien no debían, la ley de la guerra les caería como un balde de agua helada. Por eso, si en el campamento les miraban mi pistola con cacha de cuerno y el machete que tenía labradas las palabras precisas, sabrían que me habían mandado a bailar con la calaca y terminarían en el paredón rogando para que les vendaran los ojos.

Lo raro es que un pelagatos como yo les valía madre a los pintos; por más que nos hubiéramos jugado la vida en los mismos lances, no era de su gente.

☙❧

La cantinera que nos atendía después de las balaceras tuvo la culpa de que quisieran matarme y sólo esperaran el momento para venadearme. Por esta mera le juro que, mientras los mosquetones tronaban, clarito alcancé a oír al Cara de Vaca mentando su nombre. Pero Dios sabe que hay algo que me limpia las culpas: ¿quién se iba a imaginar lo que no se miraba? Muy tarde me enteré de que esa fulana tenía dueño y, nomás por andar queriéndome trepar al guayabo, no me di cuenta de sus alcances.

La historia de por qué se metió al borlote era otra sombra. La vida de antes apenas se mienta cuando uno anda en la guerra. Las recordanzas llaman a la tristeza que seca las almas sin que el chínguere les cure lo quebradizo. Lo único que no estaba en duda era que la Micaela llegó sin un perro que le ladrara, y que a fuerza de acostones levantó su negocio. Tan bien le iba que hasta se agenció una mula para acarrear sus triques y hasta le daba unos centavos a dos chamacas tiricientas para que le ayudaran. El comal y las ollas tiznadas, las jícaras y los platos despostillados, las botellas de aguardiente y el barril donde guardaba el tlachicotón nacieron de los gemidos y las palabras marranas que decía mientras le entraban los miembros que ni cosquillas le hacían. Dicen que su primer hombre era un mulato que lo tenía del tamaño de un asno.

Tuvieron que pasar muchos años para que allá, por el rumbo de Amozoc, me enterara de sus crímenes. Esa vez estábamos muy quitados de la pena en la pulquería y, nomás para no perder la costumbre, se apersonó un recitador con una hoja en la mano. El color encarnado del papel estaba apagado y las letras se miraban deslavadas de tanto sobarlo. Vaya su mercé a saber si lo leía o si apenas le echaba un ojo cuando le fallaba la memoria. Con caras, dengues y una voz que sólo espantaba a los que andaban a medios chiles contó que a una tal Micaela la ahorcaron por todas las que debía: con tal de irse con su hombre, esa mala mujer sentó a su niña en el comal por andarse zurrando y, cuando la escuincla empezó a berrear, le cortó la lengua y le sacó los ojos con una cuchara de palo. Los aullidos y las lágrimas se apagaron junto con su vida. Después de eso huyó para donde la llevaran sus pasos y terminó con los pintos.

¿Para qué le hacemos al ensarapado? Usté y yo sabemos que no hay pecado sin penitencia: el destino la alcanzó el día que volvió a pasar por su pueblo. Ahí se la escabecharon sin juicios ni miramientos. Es más, ni siquiera enterraron su cadáver. Una mata hijos no merecía descansar en el atrio de la iglesia, por eso la dejaron colgada en una encrucijada para que se pudriera y se la tragaran los carroñeros. El señor recitador juraba que su ánima todavía se aparecía en esos rumbos para tentar a los hombres y escabechárselos a mordidas.

Tantán, eso era todo.

¿Quién se iba a imaginar que la Micaela era una perra, una endemoniada que tenía el infierno metido entre las piernas y que su parte podía llenarse de colmillos si se le pegaba la gana? Para mí, las cosas pintaban de otra manera: cada vez que me sentaba delante de su comal para que me echara las gordas y me sirviera un fajo de chinguirito me pelaba los dientes y, como no queriendo, dejaba que le viera las tetas que le temblaban con cada palmada. ¿Para qué nos hacemos? Cualquiera se calienta con eso.

Por más que hubiera querido hacerme el sabihondo, el chance de pensar que tenía un hombre nunca me pasó por la cabeza. ¿A quién le dan pan que llore? Pero, de haberlo sabido, luego luego me habría convencido de que esa pulga no podía brincar en mi petate. Ya sabe su mercé: con el marrano y la mujer, vale más acertar que escoger.

La guerra ya estaba muda cuando el Cara de Vaca y sus carnales me dieron de tiros. Ahí estábamos, perdiendo el tiempo en las hamacas, mirando las humaredas de las lumbradas, esperando a que don Juan o el señor Ignacio nos mandaran marchar a donde fuera. Daba lo mismo si era para la capital o para Cuernavaca, para Atoyac o a casa de la chingada. Por lo que medio alcanzaba a oír, apenas pude enterarme de que se habían salido con la suya. Nadie me dijo nada a las claras. Yo no era como los cambujos que lo seguían desde su tierra... sólo estaba ahí por la leva.

Cuando los pintos llegaron a mi pueblo fue la primera vez que vi al hombre de la Micaela. Tenía hartos jiotes y el vitiligo le había dejado la cara como cuero de vaca. No los vimos venir y tampoco pudimos huirnos al monte, apenas alcanzamos a guarecernos en los jacales con ansias de que los rosarios y las sagradas oraciones nos volvieran transparentes.

Pero ya ve usted cómo son de caprichudas las potencias del Cielo. Ese cabrón me vio y de las greñas me sacó de la enramada.

No tuve tiempo de rogarle, delante de todos me puso su pistola en la jeta.

—Tons' qué, ¿vienes o te quedas? —me dijo mientras sus ojos amarillos se clavaban en los míos.

De no haber sido por mi ojo de venado quién sabe qué hubiera sido de mis almas y mi sombra.

Apenas alcancé a medio contestarle antes de que me tumbara y a punta de patadas me obligara a tomar mi lugar en la fila.

Ahí me quedé, sintiendo en el gañote el filo del machete de un cambujo.

—¡Abre los ojos, cabrón!, esto es para que entiendas —ordenó el prieto que me tenía atenazado.

Delante de mí colgaron a mi mujer y a mis hijos.

—Esto es para que no tengas a qué regresarte —me ladró el Cara de Vaca mientras mis ánimas quedaban heridas.

El destino me había jodido.

No había de otra más que entrarle a una causa que me valía.

A estas alturas, lo único que tengo claro es que, si yo fuera mujer, no le habría dado las nalgas a un cabrón tan feo. Pero ya ve usté, las viejas nomás levantan los gargajos y no les importa si les dicen lo que les conviene: da el mismo trabajo empiernarse con un pobre que con un rico, con un guapo que con un feo, y eso mismo pasa si lo hacen con un malamadre o con alguien decente.

☯

Vaya a saber cuánto tiempo me quedé tirado, pero no alcanzó para que las hormigas olieran mi sangre. La cosa es que recuperé la cabeza y me arrastré hasta el charco que estaba cerca. El agua sabía a miados de mula y empecé a medio lavarme las heridas. Si las telarañas cierran las cortadas, seguro los orines también lo harían. Todo era cosa de no enjuagarme a lo tarugo. Manque me ardieran, no debía restregarme los cuajarones que se miraban en los agujeros. Dicen que a los que no les sacan las balas se vuelven locos por el plomo, pero eso no me importaba, nomás quería seguir vivo y agarrar fuerzas para vengarme.

Tuve suerte. Unos arrieros se compadecieron y me levantaron. Luego de que me dieron de beber harto aguardiente, me hurgaron las heridas y las cosieron con cáñamo. Las cuatro cicatrices fruncidas son el recordatorio de lo que tengo que hacer. Por suerte guardé los cuatro plomos que me sacaron. Con ellos haría las balas que me atreguarían las ansias de sangre.

☯

Los primeros días me trajeron sobre una acémila y me cubrieron con tal de que las moscas no anidaran en mis heridas. Ahí donde la ve, estaba corrioso y no me dilaté en volver a agarrar fuerzas. Cuando me sentí tantito macizo, le pedí al mandamás de los arrieros que me dejara a mitad del monte. De nada valió que me dijera que me quedara con ellos y aprendiera el oficio.

Lo mío era la venganza.

Es más, no quería que me vieran en los pueblos que me daban basca, del mío apenas quedaban las almas de los que se murieron sin que nadie les rezara un paternóster.

Por puro agradecimiento le ofrecí mi pistola y mi machete al arriero.

—Quédatelos, te hacen más falta a ti que a mí —me dijo antes de volver a agarrar camino.

Me quedé en el cerro.

Ahí me volví la bestia que mataba a los zopilotes con tal de tragarme la carne podrida que terminó de envenenarme el alma del corazón. Las greñas me crecieron y los pelos de la cara se enredaron hasta convertirse en la cobija de los piojos.

ᎣᏉ

Ahí andaba, con la cabeza nublada y las tripas pegadas al espinazo, pero yo no era el único que estaba lejos del manto de la Virgen. Gelasio, el hombre que se volvería mi compadre, había desertado de las tropas de don Antonio y andaba escondido en el monte.

Vaya usté a saber quién guio nuestros pasos hasta que nos topeteamos. Los dos estábamos jodidos y nos olimos como las bestias que se reconocen en la desgracia. Ni siquiera tuvimos que decirnos un quihúbole para acercarnos. Si éramos de distintos bandos a ninguno nos importó. Juntos empezamos a caminar y poco a poco nos fuimos asincerando en la oscuridad que apenas se interrumpía por el ulular de los tecolotes que presagiaban la muerte de los que eran más indios que nosotros. Ahí donde la ve, Gelasio estaba más amolado que yo: las niguas le estaban carcomiendo un pie y nomás andaba rengueando. No hubo de otra, con el machete medio lavado le tuve que mochar un cacho de carne para que no se gangrenara.

Las palabras y la pata mocha no bastaban para silenciarnos las tripas.

La Siriquiflaca nos pisaba los pasos y su vaho marcaba los caminos. Cada vez que encontrábamos algo para llevarnos a la boca no alcanzábamos a probarlo: las frutas se volvían ceniza y los granos se convertían en piedras. Estábamos malditos y, manque no quisiéramos, debíamos cumplir el pacto que sin querer le firmamos al mero Riablo.

Algo teníamos qué hacer para tragar y vestirnos. Ahí mero fue cuando Satanachia nos echó la mano.

⊖⊝

El ruido de las herraduras nos dio tiempo para escondernos antes de que el chinaco se divisara.

Le salí al paso y le sorrajé en la jeta el último tiro que me quedaba; por pura suerte el Gelasio alcanzó a agarrarle la rienda al caballo.

Lo vimos sin remordimiento. En la mera frente tenía un hoyo remarcado por las quemaduras que dejan los plomazos que dan de cerca. El boquetón de la bala estaba en la parte de atrás de la cabeza. Lo único que hice fue cerrarle los ojos. El ánima de los que se mueren de repente tarda un tiempo en darse cuenta de que ya no es de este mundo.

Lo encueramos con calma y le hallamos una víbora llena de monedas de plata. Con eso se decidió nuestro destino.

Tiramos su cuerpo al barranco. No llegó al mero fondo de buenas a primeras, quince veces se estrelló contra las peñas y otras tantas se resbaló entre las lajas. La huella de su sangre se quedó marcada en las piedras. Lo bueno era que el calorón lo inflaría en un santiamén y los zopilotes borrarían su existencia. Caca era y mierda se volvió.

Nos lavamos como pudimos, nos repartimos los trapos y las monedas, y agarramos el camino sin saber a dónde nos llevaría.

Nadie nos reconoció en ese pueblo, y ninguno nos preguntó por la ropa que traíamos. Seguro que el difuntito no era de esos rumbos.

ာ

Las matazones que no paraban dejaron sueltos a hartos malamadre. Algunos tenían sus armas y sabían usarlas de a deveras, otros estaban dispuestos a matar a cabronazos y, como debe ser, no faltaban los que apenas se habían robado una mula. Como que no quiere la cosa se fueron juntando con nosotros y la gavilla se hizo fuerte. Éstos que mira apenas son tantitos... si chiflara del monte bajarían los doscientos que allá me esperan. De aquí hasta donde la alcanza la vista somos los amos y no hay un cabrón que pueda retarnos. Los que se aventuran por los caminos y los que andan con escoltas, las diligencias que van a donde sean y los arrieros le tienen que entrar con su cuerno. Si al señor gobierno le pagan sus alcabalas, cuantimás a nosotros que somos pueblo.

Desde esos años, cuando les cerrábamos el paso, siempre les gritaba "¡Azorríllensen, cabrones!" Los que entendían por las buenas se iban con el cuero intacto y las bolsas vacías; en cambio, los que se pasaban de sabrosos terminaban en los barrancos, pero antes tenían que mirar lo que les hacíamos a sus mujeres. Daba igual si estaban chulas y eran señoritas, o si ya estaban aguadas y les faltaban los dientes. Lo que les hacíamos no era para atreguarnos las ansias, nomás era para que a todos les quedara claro quién mandaba.

Éramos los amos de la sierra de la Malinche y nadie se atrevía a mandar a las tropas para enfrentarnos. Sin pensarlo dos veces, los oficiales y los soldados se pasarían a nuestro lado y nos haríamos más fuertes. El peso partido por la mitad que les pagaban por jugarse la vida no le hacía sombra a las alforjas de plata que ganarían con nosotros.

Nadie nos hacía sombra, pero la guerra se puso más perra. Cada vez que llegábamos a un pueblo, luego luego nos preguntaban si andábamos con el indio o éramos de los que seguían al Macabeo. Nosotros no les mentíamos porque es pecado, siempre les contestábamos que nomás veníamos a robar y valía más que cooperaran. No me haga esa cara, nosotros no éramos como el tal Juárez que mandaba matar sin mancharse las manos. Mi gente y yo apostamos la vida en cada lance, él nomás se arrastraba como culebra. Ya ve usté lo que andan diciendo: el asesinato de Pío Bermejillo no corrió por cuenta de unos bandoleros, él ordenó que se lo echaran para quedarse con su dinero y sus tierras. ¿A poco cree que fue de a gratis que le cargaran la culpa a un negro de por esos rumbos? Don Beno tenía que salir limpio y nada mejor que colgaran a un prieto delante de la casa de los Bermejillo.

∞

Así habríamos seguido de no ser porque un día llegó un militar con una bandera blanca. El coronel Arteaga los tenía bien puestos, de otra manera no se habría apersonado para decirle a mi gente que lo llevara a parlar conmigo.

—Mi comandante quiere proponerle un trato —me dijo mientras me aguantaba la mirada.

Arteaga parecía de buena ley y sin brincos ni sombrerazos nos pusimos de acuerdo.

∞

Ahí estábamos los cuatro, sentados delante de la hoguera. Mi compadre Gelasio y su servidor teníamos dos jarros llenos de refino, a ellos les servimos de una botella de las buenas. Su mercé sabe que a las visitas se les trata como Dios manda.

—El señor presidente está en Veracruz y le ofrece un trato —me dijo el comandante.

Yo nomás alcé los hombros. ¿Quién se creía ese pinchi indio para andarme proponiendo cosas?

—Escúcheme, le conviene —me insistió con ganas de que no lo mandara a la fregada.

—Pus usté dirá... —le contesté más por curiosidad que por ganas.

El fulano no se anduvo por las ramas.

—El señor presidente le promete que nuestro ejército no lo va a perseguir ni a atacar. Él entiende sus negocios y reconoce que la sierra de la Malinche es suya. ¿Cómo ve?

Manque la cosa se veía buena, nadie da nada de a gratis, por eso valía más dejar las cosas claras antes de que me salieran con el conque de que a Chuchita se la bolsearon.

—¿Y a cambio de qué? —le espeté mientras me tentaba la pistola.

—Usted no puede hacer sus cosas donde él ande, tampoco puede atacar a nuestros hombres y tiene que darle candela a las columnas de Miramón cuando se acerquen a Veracruz.

Y, con ganas de apostarle fuerte, se me adelantó a las preguntas.

—No es necesario que se enfrente a los soldados, el señor presidente estará muy contento si sólo ataca las carretas que les llevan comida y pertrechos.

El trato no parecía malo, pero el Riablo siempre asoma los pitones.

—¿Nosotros nos quedamos con todo? —le pregunté para no andarle buscando tres pies al gato.

—Con casi todo —me contestó con ansias de adornar las cosas.

—Ya decía yo...

El comandante no me dejó ponerle los puntos a las íes.

—Con los pertrechos vamos a mitas y lo mismo con las monedas. Es más, si los carretones están muy resguardados, nos avisa y le mandamos gente para que le hagan fuerte.

Nomás me sonreí y luego luego me adivinó las intenciones.

—Si acepta, el coronel se quedará con ustedes para que las cuentas salgan como Dios manda y no queden dudas.

—Pus va —le contesté manque nomás nos tocaría la mitad.

Brindamos y, cuando al militar ya le iban a vendar los ojos, me dijo:

—Una cosa más... cuando ataque los carretones de Miramón no grite lo de siempre. Al señor presidente le encantaría que usted y sus hombres dijeran: "¡Viva la Constitución!"

Me paré a su lado y lo vi de arriba a abajo.

—Eso no se va a poder, el ¡azorríllensen, cabrones! es la marca de la casa.

◯◐◯

El negocio salió bueno, el coronel Arteaga nunca se quiso pasar de vivo. Asaltar con las espaldas protegidas era lo mejor que podía pasarnos.

De cuando en cuando me encontraba con el comandante y hasta nos tratábamos como si fuéramos cuates. Eso sí, nunca le regalé nada, con lo que le pellizcaba a los botines le bastaba y le sobraba para quedarse conforme. Los dos sabíamos que de nada valían las palabras con las que me juraba que era decente. El reloj y los anillos que traía los conocía de antes.

Al indio trajeado apenas lo divisé una vez y ni siquiera me volteó a ver. El único que nos fijó la vista fue su criado, un tal Lorenzano que le andaba oliendo los pedos. Ese día, el comandante quesque me habló a las claras.

—Ora sí es la buena, Miramón se quiebra porque se quiebra —me dijo mientras Arteaga movía la cabeza para asegurarme de que no mentía.

Nomás me le quedé viendo, capaz que ora sí les daba por meterse con mis negocios.

—Los gringos están de nuestro lado y le vamos a dar con todo a los retardatarios —remató el militar.

—Ta' bueno, ¿y luego? —le contesté con ganas de meter hilo para sacar hebra.

—Necesitamos que nos ayude atacándolo por la retaguardia.

—¿Y qué gano?

—Lo que pida.

—Va —le contesté con tranquilidad.

Todo era cosa de ayudar a sus soldados a que se sumaran a mi gente y mandarlos por delante.

—El señor presidente le agradece su apoyo y sabrá compensarlo —dijo el comandante para cerrar el trato.

Antes de que se fuera, ya tenía bien claro qué le pediría: el indio, delante de los oficiales, me tenía que nombrar general de mis hombres. Con ese grado nadie se atrevería a perseguirnos y nuestro negocio quedaría bendecido por el señor presidente.

XII

Lorenzano

Por más que otros lo injurien y lo difamen, yo no puedo insultar al señor presidente. El licenciado Juárez es el patrón, y a como dé lugar tengo que respetarlo. Si está en la capital y yo sigo acá, es lo de menos. La lealtad es lo único que cuenta entre nosotros; por grandes que sean, las distancias no pueden separarnos. Nosotros, como dice la plebe cuando se pasa de confianzuda, somos uña y mugre. Por eso, cada vez que alguien mienta su nombre, me planto como el mejor de sus soldados y afilo la mirada para que a todos les quede claro que soy un juarista empedernido. Yo no puedo morder la mano que me dio de comer y me premió con su confianza.

Las consecuencias de mi actitud no me pesan: si por ser liberal la señora de la casa donde ahora trabajo me pusiera de patitas en la calle, con un viva a don Benito me bastaría para ponerle los puntos a las íes. Los zapatos colorados y el rosario en la mano nada pueden en contra del hombre que nos llevará al Paraíso y nos devolverá la riqueza que nos robaron los reaccionarios. Cuando esto suceda, mi patrona tendrá que hincarse para que le dé una limosna y, si las lágrimas del arrepentimiento le alcanzan para conmoverme, le daré dos tlacos después de recordarle sus pecados en contra de la patria. Que quede claro, a los juaristas no nos mueven la envidia ni la revancha, la justicia es nuestra única seña.

Aunque los repitan hasta el hartazgo, los infundios que le endilgan no pueden convencerme: si el licenciado Juárez es el anticristo, con los ojos cerrados me quedo en la oscuridad y tres veces escupo sobre la cruz. Los retardatarios no lo conocen tan bien como yo, y mucho menos tuvieron el privilegio de atenderlo en los momentos más difíciles de la guerra que nos hermanó. El señor presidente es mi amigo y sabe que siempre me desviviré con tal de que se sienta a gusto. Por eso no me importa que me ninguneen o se burlen de mi ropa astrosa, sus enemigos no se imaginan que pronto llegará un mensajero para traerme una carta de su puño y letra. Sus ludibrios se me resbalan: nunca seré como esos coroneles que no tienen quien les escriba y se pasan los días yendo y viniendo a la posta para saber si el gobierno les mandó una limosna.

Por donde quiera que se le vea, mi situación es distinta: el señor presidente necesita que me encargue de sus cosas, y por eso me llevará al Palacio Nacional.

୭୨

Antes de que su barco se divisara en el horizonte y las salvas de los cañones del fuerte anunciaran su llegada, el señor alcalde me dio las órdenes que cumpliría a carta cabal. A partir de ese momento sería el asistente personal del señor presidente. Todas sus comodidades estarían a mi cargo. Si esto que voy a decir parece presuntuoso, en realidad no lo es: era obvio que este grandísimo honor me correspondiera. Mis cartas credenciales eran mejores que las de cualquier embajador. Don Antonio López de Santa Anna jamás se había quejado de mis quehaceres en Manga de Clavo y El Lencero, y lo mismo pasó con los gobernadores y los políticos del puerto a los que me tocó atender desde que salí de la Casa de la Misericordia con el apellido Lorenzano.

Cuando sus pies tocaron los tablones el muelle y el sonido de la banda se entrelazó con la bulla, de inmediato me ocupé de que todo funcionara a pedir de boca. Con voz firme y tres insultos le ordené a los zainos que cargaran sus baúles sin dejarles las huellas de su pestilencia. A los que tienen la esclavitud metida en la sangre no se les puede hablar de otra manera.

Al llegar a su habitación, comencé a desempacar su ropa con el mayor de los cuidados. Esas prendas había que tratarlas como si fueran reliquias. Todo iba muy bien y el orgullo me inflamaba el pecho; sin embargo, mientras las colgaba en el ropero, descubrí algo que me incomodaba: por más que las mandara al mejor tintorero del puerto o de Xalapa, sus telas ya no tenían remedio y las puntadas amenazaban con romperse por lo luidas que estaban. El tiempo que el señor presidente había pasado en su carruaje estaba marcado en el trasero brilloso de sus pantalones.

Algo tenía que hacer para salvar semejante escollo.

Por eso me atreví a preguntarle si podíamos tener un acuerdo solemne. Incluso le aclaré que apenas le robaría unos minutos.

—¿Y cuál será el asunto a tratar? —me preguntó con la seriedad que lo caracterizaba.

—Su guardarropa, señor presidente. Alguien de su alcurnia debe portar las prendas adecuadas —le respondí pensando que tal vez me había excedido.

Don Benito me dio una leve palmada.

Esa misma tarde me recibió formalmente en su despacho y, después de que analizamos todas las posibilidades, decidimos que el Negro Cachimbas era el sastre indicado.

❦

Mi sugerencia fue acertada, absolutamente perfecta. Desde el día en que el Cachimbas le entregó sus trajes, el licenciado Juárez me concedió el honor de hacerme cargo de ellos y me pidió que lo ayudara a vestirse para que nada fallara.

Los generales más leídos se morirían de envidia si conocieran los planes que puse en marcha para complacer al señor presidente. Antes de que se levantara y sonara la campanilla que apuraría mis pasos, la esposa del Cachimbas llegaba a la casa presidencial para cumplir con la más delicada de las misiones. Delante de mí planchaba y almidonaba su ropa. Los pantalones no podían tener una doble raya y la única que se les notaba debía revisarse con ojos de águila. El trabajo de la mulata era impecable y nunca fruncía la bemba cuando la regañaba. Su aguante no me sorprendía: ganaba lo mismo que un sargento de caballería, con la salvedad de que sus centavos siempre se pagaron a tiempo.

Gracias a mis previsiones, todo estaba listo cuando sonaba la campanilla y entraba a su habitación para ayudarlo.

—Buenos días, señor presidente, la patria lo espera para cumplir sus mandatos —le decía para saludarlo.

Don Benito apenas movía la mano para corresponder mis palabras mientras yo colocaba la bacinica bajo la silla y permanecía a su lado hasta que terminaba de obrar. Sus excretas no tenían mal olor, y vaya que yo sé de esos menesteres. Todos los años que pasé en el hospicio soporté las pestilencias de la caca de los muertos de hambre. En ese lugar aprendí que olfatear y mirar los desechos era la mejor manera de conocer a las personas. Las mierdas de los demás huérfanos expelían hedores terribles; en cambio, las mías casi eran fragantes y marcaban un destino preciso. Ellos son unos pobres diablos, y yo soy amigo íntimo del señor presidente.

Cuando terminaba de hacer sus necesidades y me entregaba el trapo con el que se había aseado, le acercaba el tejamanil para que se lavara las manos, se humedeciera la cara e hiciera un buche para refrescarse la boca. Debo reconocer que esa costumbre derrotó a una de mis mejores sugerencias: el señor presidente nunca aceptó enjuagarse la boca con agua de menta.

—Eso es para invertidos —murmuró de mala manera y jamás volví a insistir con el asunto.

Entonces llegaba el momento de vestirse: mientras le arreglaba los hules de los calcetines hacía todo lo posible por no mirar las várices que le marcaban las pantorrillas, luego le ponía la camisa, la pechera y los puños y, para finalizar, me aseguraba de que la hebilla de su cinturón formara una línea recta con los botones de su bragueta. La corbata era un asunto aparte y merecía una gran atención: el nudo debía tener la simetría perfecta, y cuando se ponía su levita o su casaca, quedaba listo para salvar a la patria.

—Muy bien, Lorenzano, a veces pienso que no sé qué haría sin tu ayuda —me decía con una franqueza que envidiaban sus ministros y los generales.

೧೨

Su día comenzaba con la misma rutina. En el preciso instante en que la décima campanada del reloj se escuchaba en el comedor se levantaba para tener un acuerdo con el ministro de Hacienda, el licenciado Lerdo, que siempre cumplió con los designios de su apellido. Su encuentro era breve y el señor presidente siempre salía de la oficina acariciándose la bolsa derecha del pantalón. Los traidores a la patria decían que sólo le importaba cobrar su diario y lo demás podía irse al Diablo. Ésa es la más burda de las mentiras. En la cabeza del licenciado Juárez sólo había dos manías: salvar a la patria de los retardatarios y cumplir con sus más altos designios para construir el Edén en la Tierra.

Salvo el licenciado Ocampo, el resto de los ministros y los generales sólo se dedicaban a incomodarlo con sus necedades. Si los leguleyos y los militares se hubieran salido con la suya, el señor presidente jamás habría tenido un momento de descanso, y mucho menos le quedaría tiempo para meditar sobre el futuro del país. Por fortuna, don Benito tenía perfectamente claro lo que su firma valía, por eso sólo tomaba la pluma para rubricar las leyes y los bandos que don Melchor aprobaba. Los demás eran manzanas envenenadas. Esto no era poca cosa: sin su nombre, los decretos jamás se publicarían y eso es más importante que quemarse las

177

pestañas para escribirlos. Quienes lo acusan de no haber puesto una sola letra en las Leyes de Reforma no entienden nada: el señor presidente las firmó y solemnemente ordenó que se publicaran, con eso basta y sobra para que pase a la historia.

A mí me consta que la mentecatez de su gente no quedaba satisfecha cuando salían de su despacho con un papel firmado; a como diera lugar tenían que echarle a perder el día: el general Fulano fruncía el ceño mientras le decía que los cementerios se habían rebosado y apenas un tabique separaba a los muertos, y lo mismo hacía cuando le informaba sobre las derrotas y los túmulos que ardían en los campos de batalla. Aunque jamás lo dijera de manera abierta, estaba convencido de que la chusma nada podía en contra del ímpetu de los reaccionarios. A pesar de esta conducta inapropiada, el señor presidente lo miraba con seriedad y, cuando se hartaba de escuchar el rosario de desgracias y sus infinitas peticiones de dinero para las tropas, daba por terminada la reunión con una frase precisa:

—Señor general, vea ese asunto con el licenciado Ocampo. Él sabrá lo que debe hacerse para remediarlo.

Los ministros tampoco se quedaban atrás en la competencia para nublarle la mañana: el licenciado Lerdo se la pasaba diciéndole que redujera sus gastos y le enviara dinero a los que guerreaban del otro lado del país. Por fortuna, don Benito no le seguía el juego y le ordenaba que redactara un oficio para mandarle a los generales que impusieran nuevas contribuciones a los lugareños o, en un pliego secreto, les exigía que pactaran con gente como el Mosco López para hacerse de mulas. Si la gente de los pueblos no les hacía caso, les autorizaba a cobrarlas con el apoyo de las bayonetas. El dinero de la aduana de Veracruz era intocable y tenía un destino preciso: gracias a él, la presidencia podía mostrarse sin manchas.

Los licenciados y los militares no se daban cuenta de su principal obligación: el señor presidente necesitaba estar tranquilo para esperar con calma la victoria que tarde o temprano llegaría. A pesar de sus malas lenguas, lo suyo no eran la inactividad ni el pavonearse con los trajes que le hacía el Cachimbas. Ellos eran incapaces de advertir la fortaleza moral y la inteligencia privilegiada de su líder. En cambio, yo lo comprendía a la perfección y en silencio le llevaba una taza con té de boldo para que la bilis no se le atragantara.

—Tú sí me entiendes, Lorenzano —me decía para darme las gracias por mis atenciones.

෧෧

Muchas veces me quedaba cerca de él. Mi lugar estaba en la esquina más alejada de su escritorio, desde ahí podía estar al pendiente de cualquier cosa que se le ofreciera. Con el tiempo, aprendí a adivinarle el pensamiento: la taza con café llegaba a su sitio en el momento preciso, el puro jamás se tardó y, si el cansancio lo vencía, salía para avisarle a todos que el señor presidente no podía recibir a nadie porque estaba atendiendo el más importante de los asuntos. Esas siestas eran la única manera como podía recuperarse de las impertinencias de los generales y los ministros.

Esas horas eran fáciles de soportar: la gente iba y venía mientras yo pensaba que nada les costaba adornar las desgracias para mantener el buen ánimo del señor presidente. Ahí escuché las peticiones infinitas, las fatuidades sin freno y las pláticas que tuvo con el licenciado Ocampo en los momentos más duros de la guerra.

Una de ellas no se me sale de la cabeza. Ese día, don Melchor llegó con buenas noticias. El yanqui había aceptado sin enmiendas su propuesta.

—Sólo hace falta que lo firmes para ganar la guerra —le dijo el licenciado Ocampo.

El señor presidente tomó su pluma y la remojó en el tintero. Sin embargo, antes de que escribiera su nombre, se quedó pensando.

—Cuando Santa Anna firmó un papel como este, tú renunciaste a la gubernatura de Michoacán. Esa vez dijiste que no podías traicionar a la patria —le dijo el señor presidente a don Melchor.

El licenciado guardó silencio y sin ansias de pleito le sostuvo la mirada.

—Estos pliegos son diferentes —le respondió con calma—, la guerra para salvar a la patria nos obliga a los mayores sacrificios. Cuando la historia nos juzgue, quedará claro que ésta fue la cruz que tuvimos que cargar para derrotar a la reacción.

El señor presidente se levantó.

Los pocos pasos que dio eran lentos y su espalda se curvaba por el peso de la decisión que debía tomar.

—¿Y los generales? —cuestionó a don Melchor.

—Tal vez protesten, pero cuando lleguen las armas se darán cuenta de que lo hicimos para fortalecerlos.

Don Benito le puso la mano en el hombro a su amigo.

—Tú sabes que no puedo pasar a la historia con una mancha de este tamaño, por eso debes sacrificarte en el altar de la patria. Fírmalo con mi autorización y roguemos para que la deshonra no nos alcance.

Sin pensarlo dos veces, el licenciado Ocampo firmó.

—Sólo tengo una duda... si todo sale mal, ¿me dejarás solo?

El señor presidente se quedó callado durante unos minutos.

—Tengo jaqueca —le dijo a don Melchor—, vale más que me refresque en la tina.

Sin pronunciar otra palabra salió del despacho.

☙

A pesar del sapo que se tragó, el licenciado Ocampo logró su cometido. Las reuniones a puerta cerrada se convirtieron en un asunto de todos los días. A ninguna asistió el señor presidente. Sus ocupaciones con la gente pudiente del puerto reclamaban su presencia y sacrificio. Cada vez que volvía de esos fatigosos encuentros le tenía listo el vaso con agua y los polvos de carbonato. El sonido de sus eructos siempre me tranquilizaba, don Benito se había salvado de la indigestión que lo amenazaba.

El hecho de que el general Miramón tuviera rodeado el puerto era un asunto que no le preocupaba. Las balas de sus cañones no tenían la fuerza para tocar su oficina y, si las defensas caían, tenía la posibilidad de resguardarse en el fuerte de San Juan de Ulúa. Ahí, protegido por las almenas y las piezas de artillería, esperaría al barco que lo llevaría a un nuevo destino para salvar a la patria. A pesar de esto, algo me decía que don Melchor tenía un as bajo la manga: el rumor de que los retardatarios habían comprado barcos artillados para atacar Veracruz no le quitaba el sueño.

৩৩

Las tropas se preparaban para la batalla definitiva y no faltaron los que algo pidieron a cambio de su lealtad. El tesoro nacional que apenas engordaba con los pesos que daba la aduana se repartió sin problemas y, por un milagro idéntico a la multiplicación de los panes, alcanzó para mantener atracado el navío que los llevaría a Nueva Orleans si las tropas del general Miramón entraban al puerto.

No todos pidieron salvoconductos y dinero. Las lealtades tenían distintos precios. Uno de los generales exigió que le regalaran el burdel de Tomasa, otro pidió que lo dejaran cobrarse el descolón que una jarocha le dio, y al tal Mosco le entregaron cuatro mulatos para que dispusiera de ellos como se le pegara la gana y, de pilón, le regaló una chaqueta con charreteras. A ninguno le negaron lo que pedía, la necesidad de amacizar las alianzas y fortalecer las tropas implicaba el sacrificio de algunos.

—¿Tú no vas a pedir nada? —me preguntó el señor presidente en esos días.

—Sí, señor, le suplico que me permita servirle hasta que la muerte nos separe —le contesté sin que la mentira manchara alguna de mis palabras.

—Ojalá todos fueran como tú.

Don Benito tenía razón, sus hombres más cercanos no le tenían la lealtad que me caracteriza.

XIII

Benito

La bilis le amargó la lengua, pero la nata verde y pastosa del humor derramado jamás se revelaría en el salón del palacio. Benito se tragó el sapo sin hacer gestos. A pesar de las palabras de látigo, la ofensa apenas duró unos instantes que no tuvieron la fuerza para alentar el ritmo los segunderos. El péndulo del reloj siguió moviéndose como si nada hubiera pasado. Por más que trató de ocultar su emboscada, la teatralidad del general Díaz estaba anunciada y el público la esperaba con pocas ganas de sorprenderse. Lo único que tenían era una pizca de morbo. Ni siquiera los más osados se atrevieron a apostar por el desenlace, una botella de chínguere o un bistec no valían lo suficiente para pagar el riesgo de que el señor presidente se enterara.

Después de que Porfirio le entregó la bandera y se cuadró, sus pasos y los de su estado mayor no levantaron la tolvanera de los murmullos. Solos llegaron y solos se fueron. El augurio del enésimo cuartelazo no tuvo la fuerza para imantar las miradas. Por más héroe que fuera y por más soldados que lo siguieran, los políticos y los militares lo abandonaron a su suerte. El momento de las decisiones había llegado y ellos tomaron la suya.

El general Díaz era la sota de espadas que tenía la incertidumbre impresa en el filo. En cambio, el rey de oros les pagaría su lomo arqueado con las leyes y los decretos que por fin les harían justicia por haber salvado a la patria y la república. El señor presidente tenía poderes extraordinarios y, por como pintaban las cosas, la vigencia de la Constitución se pospondría hasta que le pegara en gana.

∞

El besamanos siguió como si nada hubiera pasado.

La línea que formaron los políticos y los militares para inclinarse delante de Juárez era idéntica al cuerpo de una serpiente que por miedo sonaba su cascabel. El señor presidente apenas le sonreía a unos pocos. Los porfiristas que dieron un paso atrás se merecían el gesto que les sanaría la llaga de la traición. Ninguno de los agachones sería olvidado al repartir las migajas del poder. Para los que se habían doblado, las cosas no tenían vuelta de hoja: valía más apostarle a las diputaciones, los ministerios y las gubernaturas que a un combate con resultados nebulosos. Los escritorios vacíos y las plumas abandonadas también formaban parte del botín que repartiría entre los sumisos y sus recomendados. En unos días, el hijo bastardo o el ahijado incómodo se beneficiarían gracias a su perfidia.

El terciopelo encarnado de la silla arropaba a Benito, la ponzoña de su mirada le daba la confianza que necesitaba. Los siete años de mala suerte que descubrió en el espejo rajado no eran para él. Porfirio lo había quebrado y el mal fario le caería aunque le hicieran una limpia con ramas de pirú, ruda y Santa María. La convicción de ser venerado y la certeza de que lo complacerían hasta la ignominia bastaban para que se comportara como alguien implacable. Él era el gobernante eterno, el futuro amo del Congreso, el becerro de oro que después de muerto seguiría revelándose en la silla del águila.

Su alma podrida jamás la abandonaría y lamería a quienes se sentaran en ella. Su saliva alimentaría las ansias de permanecer en ella hasta el fin de los tiempos.

∞

Nadie se atrevió a pronunciar un discurso y, cuando los criados entraron con las copas servidas a medias, los brindis se ahogaron antes del primer trago. Ninguna de las botellas de champaña que se compraron fue descorchada, el señor presidente ordenó que las mandaran a su casa y se abrieran las que parecían avinagradas.

—Necesito que a todos les quede la lengua reseca —le dijo al mayordomo del palacio como única explicación.

∞

Todos lo miraban mientras las suturas les apretaban los labios. Con unas cuantas palabras, Juárez había justificado lo poco que le importaba la ley. Su voz no podía ser rebatida ni completada. Esa versión de los hechos era indiscutible y así pasaría a los libros de historia: el hombre que cumplió con su deber como cualquier ciudadano había nacido, lo demás debía ser olvidado.

Sin que ninguno se atreviera a acompañarlo, el señor presidente se paseaba entre los pequeños grupos con las manos vacías y la mirada afilada. Sólo una vez, cuando la derrota estaba a punto de alcanzarlo, se había mojado los labios con el chínguere que le ofreció Guillermo Prieto, el hombre que le dio la espalda y tuvo que huir para esperar los vientos de libertad que sólo llegaron después de su muerte.

Don Memo, al igual que muchos otros, lo había abandonado en Paso del Norte. Sin embargo, la venganza del todopoderoso no lo había tocado. Tal vez, sólo tal vez, aún pesaba el día que le salvó la vida delante del pelotón. La suerte de Prieto no la tuvieron otros. Los enemigos y los que le hacían sombra tuvieron que emprender misiones suicidas y, en más de una ocasión, la gente que era idéntica al Mosco López recibió la orden de terminar con ellos. Los que aún no se rendían eran la mejor cobertura para cualquier asesinato.

Mientras caminaba por el salón de palacio, la sobriedad absoluta y los ojos de navaja enmudecían las palabras que algunos despistados intentaban susurrar. Su presencia era la censura, la seguridad de que todo lo oía y todo lo sabía.

❀

A ninguno le dieron una segunda copa y los bocadillos brillaron por su ausencia. La falta de alcohol abrevió la ceremonia. Lo mejor era irse para otro lado, a cualquier lugar donde sus palabras no fueran escuchadas y donde sólo estuvieran aquellos a quienes podían confiarle la vida. Los delatores que nacieron en tiempos de Santa Anna habían vuelto de sus tumbas. Para Juárez, los chismes, las habladurías y las revanchas eran asuntos de Estado, lo demás corría por cuenta de los ministros que jamás podían llevarle la contra. Sus caprichos y sus odios eran la única ley que valía, las otras podían ignorarse o derogarse.

Ahí estaba, mirando a sus súbditos y a los que metieron la cola entre las patas. Así habría seguido, paladeando la victoria sin miedo a empalagarse, pero alguien se atrevió a interrumpir su silencio.

—Señor presidente —le dijo uno de los porfiristas que se rindieron sin presentar batalla—, ha sido un honor acompañarlo en este momento solemne. Su triunfo quedará escrito con letras de oro en los libros de historia y, como patriota que soy, le garantizo mi lealtad y la de mis hombres.

Juárez apenas inclinó la cabeza para mostrarle su agradecimiento. Darle una palmada habría sido demasiado.

El militar no intentó darle la mano, sólo se cuadró para que todos vieran de qué lado estaba.

Lo que siguió era predecible. Uno a uno fueron desfilando para despedirse sin atreverse a tocar al Dios encarnado. Si les hubiera extendido su mano, más de uno se habría hincado para besársela como si fuera una reliquia. Él era más poderoso que el obispo Pelagio. El cura andaba a salto de mata o, si la suerte lo había cobijado, estaba en otro país sin posibilidades de fraguar una conjura. El dinero de la Mitra ya no estaba en sus manos. En ese momento, la Guadalupana era la única que se atrevía a hacerle sombra.

∞

El salón se quedó solo. Las huellas de las suelas polvosas se dibujaban en el piso de maderas entretejidas. En los muebles seguían las copas vacías y opacas por las huellas mantecosas de quienes las tuvieron en sus manos. Los círculos que sus bases dejaron en el barniz eran los únicos vestigios de la ceremonia. Un criado se asomó para saber si el tiempo de limpiar podía comenzar. En la pared estaba recargado el mechudo engrasado, en su balde se asomaban los trapos ennegrecidos y el frasco con manteca de tortuga.

Juárez apenas lo miró.

Eso bastó para que cerrara la puerta mientras murmuraba un Ave María con tal de que las bisagras no rechinaran.

El señor presidente se quedó parado delante de la silla imperial. Con calma avanzó hacia ella y se sentó con cuidado. La cola de su saco no debía quedar arrugada.

El silencio era perfecto y la soledad absoluta. Nadie le hacía falta. Los retratos de sus antecesores miraban al suelo para rendirle pleitesía, las palabras encarceladas por los marcos entonaban el coro que se doblegaba ante la certeza de su eternidad. La voz de Margarita y los gritos de sus hijos no podían compararse con ese instante. El páramo del poder y la mudez de los hombres eran el acompañamiento perfecto para el omnipotente.

—Yo soy el único, yo soy el sobreviviente —murmuró Juárez mientras apretaba los brazos de la silla presidencial.

El tiempo que tuvo que vivir en Veracruz jamás volvería a alcanzarlo, los días que transcurrieron en los caminos norteños también se habían terminado para siempre. Él era el gran solitario del palacio. A estas alturas, ni Porfirio ni el marrano de Lerdo podían desafiarlo y a los futuros diputados no les quedaría más remedio que empinarse ante sus órdenes. El señor presidente era la encarnación del país. Ni siquiera Santa Anna había podido llegar tan lejos, el título de Su Alteza Serenísima y los botones de oro de su casaca palidecían ante la banda que le cruzaba el pecho.

A pesar de esto, los recuerdos volvieron: Veracruz aún le ardía en la piel.

☙❧

De no ser por los cien pesos diarios y el curvadísimo lomo de su criado, el puerto le habría resultado insoportable. Durante muchos meses, Benito tuvo que lamerle las suelas a demasiadas personas y las sonrisas impostadas le arrugaron la cara. El horror de la ciudad era el desenlace perfecto para un viaje siniestro.

Desde que se treparon al barco en Manzanillo, las hablillas y los infundios apenas se callaban delante de él y de Ocampo. Aun con los pesares, ese silencio no bastaba para derrotar a los demonios del hartazgo y las ansias de juicio sumario. Cada vez que se acercaban a sus acompañantes, las voces enmudecían o cambiaban de tema con una torpeza que no podía disimular lo que pensaban. En cada muelle que atracaban, el fantasma del abandono rondaba a Benito. El miedo de llegar solo al país era tan espeso como el sudor que humedecía su traje negro y luido.

Salvo don Melchor, el resto de los colorados estaban convencidos de que él era el único responsable de las desgracias. A fuerza de cumplir sus caprichos, el ejército que combatía en occidente fue devorado por los carroñeros, y Santos Degollado se ganó a pulso el mote de héroe de las mil derrotas. La sombra de Miramón bastaba para que sus hombres se acobardaran o chaquetearan. Por más que lo intentaran y lo mandaran, las tropas desharrapadas y sin pertrechos no podían vencer a las fuerzas de los ensotanados.

Las desgracias no sólo brotaban en los campos de batalla, lo poco que quedaba del dinero que se llevaron de Palacio y del que a fuerza de fusiles y papeles se agenciaron en el camino se esfumó después de que le pagaron a Landa y cubrieron los gastos del viaje. Durante la travesía, hubo días que apenas comieron una galleta remojada en agua hedionda. Ellos eran unos políticos misérimos que a fuerza de hambres aprendieron a dudar del futuro de su causa. El fantasma de pactar la rendición se asomaba cada vez que las tripas les reclamaban.

Para colmo de su infortunio, el señor presidente y el chiflado de Ocampo lograron que los gringos no tuvieran ninguna intención de tenderles la mano. Los fracasos militares y la imposibilidad de negociar la paz con los conservadores le abrieron la puerta a las largas, al incesante ninguneo de un gobierno al que le urgía ser reconocido. Por más leyes que supuestamente lo ampararan, Juárez no podía ser visto como presidente legítimo. Mientras los gringos no lo aceptaran, los pertrechos se añejarían del otro lado de la frontera, y los créditos se discutirían hasta que la eternidad los alcanzara.

A los pasajeros del barco destartalado apenas les quedaba un consuelo deshilachado, si Veracruz caía en manos del Macabeo podrían refugiarse en San Juan de Ulúa y, con un poco de suerte, la aduana quizá les daría el dinero necesario para mantener anclado el navío que les garantizaría una nueva huida, una ruta al exilio que le pondría el punto final a su causa.

Las cosas estaban tan mal que hasta don Melchor Ocampo tuvo que reconocerlas delante del señor presidente.

—Espero que no se te haya olvidado cómo se hacen los puros —le dijo mientras estaban en la cubierta del barco que los llevaba a Veracruz.

☙❧

El puerto se asomó en el horizonte y las desgracias volvieron. El viento endiablado que amenazaba con volverse norte obligó al capitán a soltar las anclas. Las ráfagas podían llevarlos a las malas aguas o entregarlos al filo de los corales.

De nada servía que miraran el volcán con la cumbre nevada o adivinaran las casas que se levantaban cerca de la playa. Sus sueños se transformaron en agua de borrajas. El desembarco se pospondría hasta el día siguiente, sólo entonces el piloto veracruzano podría tomar el timón para atracar sin rajarle la panza al navío.

⚮

Esa noche, mientras trataba de enfrentarse al mareo, Juárez abrió su baúl. En el pequeño cofre que ocultaba entre sus harapos se notaba la ausencia de muchas monedas, hacía meses que el ministro de Hacienda no le pagaba su diario. Por más que le amargara el día, el argumento de que debían comer era irrebatible. Sin embargo, ese espacio estaba ocupado por un papel cuidadosamente doblado para proteger su mejor caligrafía. Ahí había anotado lo que le debían y, como debe ser, todas las mañanas le sumaba los intereses de rigor. Si sus cálculos eran justos y correctos era lo de menos, desde sus días en el Instituto, los números le engarrotaban los dedos. El consuelo de que los agiotistas eran peores le bastaba para creer que los merecía.

Llegar a Veracruz y apoderarse de la aduana era la única manera de cobrar lo que le debían. El pequeño cofre se llenaría peso sobre peso, y pronto debería agenciarse uno más grande con una tapa que se atrancara a fuerza de candados y refuerzos de hierro.

Ese problema no tardaría en solucionarse, pero lo irresoluble también estaba delante de sus ojos: al bajar al muelle, la gente y los mandamases se darían cuenta de que era un desharrapado. La ropa que había empacado al huir de palacio ya no daba para más. El recuerdo de los trapos que le zurcía su hermana Josefa se materializaba en su baúl.

Cuando el señor presidente desembarcó, sus presentimientos se volvieron realidad. El uniforme del gobernador Gutiérrez Zamora era perfecto y el color de su piel no ocultaba su origen; hacía tres siglos que sus ancestros habían llegado de España para convertirse en sólidos comerciantes. Y, para acentuar el infortunio, las prendas de la comitiva lo deslumbraban cuando el sol las acariciaba. El lino apenas tenía las arrugas necesarias para que nadie dudara de su finura. En cambio, él era un menesteroso. Don Benito era el vivo retrato del hombre que creía haber olvidado en casa de Salanueva o en los banquetes del Instituto. Lo muerto de hambre se le notaba a leguas. Por eso, sólo por eso, el político que lo recibió con una sonrisa impostada pudo hacerle todo lo que le hizo. Si delante de la gente guardaba las formas de una manera impecable, Gutiérrez Zamora no se tentó el alma para ponerle los puntos sobre las íes.

El recuerdo de Comonfort le ardía en el pecho a Gutiérrez Zamora. Mientras todos lo cubrían de mierda y los clericales lo perseguían para fusilarlo de espaldas y con los ojos vendados, le tendió la mano y lo protegió mientras esperaba el barco que lo llevaría al exilio. Aunque el gobernador fuera una veleta, la querencia de años no podía quebrarse por las ventoleras políticas. Si a Juárez lo habían recibido con salvas y música, y de mala gana permitió que lo florearon con sobrados discursos, eso no implicaba que fuera bienvenido.

El gobernador estaba seguro de que el indio no era distinto de los militares y los curas que se levantaron en contra del hombre que se ganó el título de compadre a fuerza de querencias. Lo único que a ellos les interesaba era la presidencia. Sus coloraturas eran una mentira sangrienta.

❀

El jelengue no bajaba de tono y Gutiérrez Zamora le puso el brazo en la espalda para hablarle con una sonrisa que enmascaraba las palabras.

A fuerza de tamborazos y trompetazos, sólo Benito podía escuchar su voz.

—Usted es un invitado que llegó más de fuerza que de ganas —le dijo.

Juárez bajó la mirada.

Sus ojos quedaron atrapados en la tela parduzca y la camisa que para siempre había perdido su blancura.

—No se me achique, señor presidente, lo que pasa es que no está acostumbrado a que le hablen de frente y le digan las cosas sin adornos. Por favor, entiéndame: a mí no me interesa hacerle un mal, pero usted sólo puede quedarse si no me alborota el gallinero. Mi gente no necesita que la ande moralizando y no se vale que la azuce para que se sumen a sus tropas. ¿Para qué nos hacemos lo que no somos? Usted sabe que nos sobra fuerza para defender el derecho a escoger el bando que mejor nos convenga. Hoy puede ser el suyo, pero mañana sólo Dios sabe... capaz que volvemos a rectificar el rumbo y le abrimos las puertas a Miramón. A nosotros sólo nos importa una cosa: no salir raspados. A fuerza de nortes aprendimos a mover las velas para capotear los vientos sin que nos pese en el alma. La lealtad tiene precio y usted también tiene que pagarlo. Si estamos claros, sea bienvenido a su pobre casa; pero si no se halla en el puerto, todavía le queda tiempo para embarcarse para otro lado.

El presidente aceptó sin chistar y el gobernador le dio un notorio abrazo.

—¡Viva Juárez! —gritó para que la gente lo oyera.

❧

Gutiérrez Zamora no fue el único que lo recibió con malos modos y amenazas, la ciudad entera lo repudiaba. Las cúpulas se miraban negras por los zopilotes que ahí descansaban con las alas plegadas.

Sobre la mayor de las cruces, se aposentaba el macho más bravo para anunciar su prosapia infernal. El calor se sentía chicloso y el mar era tan gris como su futuro.

Mientras caminaban con rumbo a la calle de la Puerta Nueva, el olor de la podredumbre golpeó a los recién llegados: los carretones que debían recoger la basura estaban descomponiéndose por el abandono, y los pájaros carroñeros se habían hartado con los cadáveres de las ratas, los perros y los gatos. Ese día, su menú no resultó tan bueno como lo merecían: por más círculos que trazaron en el cielo, no les tocaron gallinas ni guajolotes. Ni siquiera un burro o una mula dejaron en las calles para que la panza se les inflara con los gases que los deleitaban.

La pestilencia lo obligó a recordar lo que habría preferido olvidar. En el puerto, la gente se moría de vómito prieto, de diarreas que secaban el cuerpo y fiebres que quebrantaban los huesos hasta volverlos astillas. Veracruz era el paraíso de lo insano y lo funesto. Sólo los lugareños, los negros y los mulatos podían sobrevivir en esa tierra infecta. A ellos, los vapores que brotaban de los pantanos y los arroyos podridos no se les metían en el cuerpo. Eso, a todas luces, demostraba que Satán los protegía.

༺༻

La casa donde se quedaría no era tan mala como lo esperaba, y su criado —un tal Lorenzano al que a leguas se le notaban las marcas del hospicio— había hecho todo lo posible para que se sintiera cómodo. Sus harapos estaban perfectamente colgados en el ropero, y del techo pendía el tul que lo protegería de los mosquitos que esperaban la llegada de la noche para llenarse las tripas con la sangre de quien fuera. A pesar de su procedencia inconfesable, los muebles tenían cierta elegancia, apenas uno de los sillones tenía el mimbre rajado.

Después de las amenazas del gobernador, Juárez quería tirarse en la cama y quedarse ahí hasta que ocurriera un milagro. Si el prodigio corría por cuenta de las potencias del cielo que lo obligarían a arrepentirse, con gusto lo haría. Sin miedo le daría la espalda a los rojos que aún estaban de su lado para llenarse la boca con padres nuestros y misereres. Y, si el olor del azufre lo anunciaba, tampoco se haría el remolón para firmar con su sangre las páginas que el Patas de Cabra le extendería.

Pero eso era imposible: la gloria y el infierno no estaban a su alcance. La nada era el precio que debía pagar por sus pecados. Además, Benito estaba convencido de que el señor presidente nunca debía cansarse ni hastiarse, por eso terminó en un sillón crujiente. Los hornazos del aire lo habían resecado hasta que sus vetas se transformaron en las cuarteaduras que alimentaban al comején.

Cerró los ojos para atreguarse el miedo y el cansancio absoluto. Si ya casi estaba derrotado, ahora también estaba jodido.

Gutiérrez Zamora no se andaba por las ramas y valía más llevar la fiesta en paz. Pronto hablaría con Ocampo para lograr que se contuviera. A Juárez apenas le quedaba un camino que en el fondo le cuadraba: poco o nada debía hacer más allá de pavonearse lo estrictamente necesario. Lo único que le correspondía era halagar a los poderosos del puerto y, por supuesto, cobrarle al ministro de Hacienda.

❦

Por más que lo buscaba, el sueño no llegaba. El calor lo obligó a patear la sábana. Las luces de gas de la calle iluminaban su desnudez. A como diera lugar tenía que mantener los ojos cerrados, el horror de mirar su piel prieta y lampiña era peor que el insomnio. El reloj de la torre que estaba a unas cuadras daba una campanada cada quince minutos, y por las ventanas entraban los gritos de los mulatos que todavía festejaban su borrachera. Doce veces había escuchado el sonido metálico y doce veces anheló que el cansancio lo derrotara.

El sudor lo obligó a abrir los ojos. Los arroyos salobres se habían filtrado entre sus párpados. Se los talló con fuerza y se pasó la mano por la cara.

En el mosquitero estaban las bestias que anhelaban sangrarlo, y una cucaracha caminaba moviendo sus antenas para encontrar la entrada que le permitiría lamerlo. Ellos eran los espectros de la maldición de Gutiérrez Zamora, las brujas chuponas que seguían las órdenes de Miramón, la encarnación de las condenas que se pronunciaban en los púlpitos. La voz del sereno que iniciaba su cantinela con un "Ave María Purísima" no amedrentaba a los diablos que lo rodeaban.

Estaba preso tras los lienzos de tul.

Por más que lo deseara, no tenía valor para abrirlos y caminar hacia la ventana con tal de que la brisa lo acariciara. El deseo de meter las manos entre las monedas que guardaba también era imposible.

La noche era eterna y, cuando los primeros rayos del sol se asomaron, por fin se quedó dormido.

☙❧

La voz de su criado lo despertó sin clemencia.

—Buenos días, señor presidente, la patria lo espera para cumplir sus mandatos —le dijo con una amabilidad empalagosa.

No le quedaba más remedio que levantarse. El agua del tejamanil estaba fresca y tuvo que frotarse la cara para que las lagañas se despegaran. Las pequeñas costras amarillentas se quedaron flotando sobre la superficie iridiscente que nació del sudor acumulado.

A pesar de los malos augurios, las cosas mejoraron. El tal Lorenzano lo ayudó a vestirse y, aunque se hizo el remolón, el ministro de Hacienda le pagó su diario y algo de lo que le debía. El dinero de la aduana era el bálsamo que añoraba. En la tarde su ánimo estaba completamente restablecido: un mulato retinto se haría cargo de su guardarropa y, gracias a los navíos que atracaban en el puerto, las telas que cosería estarían a su altura.

Sin embargo, su felicidad no duró para siempre. Los ministros no dejaban de importunarlo con la necedad de que se reunieran para darle salida a los pendientes. Los militares que lentamente fueron llegando no se quedaban atrás con sus mentecateces: a cada instante lo jorobaban para que presionara al gabinete con sus urgencias de pertrechos y dinero para la raya de las tropas. Ocampo era el único que lo comprendía y le espantaba las moscas para que se ocupara de lo verdaderamente urgente: pasear en una calesa, atiborrarse con los comerciantes o hacerle la ronda a Gutiérrez Zamora era mucho más importante que las exigencias del gabinete.

Al final, no le quedó más remedio que dar su brazo a torcer.

Ese día, don Melchor no lo ayudó a darle la espalda a la reunión. Ningún pretexto lo salvaría de reunirse con sus ministros. El plan de ir a dar la vuelta con el gobernador en una litera había naufragado.

☙❧

Ocampo apenas carraspeó para espantarse los gallos.

—Señor presidente —dijo con una voz que impostaba su grosor—, éste es el momento definitivo para el porvenir de la patria. Durante muchas noches de desvelo, sus ministros emulamos a los cónsules romanos. Ningún código quedó sin revisar y las leyes revolucionarias se mezclaron con nuestra tinta. Los años de guerra nos han puesto delante de una realidad que no podemos ignorar: los pasos que dimos con la Constitución fueron insuficientes para derrotar a los retardatarios; por eso tenemos que llegar más lejos para barrerlos por completo.

El señor presidente lo escuchaba embobado.

Don Melchor hacía palidecer el recuerdos de las palabras que pronunciaban los avinagrados, su voz era la de un profeta, la del único hombre que podría transformarlo en una deidad. Aunque a nada estaba de perderse en las recordanzas, el discurso de Ocampo lo obligó a volver a la realidad.

—Señor presidente, debemos reformar la Constitución hasta sus cimientos para que esté a la altura de las más avanzadas del planeta. Frente a usted están los pliegos que reclama la patria, las leyes que aniquilarán a los clericales y los conservadores, a los que temen e impiden la llegada del progreso y la libertad que todos deseamos. Sólo les falta su firma y ser publicadas en la imprenta más gloriosa de Veracruz.

Juárez dudó. Si tomaba la pluma no habría marcha atrás.

—¿Las conoce el señor gobernador que nos protege? —preguntó tratando de fingir entereza.

Don Melchor lo miró con calma. El miedo que le corroía el alma al señor presidente no le era desconocido.

—Licenciado Juárez —le respondió con una serenidad contagiosa—, todos estamos muy agradecidos con el coronel Gutiérrez Zamora; por eso mismo, él fue el primero en leerlas y, como buen patriota que es, está dispuesto a cumplir de inmediato la que ordena la venta de los bienes del clero. Con ese dinero llegará la prosperidad a Veracruz y, gracias a sus esfuerzos, podrá labrarle un futuro a su familia.

Benito tomó la pluma y, mientras escribía su nombre con la letra inclinada que aprendió en el despacho de don Tiburcio, la mano le temblaba. Aunque ninguna de las leyes fuera suya, cada una de sus letras era un puente quemado. La posibilidad de pactar con la Iglesia ardía y lo mismo sucedía con su futuro. El doble juego que lo había salvado en Oaxaca ya era imposible, ahora sólo le quedaba la posibilidad de apostar el todo por el todo, de traicionar a los suyos con tal de seguir adelante gracias a las conveniencias que pagarían con creces. A como diera lugar tenía que dejar de ser el títere para transformarse en el titiritero.

—Señor presidente, señores ministros —dijo Ocampo con la mirada perdida en la ventana—, la patria nos coronará con sus laureles.

Sin pronunciar otra palabra, don Melchor abandonó el salón con los papeles bajo el brazo. Llegar a la imprenta rascuache donde se imprimía el periódico oficial era su mayor urgencia. Los ministros también se fueron y apenas se despidieron del señor presidente.

❦

Las voces que llegaban de tierra adentro parecían mentiras. El puerto era seguro y nadie en su sano juicio se atrevería a sitiarlo, apenas un ejército de mulatos podría resistir los embates de las fiebres que arrebataban la vida. Esas calenturas le dieron el gane a Santa Anna cuando se enfrentó a las tropas de Barradas. El chorrillo implacable pudo más que sus balas. Lo que se rumoraba sobre Miramón tenía que ser una habladuría, un chisme idéntico a los que recorrían la ciudad para entretener a sus habitantes mientras mataban el tiempo en los portales.

Juárez y Ocampo estaban equivocados.

El Macabeo pertrechaba sus tropas y nada se tardaría en avanzar sobre Veracruz. El acuerdo con los bandoleros no sería suficiente para frenarlo y cortarle los suministros. Había que prepararse y levantar las defensas antes de que las banderas negras con cruces encarnadas se adueñaran del horizonte. Por fortuna, Gutiérrez Zamora también había quemado sus puentes y hundido sus naves: los botijones retacados de monedas y las propiedades que compró por unos centavos pagaron su lealtad a la causa.

Los mulatos y los negros que se pudrían en la cárcel y se quebraban el lomo en los cañaverales empezaron a cavar trincheras y levantaron los parapetos que protegerían a los cañones. Las fraguas del puerto trabajaban día y noche. Las balas de plomo y las bombas de fierro colado se acumulaban en los lugares precisos. Los colorados terminaron por convencerse de que, por mejor general que fuera, el Macabeo jamás pondría un pie en el puerto. Sin embargo, los discursos y las juntas de guerra no alcanzaban para convencer a la gente. Las filas en los confesionarios y las colas para recibir la sagrada hostia crecían con un ritmo más rápido que las obras de defensa.

198

—Te lo pido por nuestra amistad, firma en mi nombre. McLane está a punto de largarse... si no le entregas estos papeles terminaremos delante del paredón —le dijo a don Melchor.

Las dudas atenazaban a Ocampo.

—Sabes que me van a repudiar —le respondió a Juárez.

Por primera vez desde que lo conocía, la voz de Melchor sonaba opaca. La derrota moral se escuchaba en cada una de sus sílabas.

—Ellos no importan... tú siempre estarás a mi lado.

Don Melchor le dio un jalón a su puro y firmó los pliegos.

A pesar de los acuerdos secretos con los yanquis, la memoria del día que renunció a la gubernatura de Michoacán no lo dejaba en paz. Durante muchos años había creído que era impoluto, pero la traición lo mordió sin clemencia.

El fantasma de Santa Anna rondaba la habitación y los acariciaba sin pudor.

—Nos vamos a condenar —murmuró mientras le mostraba los papeles al señor presidente.

XIV

Melchor

§1. No sé si estas líneas llegarán a tus manos. El odio añejo de nuestros enemigos les castró la posibilidad de cumplir su palabra y, al igual que nosotros, sepultaron el poco honor que les quedaba. Por más que tratemos de engañarnos, la verdad terminó por alcanzarnos: los tres años de matanzas nos transfiguraron en bestias sedientas de sangre. Aunque a fuerza de pecados estoy lejos de él, Dios sabe que, sin detenernos a pensar en las consecuencias de nuestras acciones, nos convertimos en los zainos perfectos. Somos idénticos a los mulatos que muerden la mano que los alimenta y por la espalda apuñalan a los incautos que los socorren. Sin embargo, hay algo que nos hace mucho más sombríos: los negros matan y se matan por una botella de aguardiente y los infundios que nacen en las lenguas embriagadas; nosotros lo hicimos por cosas peores. Somos responsables por la causa que le abrió la puerta a Satán. Los nuestros, son los motivos de Caín. Acéptalo sin miedo y cuéntaselo al primer cura que te salga al paso: la saña y las malquerencias son lo único que nos queda y nos anima. El futuro de la patria se ahogó en las muertes sin sentido, en las venganzas inclementes, en la corrupción que todo lo puede y se arranca. Las palabras con las que te llenas la boca no valen nada: el país está tan podrido como nosotros.

§2. De nueva cuenta nos separamos y la moneda del destino cayó del lado que anuncia el fin de mis días. Nadie puede ganar todos los volados y, para no perder la costumbre, volví a perderlo. El mal fario que me persigue desde que firmé esos papeles no me deja a sol ni a sombra. Esas letras las tengo pegadas en la piel y nada hay que pueda arrancarlas. Por esta razón nos pasa lo que nos pasa: en la inmensa soledad del palacio tú sueñas con el poder eterno, y a mí sólo me duele el alma por la muerte de mis principios, por el funeral de los ideales que alguna vez le dieron sentido a mi vida.

Desde hace horas, la parca está sentada a mi lado y ahora observa cómo la pluma se desliza en los papeles que me dieron para escribir mi testamento y estas palabras. La última voluntad se le concede a casi todos los condenados. Por esto no me importa ser machacón. Los hombres que fuimos en Nueva Orleans se agusanan en sus tumbas y tus ojos apenas son una mirada esquiva. Desde que garabateé el tratado con míster McLane te da miedo verme. Soy el reflejo de tus traiciones y tu alma de chacal. Por más que imagináramos otra cosa, nuestra historia no podía tener otro desenlace.

A partir del día que nos sumamos al cuartelazo de don Juan, nos fuimos corrompiendo sin darnos cuenta de la lepra que nos carcomía. Las razones para engañarnos nos sobraban en esos momentos. La fe en que las leyes todo lo podían se transformó en fanatismo, y los anhelos de cambiar el rumbo del gobierno alimentaron la ponzoña que guiaba nuestros pasos. Si alguna vez me atreví a sostener que las revoluciones no debían ceder un ápice y sin pensarlo dos veces traicioné a Nachito, hoy sé que devoran a sus hijos y los zurran en lo más profundo del infierno. A los sobrevivientes sólo les queda una opción: beber el cáliz de la ignominia y convertirse en la peor versión de sí mismos. Tú y yo somos inferiores a aquellos que fuimos.

§3. El único consuelo que me queda es que encuentren mi cadáver. En Pomoca, la gente de la hacienda vio cómo me atraparon y seguramente le avisaron al destacamento más cercano. A pesar de sus ruegos, los caballos de la tropa no llegarán para salvarme. Da lo mismo si esto ocurre por la distancia o por las ansias de cobrarme las cuentas pendientes. Al fin y al cabo, mi pecho reventado por las balas será suficiente para que sepas cómo me alcanzó la muerte. No quiero pensar en mi cuerpo mutilado, en mi cabeza ensartada en una pica o en mis entrañas entregadas a los lobos. Si alguna vez me soñé como un nuevo Prometeo, hoy sé que no llego ni a perico perro.

Aunque jamás leas estas líneas, el nombre de mi asesino no tardará en conocerse. Después de que se meta tres fajos de aguardiente entre pecho y espalda, Lindoro Cajiga presumirá lo que hizo. Yo habría hecho lo mismo si el Macabeo hubiera estado en mis manos. La gloria de fusilar al más endiablado de todos los colorados es digna de pavonearse.

No importa que Miramón esté derrotado y los espectros de sus tropas deambulen por Calpulalpan, mi asesinato es un intento por emparejar las cosas. En tu palacio dicen que la guerra se terminó, pero las revanchas continuarán hasta que todos estemos muertos y nuestra simiente se seque para siempre. Lo nuestro es el ojo por ojo, el vida por vida, aunque el muerto ya no tenga vela en el entierro.

§4. Mientras estás sentado en la silla que se sueña imperial y convives con los fantasmas de tus enemigos, yo estoy a mitad de la nada esperando a que amanezca para que los hombres de Lindoro me pasen por las armas. Por el alma de mis hijas te juro que mi muerte no me sorprende, tampoco me asombra la manera como llegará. Sabía que me ibas a traicionar y me abandonarías a mi suerte. Sin embargo, por todo lo que pasamos, me atrevo a pedirte el primer y único favor: finge que me querías y me respetabas, aúlla como lobo dolido y ordena la revancha por mi asesinato.

No te preocupes si atrapas o no a Lindoro, lo importante será tu gesto, y desde el más allá mi agradecimiento será eterno. No te detengas a pensar si estoy ardiendo en el infierno, los lamentos de un torturado te acompañarán mientras te miras en el espejo con un traje nuevo. Si esta acción te sirve para mandar al matadero a alguien que te incomoda o a una persona que te hace sombra es lo de menos; por más que la revancha lleve mi nombre, no cargaré con esa culpa. En este momento, lo único que deseo es la caricia del Dios de la venganza, y tú eres experto en esos menesteres.

§5. El día que McLane desembarcó en Veracruz, anhelábamos la lluvia. El sol nos ardía en la cara, las nubes no se miraban y la brisa apenas empujaba su navío y tensaba la bandera gringa que estaba en la popa. Su llegada no la anunciaron los nortes ni los huracanes. A pesar de que finjas demencia y jures que todo ocurrió a tus espaldas, sabías a qué venía y no te opusiste a encontrarte con tu único salvador. Por eso lo recibiste con todo el protocolo y sonreíste cuando entregó sus cartas credenciales.

Esa tarde comimos juntos y las palabras apenas te alcanzaron para cubrirlo de elogios sin dejar de contar la historia que nadie creía. El indio flautista que dejó de ser lo que era, el eterno admirador de los yanquis y las alabanzas al país del que apenas conocías un galerón infecto y un cuartucho de mierda no tuvieron freno. Cualquiera que te oyera pensaría que eras el más prieto y lampiño de todos los gringos. Delante del diplomático te doblaste sin que la espalda te crujiera. Querías que los gringos te reconocieran y estaban dispuestos a todo con tal de lograrlo.

Míster McLane estaba contento, pero aún no te conocía; por eso creyó en tus palabras.

—Debemos encontrar ventajas mutuas para ambos países —le dijiste antes de largarte para recibir al negro Cachimbas.

Tú y yo sabemos que el traje nuevo te importaba más que el país. Estar bien vestido el día que celebráramos la victoria era lo más urgente. Las negociaciones del tratado eran un asunto de poca monta. Hoy, lo único que agradezco es el milagro que nos salvó de que convocaras al gabinete para discutir los pormenores de tu arreglo y palpar los casimires que te ofrecían. Ganas de hacerlo no te faltaban, pero sabías que, en cuanto cerraras la puerta, no me quedaría más remedio que sumarme a la chunga. Tu rostro de Buda zapoteco no podía ocultar la miseria que te carcomía.

§6. Nunca más te acercaste a él. Por más que míster McLane exigía tu presencia en las negociaciones, siempre tuviste un pretexto para mantenerte lejos de la mesa. Aunque no lo creas, comprendía tus razones: el presidente que se imaginaba inmaculado no podía vender la patria por un plato de lentejas. Eso le tocaba a otro. Y ese otro era yo.

La primera vez que nos sentamos a negociar, sus exigencias eran durísimas. Las "ventajas mutuas" eran la encarnación de la ley del embudo. Lo ancho era para ellos, lo angosto nos tocaba a nosotros. Los yanquis conocían perfectamente la situación que enfrentábamos y tenían claro que nuestra derrota estaba acantonada a una cuantas leguas de Veracruz. Las tropas del Macabeo se habían adueñado de Orizaba y Córdoba, de Tenería y Xalapa. Ahí esperaban a que su general desenvainara el sable y ordenara el ataque final. Lo único que faltaba para darnos la puntilla era la llegada de los buques que los retardatarios compraron en La Habana para atacarnos.

El tiempo estaba en nuestra contra y, en cuanto terminaran de artillar los navíos, apenas nos quedarían unos cuantos días para doblar las manos. McLane tenía todos los reyes en la mano, y a mí me tocaron los números más bajos.

La propuesta del yanqui era terminante. Estados Unidos y México debían firmar un nuevo tratado de límites y la frontera se recorrería hasta la punta de Baja California. Además habríamos de concederles el paso perpetuo de mercancías y tropas a través de Tehuantepec y el Río Bravo. El pretexto de los apaches y las fronteras abiertas eran la excusa perfecta. Si a los derrotados en la invasión de 1848 no les quedó más remedio que entregar la mitad del país y Santa Anna vendió uno de sus jirones para tranquilizar a los militares y los agiotistas, nosotros —con tal de vencer a los clericales— tendríamos que ser iguales. Pero, a la hora de la verdad, habríamos unos más iguales que otros.

§7. Las discusiones se estancaron y siempre te negaste a escucharme. Sin embargo, tu voz, tus dudas y tus arranques sonaban en todos los corredores. Tus adoradores y los que fingían serlo no dejaban de presionarme para que siguiera adelante o diera un golpe de timón. Lerdo y Gutiérrez Zamora repetían la cantaleta de siempre: la península no valía un peso partido por la mitad y la presencia de las tropas yanquis nos fortalecería. Sin que les importaran las consecuencias, estaban dispuestos a ceder lo que fuera. Si no lo hacían, la fortuna que se ganaron con la venta de las propiedades del clero se volvería en su contra. El Macabeo se las arrebataría y sus cuerpos serían condenados al garrote y las llamas en el auto de fe que atestiguarían tres sacerdotes. En cambio, Santacilia y José María Mata —que ya no necesitaba pintarse las pantorrillas para ocultar su miseria— insistían en que había otra solución al alcance de nuestras manos: si les arrendábamos a perpetuidad las tierras de Baja California, el país no perdería un milímetro de territorio y los yanquis nos entregarían la victoria.

Tú sólo callabas y con eso otorgabas.

No me quedó más remedio que seguir adelante con los ojos ciegos y las orejas retacadas de consejos que nos condenaban.

Al final, acepté el derecho de paso y la presencia de sus tropas en casi todo el país. La posibilidad del mal menor era la única opción que me quedaba. No importa que me hayas traicionado y empujaras a los tuyos para nublarme la cabeza, contéstame aunque estoy muerto mientras lees mis palabras: ¿qué otra cosa podía hacer?

§8. La tarde que te presenté los papeles, te negaste a firmarlos y me dejaste solo en un salón colmado de fantasmas. No te engañes ni trates de mentirme: lo que hiciste no fue por patriotismo ni por devoción a la causa. Tu acción sólo tenía sentido si te alejaba de la mancha de Santa Anna y sus trastadas.

Ahora te lo confieso: firmé de mala gana.

La negrura de la tinta se metió en mis venas y me oscureció el alma. Ignoro si lo hice porque tus ruegos me hechizaron o si tomé la pluma porque estaba seguro de que sólo así se podía vencer a los retardatarios. Por más tiempo que haya pasado, no logro entenderlo y a nada estoy de pagar mi culpa.

Lo que sí tengo perfectamente claro es que, desde ese momento, me transformé en el Judas perfecto, en alguien idéntico al general Santa Anna y a los colorados que se empinaron delante de los yanquis para entregar nuestras tierras. Sin embargo, por más odios que el tratado levante, todos saben que ésa era la única manera para escapar de las horcas y los paredones.

Gracias a mi firma y mi alma, tú y yo nos salvamos del cadalso, pero nuestros ideales —si es que alguna vez los tuvimos— se pervirtieron para siempre.

§9. Cuando leí el tratado delante de los ministros y los generales, la desgracia me llevó entre las patas mientras te paseabas en el malecón con Gutiérrez Zamora. El hombre que a nada estuvo de devolverte al mar era tu cómplice. Sin ganas de echártelo en cara te lo pregunto a las claras aunque jamás conozca tu respuesta. ¿Cuántos negocios hicieron juntos? ¿El pequeño cofre que escondías de nuestras miradas se rebosó y te obligó a comprar uno más grande? ¿El escribano que legalizó tus depravaciones puso las casas y los terrenos a nombre de un testaferro o le bastaron los apelativos de doña Margarita y tus hijos? Es más, ahora me atrevo a cuestionarte lo fundamental: ¿alguna de esas propiedades quedó a nombre de tu hija que se arrastraba mientras los demonios de la locura la atenazaban? Sabes que te sobraba para dar y repartir, pero alguien como Susana era una mancha que debías ocultar. Tú eres un señorón y ella es una bastarda enloquecida.

Tu silencio está delante de mí, por eso vale más que vuelva a mi asunto.

En el consejo de ministros, se negaron a escuchar la línea donde se afirmaba que "la República Mexicana siempre conservará su soberanía". A pesar de que sudé sangre para que el yanqui la aceptara, cada una de esas palabras cayó en el vacío, en el abismo de la sordera rotunda. Tus ministros no fueron capaces de comprender su alcance, a ellos los endiabló la inminente llegada de las tropas que nos invadían mientras agachábamos las orejas y parábamos el trasero. Nuestros soldados enflaquecidos y mutilados por los años de guerra no podrían salirles al paso ni detener la nueva conquista. Según tus lamebotas, lo que no se había perdido con el Tratado de Guadalupe Hidalgo, ahora se perdería gracias a los papeles que le firmé a míster McLane.

§10. Ese día aguanté los ramalazos sin que la rabia se apoderara de mi rostro. Y así habría seguido con tal de cumplir tus órdenes mudas. Pero, en el momento en que tuvieron que agarrar aire para darme otra tanda de vergazos, los interrumpí para dejar las cosas en claro.

—Si no aceptamos el tratado, los barcos de Miramón llegarán al puerto y terminaremos colgados. Éste no es el momento de fingir. No me vengan con la cantaleta de que la ley es la ley, y tampoco me salgan con la patraña de la defensa de la soberanía. Al señor presidente, a ustedes y a mí sólo nos importan dos cosas: seguir vivos y derrotar a los retardatarios.

La mudez se adueñó del salón y continué sin que nadie se atreviera a interrumpirme.

—De lo único que pueden acusarme es de ser temerario, de aceptar que las manchas de la traición quedarán tatuadas en mi historia con tal de salvar las suyas. Pero eso no me importa si triunfamos y conservo la vida. Al final, Dios sabrá perdonarme, y a ustedes el Diablo les dará lo que merecen.

Ninguno chistó, pero tú me abandonaste a mi suerte y hoy descubro que, en el menos grave de los casos, sólo era un ingenuo: nadie escuchará mis pecados ni me dará la hostia. Me iré al infierno sin detenerme en una posta. Lo único bueno es que allá me esperan los que fingieron ser patriotas y, sin ningún problema, esperaré a los que aún no se han muerto.

§11. A menos que la conveniencia de la desmemoria te haya alcanzado, sabes lo que pasó. Esa firma me condenó sin darme posibilidad de apelar para redimirme. El mío fue un juicio sumario. Acuérdate y no dejes de mirar este pliego. En la carta que te escribí en esos días puse las cosas en claro y mis palabras mostraban el trato que siempre anhelaste. Ya no eras Benito, tampoco eras Beno. Tu nombre era el mismo que debía darse a alguien de la calaña de Santa Anna: "V. E. —te decía en esas líneas que nunca se borrarán de mi cabeza— habrá podido observar con mejores datos que yo ciertos síntomas de impopularidad accidental a mi persona. Ellos me obligan a asumir que lo mejor para nuestra causa, y para el amor que le profesamos, es mi separación del gabinete, por eso le pido que acepte mi renuncia".

No te niegues a aceptar lo que está delante de tus ojos. Asumí las culpas sin patalear y cargué con la deshonra que te tocaba. En contra de lo que candorosamente creía, aceptaste mi renuncia sin recibirme en tu despacho.

El perro de tu criado fue el encargado de traerme tus palabras.

—Dice el señor presidente que siente mucho su renuncia y que más le duele que mañana se tenga que ir de Veracruz.

El exilio, aunque sólo fuera a unas leguas, era otra de mis condenas.

§12. Por más que quisiera, no podía volver a mi tierra. El lujo de que me refugiara en lo que quedaba de mi hacienda no cabía en tus planes. La puerta cerrada de tu despacho era la negativa para que me asignaran una escolta. Te urgía que me largara y, si era posible, lo mejor sería que alguien me asesinara en el camino. Delante de mi cadáver podrías pronunciar el discurso que otro te escribiría, y sin asomo de vergüenza afirmarías que fui un mártir de la reforma, un héroe de la guerra en contra de los clericales, una luz que mantuvo la esperanza en los momentos más oscuros.

Tus ansias de muerte me quedaron claras mientras miraba cómo ensillaban la mula vieja que me llevaría a Tampico. El coronel Arteaga llegó para despedirse y, como no queriendo, me dijo que la gente del Mosco me estaba esperando en el camino. No quise preguntarle los detalles. A pesar de lo retorcido que era, todavía me respetaba. ¿Arteaga hablaba de tus órdenes o sólo se refería a los mandatos que alguien dio en la oscuridad? Nunca pude saberlo, jamás quise saberlo; pero sus palabras no cayeron en saco roto. Con los pocos centavos que tenía contraté a tres negros macheteros y me vestí como un pedigüeño para que no me reconocieran. La pobreza, que algo de verdad tenía, era la única protección que me quedaba.

§13. Así fue como llegué a Tampico. Un mes entero lo pasé mirando las jaibas que hurgaban en la arena y entre las rocas para hallar los despojos que se tragarían con sus fauces de una sola pieza. Quizá por su presencia, los zopilotes apenas se posaban en la playa y preferían los cadáveres de tierra adentro. Creo que esto no te sorprende, desde antes de que nos sumáramos a don Juan conoces mi debilidad por las plantas y los animales. Esas jaibas me revelaron lo que intuía y no podía precisar. Cuando las echaba a la olla hirviente, ninguna podía escaparse. Sus poderosas tenazas eran inútiles y no tenía que esforzarme para detenerlas, las otras la jalaban de las patas para que se hundieran sin que les importara su vida. Ellas eran tan coloradas como tus aduladores y los que fingen serlo. Al cabo de un rato, todas estaban tan condenadas como tus hienas.

La idea de "me friego a los otros aunque me muera", es el hierro que les impusiste a los tuyos. ¿Quién podría dudar que éste es tu verdadero legado? La lista de tus traiciones es larga y a muchos se les olvidaron a fuerza de sahumerios. Fuiste desleal con el ensotanado que te mató el hambre y lo mismo hiciste con los masones y los curas, con Santa Anna y Comonfort, con los que creyeron en ti y con aquellos que dudaron. A estas alturas no puedo engañarme. Mi historia no tenía ninguna razón para ser distinta: tú me jalaste las patas sin pensar que, tal vez, te hundirías conmigo.

En unas horas me van a fusilar y seguramente me acompañarás en poco tiempo. Tu sueño de largarte del mundo sentado en la silla presidencial se volverá una pesadilla. Mi muerte te arrebatará la posibilidad de ser un hombre de ideas y quedarás condenado a los errores y las acciones desesperadas para mantenerte en la presidencia.

§14. A pesar de las habladurías, el jefe de la plaza nada sabía del tratado, tal vez por eso me recibió de buena manera. Algo de mi buena fama quedaba y eso me abrió las puertas del mesón que pagaba con el dinero que le pellizcaba a la aduana que anhelaba la llegada de cualquier navío. Sin embargo, la distancia que nos separaba no era suficiente para acallar la balumba de Veracruz y la que llegaba desde los campos de batalla. Tu reinado se caía a pedazos mientras miraba las jaibas.

El héroe de las mil derrotas estaba harto de intentar lo imposible. A tus espaldas se reunió con los diplomáticos ingleses para que lo ayudaran a pactar la paz con Miramón. Los sobrados descalabros y tu incapacidad lo convencieron de que ése era el único camino que le quedaba. Sus hombres no podían seguirse muriendo por falta de pertrechos y los cambios de mandos que ordenabas con tal de sosegar tus miedos. Las hienas no se tardaron en delatarlo. Sin pensar en las consecuencias, le entregaste el ejército a González Ortega, el hombre que no se tentaba el alma para reconocer que era más tendero que militar. Reconoce lo que todos sabemos: no querías que ningún general derrotara a los clericales, eso habría empañado tu aura y te alejaría de los pedestales. Para ti, el único camino posible era que un milagro ocurriera, que los yanquis desembarcaran en el puerto y vencieran a tus rivales con el único fin de que te eternizaras en la presidencia.

A pesar de que González Ortega fingía ser un ingenuo, sus marrullerías no se quedaron atrás.

La silla imperial lo había magnetizado y sólo esperaba el momento para darte una puñalada por la espalda. Él es el mejor de tus discípulos en este tipo de virtudes. A don Jesús —me resisto a escribir la palabra general— no le importaba si debería chaquetear en una semana o en diez años. Tenía paciencia para esperar, y poco a poco descubrió que sus virtudes comerciales apuntalarían las artes militares que aprendió a fuerza de cadáveres.

Gracias a él, a ninguno de los generales le faltó nada que deseara: las botellas con etiquetas garigoleadas, los jamones que terminaban de madurarse mientras cruzaban el océano y las mujerzuelas de postín llegaron a sus campamentos con una velocidad que envidiaban los telegramas. Cada regalo y cada silencio al momento de repartir el botín afianzaban sus lazos. Él tenía tiempo y tu vida pendía de un hilo.

Por única vez en tu vida asume lo que estaba pasando: todos estaban hartos y lo sabías, de otra manera me habrías abandonado en Tampico para siempre. Asume que me necesitabas, que sin mi presencia tus días estaban contados.

§15. Volví a Veracruz y me recibiste con los brazos abiertos. Como si nada hubiera pasado me invitaste a sentarme en tu despacho y despediste a tu criado. Nadie debía vernos y las palabras que se dirían no podían ser repetidas. Como si fueras un amigo me encendiste el puro mientras me preguntabas por qué había renunciado sin darte explicaciones. Yo sólo alcé los hombros e hice una mueca. Y, con tal de seguir mintiendo, me miraste con cara de asombro al tiempo que me cuestionabas porqué me largué sin despedirme.

—Si hubieras venido a verme, por ningún motivo habría aceptado tu renuncia. Prefiero perderlos a todos que perderte a ti —me dijiste en tono de reclamo.

—Entonces, ¿por qué me dejaste solo? —te pregunté con tal de recuperar la tranquilidad.

—Necesitaba darte un tiempo para que reflexionaras —me respondiste—. Te conozco bien y sé de tu mal carácter, por eso valía más que aguardara unas semanas antes de llamarte.

§16. Por más que lo intentaste, no caí en tus engañifas. Volví al gabinete sabiendo el papel que me tocaba: yo era el encargado de palear tu mierda, de ocultar tus negruras y actuar como el instrumento de tus venganzas. No me arrepiento de lo que hice y tampoco intentaré escribir lo que hice por la causa, por las ansias de enderezar el rumbo o por tratar de cambiarte. El lugar que me ofrecías era el único que me quedaba: mi hacienda no me daría para comer y mis alforjas no tenían monedas turbias. El poco poder que me ofrecías me bastaba para seguir vivo y, con algo de suerte, hasta me alcanzaría para proteger a mis mujeres.

Lo que ocurrió después estaba predestinado. Desde que regresé de Tampico fui y vine del gabinete al ritmo de tus caprichos y tus miedos.

Sabes que nunca jugué en tu contra con una baraja escondida en la manga. Al final, perdí la partida y le apostaste tu resto a González Ortega, el cuervo que te sacará los ojos mientras me pudro en el infierno. Me imagino que hoy te llenas la boca para cubrirlo de alabanzas por su victoria en Calpulalpan, lo único que no cuentas es que la tenía ganada de antemano: sus tropas eran dos veces más grandes que las de Miramón y, después de la intervención de los yanquis en Veracruz, el Macabeo ya sólo daba sus últimos coletazos.

§17. Los matarifes de Lindoro llegaron por mí. Casi cumplieron su palabra, se apersonaron poco antes de que el sol se asome entre los cerros. Tengo que enfrentar mi destino, lo único que nunca sabré es si tú afrontarás el tuyo.

XV

Concepción

La furia de la tempestad no amenaza al puerto y los postigos siguen atrancados. Las garras del mar que asesinan a los navíos, las ráfagas que arrancan palmeras y los bramidos de los ahogados que levantan las olas nada tienen que ver con la furia del huracán que lo azota. La borrasca es invencible y de nada serviría que las mujeres se pararan frente a ella empuñando sus tijeras para cortarla a fuerza de filos y aves marías; y si los sacerdotes la enfrentaran con agua bendita, las gotas se transformarían en las chispas que anunciarían el triunfo de Satanás y la muerte de los inocentes. Todos estamos condenados.

Los vientos negros y las antorchas que recorren el malecón son los estertores de la guerra insaciable. Las ansias de horca y cuchillo de los caudillos que tomaron las armas palidecen ante lo que ocurrió durante los años de fratricidio y metralla. Las escabechinas que provocaron los cuartelazos, las asonadas masónicas y las invasiones jamás obligaron a excavar nuevos panteones, y en los campos no se miraban las piras donde ardían los vencedores y los vencidos. Luego de tres años de matanzas, la parca es la única vencedora que nos mira desde su trono de calaveras. Un solo pecado bastó para que se adueñara del mundo: la soberbia aniquiló la posibilidad de que firmaran la paz y la venganza recorre las calles de V** para hallarnos. El odio de los impíos sólo podrá saciarse con nuestra muerte y los delitos que cometimos: el mío fue el amor, el de mis hijos fue haber sido engendrados por el hombre que jamás debió prodigar su simiente.

El día de la Bestia ha comenzado. El cordero está muerto, los siete sellos se abrieron y del cielo caerá la lluvia de fuego y sangre mientras el agua se vuelve amarga y venenosa.

☙

Los tiempos de la decencia se fueron para siempre. Su sonido ya sólo se escucha del otro lado del océano, en las cortes que le cerraron la puerta a los astrosos y los pedigüeños que prefieren los panes mohosos a los de trigo floreado. Su lengua de larva se retuerce cuando siente lo fino. De este lado del mar, los bailes, las tertulias, los paseos y las óperas yacen en el tiempo irremediablemente perdido. El recuerdo de las mujeres con cuellos alabastrinos y cabellos de seda, de talle flexible y porte aristocrático, se ahogó en la sangre que derramó la indiada. En aquellos lugares de encanto ya no se miran los zapatos de raso colorado que en cada danza pisaban el color de nuestros rivales, y las botellas de oporto y coñac trocaron en los fantasmas que añoran la cristalería que terminó sus días en un baratillo. Cualquiera que se asome podrá descubrir la verdad sin velos: las chinas piojosas son sus nuevas dueñas, y el chotis y las polkas enmudecen por la afrenta de los lúbricos jarabes que oscurecen a la descendencia con la huella de la bastardía y los hierros del aguardiente. Ninguno de los engendros de los impíos tendrá un padre que lo reconozca.

A fuerza de muertes y traiciones, el indio maldito construyó el cenotafio de la verdadera aristocracia y la gente de bien. Nosotros debíamos morir y nuestros huesos habrían de enterrarse lejos de los panteones. Cada vez que nos miraba, Juárez recordaba quién era y su pasado le quemaba las venas. El barbaján triunfó y su mundo perfecto se convirtió en el lugar de los desharrapados que extienden la mano mientras invocan el nombre de Dios para rogar por unas monedas. Sin embargo, sus voces están marcadas por lo sacrílego. Nuestro Señor agoniza en la cruz de los colorados. Nada falta para que los pastores yanquis que guiarán a los rebaños heréticos crucen la frontera para arrebatarle las almas a los sacerdotes de la Única Fe Verdadera. La imagen de la Virgen se convertirá en cenizas mientras ellos levantan sus templos. Dios también fue derrotado.

↺↻

Durante los primeros días de encierro trataba de asomarme entre las cuarteaduras para adivinar si la noche era dueña del puerto. Mis esfuerzos no sirvieron de nada, la luna estaba cubierta con los velos de la ceguera. Por más que rezaba, mi mirada no sentía la bendición de santa Lucía. Las tablas claveteadas transformaron mi cuarto en un lugar fuera del mundo, un sitio perdido entre el cielo y el infierno, un paraje sin límites a pesar de las cuatro paredes y su única ventana.

Desde hace semanas vivo en las tinieblas del limbo, pero ellas no aniquilaron mis empeños. La terquedad que le retorcía el hígado a mi padre y hace sonreír a mi esposo es lo único que me mantiene firme. Una Lombardo no se quiebra de buenas a primeras y siempre encuentra una salida aunque pierda el decoro. A pesar de que ignoraba en qué día vivía, trataba de contar las horas con la trementina que alimenta la llama que me aluza. Lo mismo me propuse hacer con la comida que me traen o con el bacín que se va cuando llega la señora L** y se pone el índice sobre los labios.

Todo ha sido inútil. Mi voz enmudecida no puede enfrentar el silencio y los relojes perdieron su péndulo.

↺↻

A como dé lugar, mis labios deben seguir encadenados. Un murmullo delataría mi presencia, y mi cuerpo ardería en el cadalso que los rojos construyeron en la Plaza Mayor. O, si el más siniestro de los demonios escribe los últimos renglones del libro de mi destino, lo amarrarán en la jaula que colgarán en la fortaleza para que los cangrejos lo devoren mientras el mar se niega a ahogarme. Si esto ocurre, mis manos jamás volverán a recorrer el cuerpo de Miguel, de mi boca nunca más saldrán las canciones que lo hechizan y mi carne no podrá recibirlo con los gemidos que anuncian mis cálidas humedades.

En estas tinieblas apenas me queda un alivio, una pálida luz que mantiene viva la esperanza: si muero, mi marido no se tardará en acompañarme. Una bala en la sien le abrirá las puertas del cielo o, tal vez, el tiro de gracia le acortará el sufrimiento de no estar a mi lado. Cuando nuestros huesos se conviertan en polvo, seremos una tolvanera enamorada que se unirá en la gloria. No importa si el indio nos mata, Miguel y yo seremos una eternidad entrelazada.

A pesar de que mi confesor se sonrojara al escuchar lo que ocurría en nuestra recámara, Dios sabe que mi esposo es el único dueño de mi corazón y mis entrañas. Él es el cuerpo que arde en mi memoria, yo soy la memoria que arde en su cuerpo. La *petite mort* que nos bendijo en las noches infinitas borró de mi mente los viejos amoríos, los coqueteos sin sentido que levantaron murmullos y le dieron ocupación a las desocupadas. El poetastro rengo que imitaba a Lord Byron ni siquiera puede manifestarse como una sombra, el banquero inglés que nos tendió la mano cuando murió mi padre y descubrimos que estábamos a un paso de la miseria también perdió su nombre. Ellos no existen, sólo Miguel permanece y me acompañará hasta que la arena del tiempo se agote. Él es el cruzado que levanta las banderas negras, el Macabeo que se enfrenta a los infieles, el arcángel con sable de fuego, el amante idolatrado, el delirio encarnado.

ᇰᇰ

Los heréticos saben que estoy en V**, pero ignoran el lugar donde me encuentro. Los pocos que conocen sus señas juraron por su alma que jamás las revelarían o sellaron sus labios después de que besaron el santo rosario. Las palabras que pueden desenmascarar nuestros escondites son idénticas a las que se dicen en el confesionario; el silencio, el clavo ardiente al que debemos aferrarnos. Después de las traiciones, los abandonos y la derrota tengo que quedarme encerrada y muda hasta que Miguel abra la puerta y me lleve lejos de este país impío y carnicero. Allá, del otro lado del mar, nos espera un nuevo mundo y el Santo Padre nos dará la hostia.

∽

Lo extraño hasta la rabia. La locura de su ausencia se revela en la penumbra que aterroriza a la oscuridad y derrota a la luz. Mis días son sombras sobre las sombras. La lejanía de mis hijos me arranca la piel a jirones y me mutila las manos con el filo de las caricias imposibles. Sé que mis niños no están lejos, pero ignoro dónde está la casa en la que los cuidan, apenas sé que ahí vive una familia decente y que el recuerdo de Miguel los llenará de cariños.

—Es mejor que no sepa dónde se quedarán —me dijo el padre J**—. Si por desgracia la atrapan, los criminales no tendrán manera de hallarlos. La simiente del Macabeo no puede perderse.

∽

El tenebrario de los poetas apenas puede dar cuenta de lo que me pasa. Mis días sólo pueden condensarse en un verso preciso y oscuro. "De su propio espanto murieron", diría uno de ellos. La melancolía se adueñó de mi alma. El láudano me ayuda a olvidar las tinieblas, aunque a cada trago se lleve el decoro. No me importa que la señora L** se santigüe cuando señalo la botella ambarina para rogarle que vuelva a llenarla. Es incapaz de comprender lo que me pasa. Los cólicos no me retuercen el vientre para anunciar la llegada de mi luna. Yo busco otra cosa: entregarme al embrutecimiento. Con tal de engañar al tiempo quiero dormir hasta que mi cuerpo se marchite.

La melancolía me precipitó a las horas inmóviles, y mis sueños sin sueños se transformaron en los mapas de las tierras lóbregas. Llorar no tiene sentido. Mis ojos están secos por las penas y la rabia. Mi vida y la de Miguel dependen del encierro y la espera. Si Dios quiere, pronto nos encontraremos y, sin que nadie pueda vernos ni delatarnos, abordaremos el barco que nos alejará para siempre del país que nos dio la espalda.

∞

Los días en que las mujeres se quitaban el rebozo para que las herraduras de la montura de mi esposo no se enlodaran se terminaron para siempre. Sus banderas negras con una cruz encarnada se quebraron en la última batalla, y el sacerdote que bendijo a sus tropas huyó sin darle el viático a los caídos. Ese cura era un cobarde que también abandonó su misal con tal de postrarse delante de las leyes endemoniadas.

Por más que fingieran, ninguno pudo entender el sueño del Macabeo. Los obispos que le sonreían, los clérigos que a nada estaban de besarle las botas y los militares que lo siguieron para apostar la vida no comprendieron que su guerra tenía la fragancia del vino que se añeja en barriles de roble. Miguel no sólo se enfrentaba a los rojos y sus leyes blasfemas, sus combates también prolongaban la guerra contra los yanquis que pretendían apoderarse del país.

Aunque las maledicencias señalen para otro rumbo y den explicaciones que no van a ningún lado, mi marido no podía permitir que los seguidores del patas rajadas vendieran la patria ni que los templos protestantes se levantaran en las ciudades trazadas por los ángeles. En su gobierno, Dios y la espada quedarían unidos para guiar a la gente hacia un mundo lejano de los radicales que a fuerza de plumazos trataban de cambiarlo todo.

Lo que ocurrió en Calpulalpan era predecible y san Juditas me negó el milagro definitivo. De nada sirvió que cargara su imagen y me hincara en su templo con los brazos en cruz. Mi causa perdida se estrelló con su sordera. Aunque no quisiera reconocerlo, en el fondo de mi alma conocía el destino que nos esperaba. El indio ventrudo y el perro de Ocampo vendieron el país con tal de seguir posando como mandamases. Por eso fue que la armada yanqui llegó a Veracruz para cañonear los navíos que estuvieron a punto de rodear a los sacrílegos.

La batalla apenas duró menos de una hora. Los artilleros yanquis y sus armas precisas barrieron a los nuestros. La sangre que teñía el mar enloqueció a los tiburones que culminaron la carnicería. Ninguno le lanzó un calabrote a los cruzados y en las cubiertas nadie disparó su fusil para cerrarle las fauces a las bestias. Cuando los invasores abordaron los barcos de Miguel y sus tripulantes fueron llevados presos a Nueva Orleans, la guerra quedó decidida.

El indio herético se salió con la suya, y el guerrero de Dios no tuvo más remedio que retirarse para encarar la derrota.

೦೧೦

A Miguel no lo vencieron por falta de valor ni por ser un mal general. Desde el día en que fue engendrado, la milicia corría por sus venas. Y, por si esto no bastara, su arrojo quedó demostrado cuando era cadete y se enfrentó a los yanquis en Chapultepec. Sus guerreros tampoco eran poca cosa y lejos estaban de las trapacerías que perpetró el tendero que comandaba a los enemigos. Sus generales y sus coroneles no eran unos muertos de hambre, unos lunáticos que sólo ansiaban el poder para llenarse las tripas y atiborrar sus talegas. La caballería de don Tomás Mejía tenía la fuerza del santo Santiago y la bendición de los santos patronos de los indios que vivían con una plegaria en los labios, las tropas de Leonardo Márquez eran las de Josué ante la muralla de Jericó, y el resto de sus oficiales besaban la cruz antes de lanzarse a la carga.

Los soldados que lo acompañaron hasta la muerte también eran distintos de los que mandaban sus rivales. En las filas de Nuestro Señor Jesucristo no se miraban los cuerpos atrofiados, enclenques y achaparrados por el hambre y la penuria. Los hombres de los comecuras tenían la carne reseca y en su piel se veían las manchas blanquecinas que revelaban una historia de privaciones. Ellos apenas podían ocultar sus vergüenzas con harapos y sus mentes estaban embotadas por el aguardiente y las hojas de santa Rosa que fumaban antes de las batallas. Ésa era la única manera como podían invocar la furia de los raquíticos.

La brutalidad primitiva y feroz que les permitiría arrojarse sobre sus presas para descuartizarlas y desgarrarlas nacía de los vasos de chínguere, del humo endiablado y las ansias de revancha. La envidia guiaba sus pasos. Ninguno era capaz de combatir como un caballero y mucho menos tenían el alma para contenerse ante los civiles. Sus muecas insanas y su indigencia sólo podían encontrar la paz en el crimen. Ellos violaban y profanaban, asesinaban y mutilaban hasta que se quedaban tirados durmiendo la mona. Cuando volvían en sí, reanudaban la borrachera y no paraban hasta que la gula los llevaba a matarse entre ellos. Satán es el único que sabe por qué sobrevivieron los suficientes para vencernos.

∞

La derrota de Miguel y la postración de Nuestro Señor ocurrieron por otras razones. La pobreza franciscana de su gobierno le arrebató la posibilidad de conseguir pertrechos y, para colmo de su desgracia, en el extranjero no estaban dispuestos a entregárselos si no los pagaba por adelantado. A fuerza de matanzas y una guerra donde era imposible saber cuál sería el bando triunfador, México perdió la posibilidad del crédito. El dinero que le daba la lotería estaba agotado y, al primer revés, los obispos se negaron a seguirle prestando. Su riqueza valía más que su fe y las vidas de los cruzados. Hoy lo acusan de haber aceptado un préstamo leonino, pero los centavos que a cambio de millones le ofreció *monsieur* Jecker eran la única puerta abierta. Ésa era la última carta que le quedaba y a ella le apostó su resto.

Mi esposo sabía que el lance estaba perdido.

La ayuda de los yanquis retorcería el fiel de la balanza. La justicia ciega se quitó la venda para ofrecerse como una mujerzuela. Por eso, cuando a Miguel todavía le quedaba algo de fuerza, intentó pactar la paz con los enemigos. Las condiciones que no estaba dispuesto a negociar eran muy pocas: Juárez y Ocampo eran los únicos que jamás serían perdonados. Ellos debían pagar con su vida las muertes que causaron. Más de tres veces se encontró con el embajador de Su Majestad Británica y sin problemas aceptó que ayudara en las conversaciones.

Los sobres lacrados recorrieron los caminos para encontrarse con los generales que estaban hartos del indio. Sin embargo, la gente que rodeaba a mi marido no estaba dispuesta a terminar la guerra. Los clérigos más encumbrados lo obligaron a seguir adelante y, al final, lo abandonaron a su suerte aunque el Santo Padre insistió en que lo protegieran. El obispo Pelagio siempre ha jugado con dos mazos de cartas. El patas rajadas no se quedó atrás: le arrebató el mando a los generales que buscaban la paz y se lo entregó al tendero que lo traicionará.

⁍

La noche que volvió a casa con la derrota a cuestas, yo lo esperaba con las cosas listas. Las petacas estaban retacadas y formaban una línea en el pasillo de la entrada. Miguel las vio y me abrazó. Su rostro demacrado y las heridas sanaron mientras estuvimos unidos. En ese momento no imaginábamos que pronto se convertirían en llagas.

—No podemos llevarnos todo, apenas hay lugar para lo indispensable —me dijo.

Las explicaciones sobraban. El peso de los bultos retrasaría el carruaje y despertaría la ambición de los bandoleros que miraban los caminos con ojos de serpiente. El riesgo era demasiado. La plata labrada tendría que abandonarse.

Un solo baúl quedó atado en la parte de atrás de la berlina y en mis manos estaba el bolso que apenas tenía lo suficiente para aguantar un par de meses.

—Dios proveerá, el Santo Padre nos ofrece cobijo en su palacio —murmuró para tranquilizarme.

☙❧

Miguel no se subió al carruaje, su sable no podía escoltarnos ni protegernos. Huir separados era mucho mejor que hacerlo juntos. Su ausencia quizá nos salvaría y nos permitiría fingir que éramos una más de las familias que se largaban del país con lo puesto. Me besó en silencio y bendijo a sus hijos.

Sólo Dios sabía si volveríamos a vernos.

Y, antes de darse la vuelta para montarse en su caballo, me entregó su pistola. Su sonrisa era una manera de pedirme perdón por las palabras que pronunció cuando a sus espaldas aprendí a disparar y montar como amazona.

El ruido de las ruedas anunció la partida.

☙❧

La pistola tenía seis tiros. Aunque no lo quisiera, estaba obligada a decidir cómo los usaría. Tres serían para los atacantes y los demás para nosotros. El horror de caer en manos de los blasfemos me obligó a pedirle perdón a Nuestro Señor por el pecado que debería cometer para salvarnos de la tortura. Si su padre lo dejó morir en manos de sus enemigos, Jesús comprendería que una mujer como yo no tenía el corazón para entregarlos a sus verdugos. Mis niños no podían ser los nuevos mártires de la fe.

☙❧

La oscuridad y las farolas enceguecidas nos protegieron de los apóstatas y los bandidos. Apenas nos deteníamos en las postas para cambiar los caballos sin bajarnos de la berlina. Las cortinas debían estar cerradas para que nadie nos viera. Sin embargo, en cada parada me asomaba entre ellas mientras mis hijos guardaban silencio. Miguelito apretaba uno de sus soldados de plomo y Conchita se aferraba a su muñeca. Ésos eran los únicos asideros que les quedaban para enfrentar a sus asesinos sin que la hostia les acariciara la lengua. En la mano de mi niño se marcaba el pequeño fusil con todo y su bayoneta, los restos de la pintura descascarada eran sus estigmas. La cara de porcelana de la muñeca se deslavaba por las lágrimas y la plegarias contenidas. Aunque nadie se atrevió a decírselo, ellos sabían que la muerte nos rondaba.

Asomarme no fue en vano.

La escena que miraba en las postas siempre era la misma y terminó por aclararme las causas de la derrota. La desgracia de los Miramón no era un castigo divino, ella había nacido en los pueblos y las vecindades, entre el fango y la desolación perenne. Delante de mí estaban los muertos de hambre eternos, los indios zaparrastrosos que eran idénticos a Juárez. Todos tenían la vista fija en la nada, sus cuerpos estaban inmóviles sin importar la postura que asumían. Ahí estaban, absolutamente impasibles, y así podían permanecer durante horas. Más de una vez los dejamos atrás sin que se movieran.

Ninguno tenía dinero para emborracharse y sólo rumiaban para recordar el sabor del aguardiente y el pulque que se habían tomado. La sobriedad forzada les carcomía las tripas. Su día y su existencia no tenían sentido, apenas les quedaba la posibilidad de esperar la próxima sirindanga y así seguirían hasta que sus rostros se abotagaran y sus vientres se inflaran a fuerza de alcohol y lombrices. Beber hasta morir era el norte de su existencia.

Sus mujeres no eran distintas. Estaban sentadas mirando los comales desiertos mientras un escuincle se aferraba a su teta flácida y seca. Su tranquilidad era asombrosa y lejana del estoicismo que adorna a las santas. Lo suyo eran la abulia y la resignación, el silencio robustecido por los golpes y la plegaria impía que las Vírgenes jamás escucharían. Nada hacían para tratar de espantar a las moscas que se paraban en la cara de sus hijos. Su atontamiento nacía de la seguridad de que sus hombres permanecerían sobrios a fuerza de miseria. Esa noche quizá no las golpearían ni las forzarían a abrir las piernas para olvidarse de lo que eran. Herir a una desvalida los hacía sentirse más hombres. Mientras las pateaban o las profanaban, los borrachos se imaginaban que nadie era tan poderoso como ellos. A fuerza de hambres y trancazos, esas mujeres también estaban embrutecidas.

Esos muertos de hambre eran las tropas de los rojos. Daba lo mismo si se sumaban de buena gana, por acompañar a sus compadres en una aventura sangrienta o porque la leva se los cargaba con todo y las mujeres que durante los saqueos se convertían en arpías. Su lealtad estaba garantizada por el hambre y las ganas de vengarse. Unos tlacos oxidados o lo que conseguían gracias a la rapiña les bastaban para gritar "¡Viva Juárez!" sin saber a quién salmodiaban. El presidente fantasmal y magnánimo era el único que les daba lo que necesitaban: unos centavos para emborracharse, un arma para cobrarse las afrentas que nadie les hizo, un credo que atizaba el odio con la leña de las mentiras. El culto al becerro de oro era cosa de canallas.

No quiero pensar que Miguel se equivocó, pero el sueño del Macabeo no tenía la fuerza para imantar a los abatidos y los míseros, a los pordioseros y los indios salvajes. La cruz y la espada —al igual que las ansias de moderación— nada tenían que ver con los que sólo quieren extender la mano y emborracharse hasta la muerte.

❦

Las mulas latigadas nos ahorraron muchas jornadas. Cuando llegamos a V**, los criados abrieron el portón en silencio. El padre

226

J** me dio un rebozo para que me tapara la cara y su sobrina ocultó con el suyo a mis niños. La casa parroquial era sobria y las paredes encaladas no tenían ninguna mancha. Los platos que nos esperaban eran de madera oscura. Su claridad se había perdido a fuerza de lavadas y mantecas.

—Siéntense, coman —nos dijo el padre J**, que apenas tuvo tiempo de bendecir la mesa.

Sólo Dios sabe si la comida era buena o si el hambre la sazonaba.

El padre J** estaba sentado delante de nosotros y nos miraba. Cuando dejé la cuchara sobre el plato vacío nos dio las noticias.

—El general viene en camino, pero no sabemos cuándo llegará. En las cercanías de P** lo atacó una partida de juaristas y no tuvo más remedio que esconderse para que no lo atraparan. Está en la casa de unos buenos católicos. Ahí se quedará hasta que pueda seguir adelante. Le ruego que no me pregunte nombres ni apellidos, si por alguna razón llega a pronunciarlos sus días estarán contados.

Asentí en silencio y me atraganté las preguntas.

Lo que ocurrió después no tiene sentido recordarlo. Aquí estoy y aquí seguiré hasta que Miguel y mis hijos vuelvan a mi lado.

❦

Sólo Dios sabe cuánto tiempo pasó, pero el deseo de conocer la fecha precisa no llegó a mis labios. El brillo de la luna me obligó a cerrar los ojos y entregarme a sus brazos. Nos embozamos y huimos de las farolas mientras caminábamos hacia el muelle.

El barco nos esperaba y no podríamos entrar al camarote hasta que los vientos nos alejaran del puerto. Un rumor sería suficiente para que los herejes inspeccionaran la nave. Nos escondimos entre las cajas y la lona aceitada que nos cubría era la única protección que teníamos. Ahí, entre la mugre y el sonido de las patas de las ratas, murmuramos las palabras atragantadas. El sueño venció a los niños y nosotros nos volvimos uno. La muerte acechante y las ansias de vida nos fundieron mientras apretaba los labios para que mis gemidos no nos delataran.

ᲝᲘᲝ

La inmensidad nos rodea. El sol y el viento salobre nos protegen y alejan las tormentas. Allá, del otro lado del océano, nos espera una nueva vida. El espectro de la miseria no me asusta, el Santo Padre nos dará cobijo y el emperador de los franceses nos abrirá la puerta de su corte. Las glorias y las batallas de Miguel sobran para encontrar otro camino y, con un poco de suerte, podremos volver para reclamar lo que nos pertenece y nos corresponde. El gobierno del indio está condenado a muerte.

XVI

Benito

El desplante de Porfirio y el besamanos en palacio le arrancaron el bozal a los ajustes de cuentas. Durante un mes entero, el sol fue un círculo ennegrecido. Sólo dos de sus enemigos lograron salvarse de la venganza, los demás tuvieron el destino que según Benito se merecían. Las órdenes de aprehensión retacaron las cárceles donde sus rivales se transformarían en carroña antes de que comenzaran los juicios eternamente pospuestos. Las protestas de los defensores y las fojas que entregaban para exigir justicia tenían un destino preciso: engrosar los expedientes que nadie tocaría ni leería. Los tribunales tenían otras urgencias y ninguna implicaba enfrentarse al señor presidente.

En las tinajas de San Juan de Ulúa y las celdas de la cárcel de Belén, los condenados casi estaban cuerpo contra cuerpo. Los males que engendraban los esputos y los excrementos reptaban sobre sus pellejos chiclosos. Las telas roídas que algunos se colocaban sobre la nariz y la boca jamás los detendrían. El hambre les arrancaba trozos de carne y la sed les hinchaba la lengua sin otorgarles la gracia de morir ahogados. Las órdenes que les dio a los militares que las gobernaban no podían desobedecerse: esos reos apenas recibirían una jícara de agua al día y su comida se reduciría a lo estrictamente necesario para que sobrevivieran. Una morusa de más les costaría el puesto y los condenaría a podrirse entre las rejas. Las viandas que les llevaran sus familias tampoco debían llegar a sus manos y, cada vez que intentaran verlos, serían enclaustrados en las peores bartolinas o entregados a las vejaciones que correrían por cuenta de los invertidos más siniestros. Sus enemigos vivirían el infierno en la Tierra. Ésa era la única manera como podrían pagar el mayor de los pecados: negarse a apoyar el decreto que le permitió mantenerse en la presidencia.

A pesar de esto, Juárez se pensaba magnánimo. En sus desquites se revelaban distintas dosis de crueldad. Los que aún eran dignos de su compasión no llegaron a las mazmorras: un balazo por la espalda bastaba para justificar su muerte sin suplicios. En los documentos que daban cuenta de los hechos siempre se leía que trataron de huir, y a sus custodios nos les quedó más remedio que jalar el gatillo.

El señor presidente se imaginaba tan bondadoso que nada hizo para profanar los cadáveres de sus mayores enemigos. Por más que lo deseó, los cuerpos del Macabeo y Tomás Mejía no fueron entregados a los perros ni terminaron en el salón de los cadáveres del palacio, ambos recibieron cristiana sepultura en San Fernando sin que lo impidiera. La emperatriz Carlota también había corrido con algo de suerte: milagrosamente se libró al tratar de salvar el reino. Por más que lo deseara, Benito no logró capturarla ni entregarla a sus tropas. El señor presidente era magnánimo y sabía que la crueldad del paredón no era para las mujeres, la soberana se merecía otra cosa: la profanación de su cuerpo. En este caso apenas le quedaba el consuelo de la locura que la atenazó hasta el fin de sus días.

A pesar de que el cristal del ventanuco se quebró por los gases de la podredumbre, el ataúd de Maximiliano aún era custodiado por sus hombres de confianza y las bayonetas que mantenían cerrada la puerta. Sólo él podía entrar a esa recámara del palacio. Ahí se quedaba, sentado delante del féretro hasta que la muerte lo empalagaba. Cuando lo hediondo no le permitió a los custodios mantenerse firmes, ordenó que lo volvieran a embalsamar sin meter la pata como el imbécil del doctor Licea. Ese cuerpo sería suyo hasta que los franceses y los austriacos lo reconocieran como presidente de México. Las cartas que Victor Hugo y otros prohombres le enviaron, nada pudieron en contra de sus planes: los invasores debían reconocer su victoria ante el mundo, y los emperadores tendrían que rogarle para que embarcara el cadáver del Habsburgo. Si Juárez jamás había tomado un fusil y si traicionó a muchos de los suyos era un asunto de poca monta: él era el único triunfador. Nadie podía ensombrecer su gloria so pena de enfrentar la condena que su firma ratificaría.

En esos días también se escuchaban otras voces: los lamebotas se besaban los dedos para jurar que su benevolencia era infinita, mientras que doña Margarita salmodiaba que era más bueno que el pan.

☙

La suerte de los oficiales republicanos que se negaron a adorar al becerro de oro no fue distinta. A él le daba lo mismo si habían apoyado a González Ortega o si alguna vez dudaron del as que supuestamente tenía bajo la manga. Uno a uno fueron enviados a cumplir misiones suicidas. Con un pelotón apenas armado debían derrotar a gavillas de cientos o enfrentarse a los restos del ejército imperial que aún no bajaba sus banderas.

Ninguno volvió.

Sus cuerpos se quedaron colgados o tirados delante del paredón ensangrentado. Lo que había ocurrido sólo podía intuirse gracias a los murmullos que apenas se notaban en los corredores del palacio. Las habladurías sostenían que los carroñeros no habían sido los únicos que se alimentaron de su carne, los asesinos más jóvenes también la probaron delante de sus mandamases. La gente del Mosco, el más leal de los criminales, estaba poseída por el que no tiene sombra y cada uno de sus actos era una advertencia para los que se atrevieran a enfrentarse al hombre que le regaló la Malinche y unas charreteras de oro.

Aunque nadie deseaba su presencia y más de una mujer fue silenciada cuando lo vio, don Benito jamás faltó a las ceremonias donde el cadáver era una ausencia. Sin que la voz le temblara, siempre dijo que fueron los mejores patriotas, los primeros mexicanos, los héroes impolutos que ofrendaron su vida por el bien de la república.

Delante del ataúd vacío y cubierto con la bandera, nadie se atrevió a interrumpirlo ni a susurrar la verdad que todos conocían.

∾∾

Los embajadores tampoco escaparon de su repudio. A los diplomáticos que se atrevieron a apoyar al imperio les entregaron un aviso terminante: en menos de un día debían largarse sin presentar protestas ni reunirse con sus pares. Por más que alegaran lo contrario, la bandera que protegía su casa no podía cobijarlos. La mansedumbre y el silencio eran lo único que los salvaría de ser destripados. Los heraldos negros también se apersonaron en los hogares del representante del Vaticano y los obispos que se inclinaron delante de Maximiliano.

—Empaquen y váyanse antes de que la suerte se les acabe —les dijo el militar que cubría las desgarraduras de su casaca con una tilma mugrosa.

Al principio trataron de rebelarse e intentaron presentar una protesta formal.

No lo lograron.

Los hombres que rodeaban sus casas eran la advertencia definitiva. Los muertos de hambre que las sitiaban tenían las perrillas de la furia, y esperaban una orden para lanzarse en su contra. Después de la matanza y el saqueo, ¿quién podría culpar a Juárez por el odio que el pueblo le tenía a los enemigos de la patria?

Nadie, absolutamente nadie.

El rumor que se escuchaba en las logias también debía ser amordazado. La derrota del imperio permitió que los templos más enrojecidos volvieran a abrir sus puertas para convocar a los hermanos que estaban dispuestos a cambiar el rumbo del gobierno. Para los masones más radicales, esa acción era impostergable: la presidencia debía caer antes de que Juárez se transformara en el nuevo Santa Anna. Aunque costara sangre, el indio no podía eternizarse en su puesto.

Cuando el rumor llegó a su despacho, la respuesta no se hizo esperar: los grandes maestros y los grados más altos fueron invitados al palacio. Juárez los recibió con la más fría de las amabilidades, ni siquiera se dignó a ofrecerles un café o un cigarro. El agua que no se le niega a nadie tampoco llegó a sus labios. Lo único que les tocaría era un asiento que miraba hacia la ventana y los obligaría a entrecerrar los ojos cada vez que intentaran observar al todopoderoso.

Rodeado de un halo, Benito los amenazó sin que la voz le temblara: el pueblo estaba harto de conciliábulos y sociedades secretas.

—No sé si pueda contener a la leperada antes de que cometan una atrocidad —les dijo mientras el falso pesar marcaba su rostro—. Todos sabemos dónde están los templos del Gran Arquitecto del Universo, los secretos de la masonería apenas son una ilusión, un gesto infantil. Si el pueblo condena a las llamas a una sola de las logias, las demás tendrán el mismo destino.

Los masones intentaron defenderse y exigieron la protección que merecían. Sus palabras no llegaron lejos. Las pocas tropas que estaban acantonadas en la ciudad nada podrían en contra de un tumulto y tampoco alcanzaban para custodiar los edificios de las logias.

Después de esto, el silencio se impuso como una mortaja y así permaneció hasta que el señor presidente decidió quebrarlo.

—Le ruego que me comprendan —les advirtió con una voz que casi parecía mansa—, mi gobierno es distinto del imperio del

Habsburgo y en nada se parece al de Miramón o al de los clericales. Yo no estoy aquí para asesinar al pueblo, mi deber es obedecerlo hasta las últimas consecuencias. El presidente es el siervo de la nación. Pero ustedes y yo sabemos que siempre hay una salida, los escoceses, los yorkinos y los hermanos del Rito Nacional tienen el deber de sumarse a los afanes del país y cumplir los mandatos del Gran Arquitecto del Universo: la masonería sólo puede tener un líder y ese hombre debe ser la encarnación de la patria.

Sus palabras no cayeron en oídos sordos.

Apenas pasaron unos días para que Juárez asumiera el cargo de gran maestro de todas las logias y sus leales quedaran a cargo de los templos para aniquilar las ansias levantiscas. Ningún masón podría coquetear con el general Díaz ni tendría oportunidad de acercarse a Lerdo. Aunque la revancha no los había tocado, el tiempo de la venganza terminaría por alcanzarlos.

೦⊀೦

A fuerza de firmas y amenazas, Juárez estaba a punto de arrasar todo lo que le incomodaba: muchos de sus enemigos estaban muertos, encarcelados o por lo menos se habían doblegado ante la posibilidad de que los desmembrara una turba. Las molestias de la división de poderes y la Constitución casi estaban enterradas. A golpe de vista, ningún mala madre se atrevería a poner en entredicho sus decretos ni sus revanchas.

Los poderes que se otorgó en Paso del Norte permanecerían incólumes hasta que la vida lo abandonara. Si nadie se atrevía a cerrarle el paso, Juárez sería el presidente sin oposición, el legislador sabio e implacable, el juez dueño de la última instancia. Benito sería el único mandón de las logias y las tropas que entregarían su vida con tal de complacerlo. El país de un solo hombre estaba anunciado, pero su victoria aún no era absoluta. Díaz y Lerdo eran los forúnculos que podían transformarse en tumores.

Aunque el sol negro era su aliado, al cabo de un mes no tuvo más remedio que doblar las manos. Las palabras que había firmado y pronunciado durante la guerra se transformaron en sus enemigas. Contra ellas nada podía, la posibilidad de desdecirse no tenía cabida. A pesar del miedo y el reparto del botín, los militares y los políticos comenzaron a pedirle que cumpliera sus promesas: después de la victoria, el país de leyes y elecciones tenía que reinstaurarse. Por más que lo codiciara, Juárez no podría ocupar el lugar del caudillo que lo disfrazó de humano. Sólo Hidalgo y Santa Anna podrían tener el título de Su Alteza Serenísima.

Para colmo de sus desgracias, las voces que clamaban por el sanseacabó y atizaban el fuego de la asonada se escuchaban en Oaxaca y la sierra de Puebla. Con el paso de los días, Porfirio tenía mejores razones para tomar las armas y lograr que otros se le sumaran. Los pocos militares que siguieron sus pasos cuando abandonó el salón de palacio pronto serían legión. Los rencores que Benito dejó en la vieja Antequera amamantaban a su enemigo. A fuerza de traiciones, había logrado lo que para muchos era imposible: los hombres del aceite y el vinagre casi estaban unidos, y sin que les ardieran las manos le entregaban dinero a Díaz para que pudiera cobrar sus afrentas. La indiada de Zacapoaxtla y de los otros pueblos de la sierra también afilaba sus machetes. Los rumores de que a las haciendas del general llegaban barras de cobre y barriles con azufre no podían ignorarse.

El traidor de Lerdo no se quedaba atrás. Aunque apenas lo separaban unos cuantos metros de su despacho, don Sebastián no tenía empacho para abrirle la puerta a los que se sumaban a los conciliábulos. Los políticos que no se atrevían a atacarlo de manera abierta, los masones que sin creer en su promesa le juraron lealtad y más de tres militares salían de esa oficina con la mirada esquiva y las manos sudorosas.

Todos sabían que estaban en peligro, pero esto no les impedía apostarle a la carta contraria. Lerdo podía ser más generoso y, para acabarla de amolar, era capaz de darle a su régimen el barniz legal que al indio le faltaba.

ගୡ

Por más grandes que fueran, sus venganzas no lograrían su cometido. El señor presidente no podía encerrar ni matar a todos. A como diera lugar debía restaurar la vigencia de la Constitución y convocar a elecciones. Si no lo hacía, sus días estarían contados por los redobles de los tambores que llamaban al cuartelazo.

Los que estaban cerca de él contaban que, el día que firmó esos decretos, fue la primera vez que vieron al doctor Alvarado llegar al palacio. De nada sirvió que entrara por la puerta de la servidumbre, en un lugar donde las miradas descubrían los destinos, el médico no podía ser escondido.

ගୡ

Sólo Dios sabe cuántas veces mandó a la porra las recomendaciones del doctor Alvarado. La serenidad era imposible y las reuniones con el ministro de Hacienda siempre terminaban con un manotazo. Para no variar ni perder la costumbre, la guerra contra el imperio había dejado secas las arcas y ni siquiera los ratones se paseaban en ellas. En la tesorería sólo se miraban las telarañas y las moscas resecas. Lo que llegaba desde Veracruz apenas alcanzaba para lo indispensable. Unos cuantos pesos de más o de menos decidían si los compromisos del día podrían cumplirse. Pero eso no le importaba: la exigencia de sus monedas de oro tenía que satisfacerse con una puntualidad impecable, y el dinero que necesitaba debía conseguirse sin que importaran las consecuencias.

—Déjale de pagar a los empleados del gobierno o pídele un préstamo a cualquier agiotista. No me importa lo que hagas, pero mañana lo quiero en esta oficina —ordenaba sin escuchar los impedimentos.

Las urgencias de Benito eran peores que en la guerra y, por más que le rogaron, nunca aceptó firmar un recibo por los caudales que le entregaban.

—Este dinero es para salvar a la patria —le decía al ministro cada vez que intentaba conseguir una rúbrica.

Esas palabras sólo intentaban ocultar lo que no podía esconderse. Ambos sabían cuál era el destino de las alforjas: cada una de las monedas que contenían estaba condenada a desaparecer sin que nadie pudiera seguirle la pista. La verdadera democracia no era gratuita.

Sin ese dinero, las elecciones no tendrían el desenlace esperado: un pelagatos como Díaz o un traidor como Lerdo podrían ganar y él debería abandonar la presidencia para afrontar el juicio sumarísimo al que lo entregaría el nuevo régimen. Juárez no podía darse el lujo de perder lo que la patria le había dado por sus infinitos afanes, y mucho menos resistiría volver al presidio al que lo destinó Santa Anna. La silla sería suya hasta que la muerte los separara; después de que se largara del mundo daba lo mismo si llegaba el diluvio o si el país se desangraba.

☙❧

Nada podía quedar fuera de su control. Las reuniones en su despacho eran incontables y los acuerdos quedaban más firmes que las peñas. Todos vieron el dinero y todos quedaron conformes con la parte que les tocaría después de que se conocieran los resultados. Antes de eso, los caciques obligarían a los lugareños a votar por el predestinado y, si acaso cumplían sus mandatos, recompensarían con una moneda de plata a los que sufragaron por el bien de la patria. Si ellos se las quedaban, era otro cantar. Los que se convertirían en diputados también recibirían su parte. Las manos alzadas y los discursos que pronunciarían en la tribuna tenían un precio que debía pagar.

Sin embargo, a algunos no les bastaba con llenarse las bolsas. Sus cálculos eran más finos y no cederían hasta que quedaran satisfechos con un trato que estaba más allá de lo conveniente. Las aguas estaban revueltas y los mejores pescadores aprestaban sus atarrayas. Lerdo era uno de ésos. Sus jugadas revelaban que su apellido era un mote fallido. La tarde que se reunieron en palacio quedó marcada por el estira y afloja. La cantidad que pedía por retirarse de la contienda era mayor de la que Juárez estaba dispuesto a pagar y, para colmo del cinismo, le exigió que lo nombrara presidente de la corte.

—Licenciado Juárez —le dijo sin miramientos—, usted es un hombre viejo y yo tengo que apostar al futuro. Quiero ser el primero en la lista de sus sucesores. Los dos sabemos que nadie tiene la vida comprada.

Benito cedió y Lerdo salió de su despacho con un nombramiento firmado con la fecha que aún no llegaba.

☙❧

Esa noche, el señor presidente sintió que el pecho se le rajaba y Alvarado volvió a sus aposentos. El diagnóstico no lo sorprendió: su corazón estaba herido por la rabia.

—Esto no puede saberse —le dijo al médico con la voz quebrada y la respiración dificultosa—, la salud del presidente es la salud del país. Si este secreto se rompe, mis enemigos se lanzarán contra mí como una jauría.

Ignacio Alvarado le sonrió.

—Las enfermedades son secretos de confesión —respondió mientras le palmeaba el hombro a su paciente.

Cuando el médico cerró la puerta, olvidó llevarse el insomnio y los recuerdos.

Juárez necesitaba pensar y repensar en lo que había hecho.

Casi todo estaba controlado. Con un poco de suerte, Porfirio no podría arrebatarle la silla.

Por más que trataba de encontrar errores en los planes, no los hallaba. Esta vez no había tomado una decisión funesta para conseguir dinero. Aquella metida de pata era cosa del pasado, y muchos la olvidaron aunque a ratos amenazara con repetirse. Sin embargo, el ayer era una presencia de la que no podía ocultarse.

֍

La derrota del Macabeo y los clericales no llegó sin desgracias y ruinas. Los campos estaban arrasados y las minas inundadas o abandonadas a su suerte. Nadie estaba dispuesto a invertir un peso para echarlas a andar y los hacendados preferían olvidar sus propiedades antes de arriesgarse a perder lo que les quedaba debajo de los colchones o escondido en el grosor de los muros. Los pocos obrajes que se mantenían en pie eran presa de la hambruna que detenía sus máquinas. La lana y el algodón sólo podían conseguirse del otro lado de la frontera. El hambre era implacable, los impuestos no alcanzaban para nada y los bandoleros que lo apoyaron en contra de los clericales se fueron por la libre. El ejército destrozado por la guerra no podría atraparlos ni derrotarlos. Ellos eran señores de los territorios que controlaban, los amos de las vidas y los caminos, apenas cuantos le juraron lealtad y cumplieron su palabra.

Don Guillermo —el hombre que lo salvó en Guadalajara y estaba a cargo del dinero— se hacía las cruces con tal de salir de la ratonera. En aquellos momentos, la economía era un saber oscuro y lejano de los poemas que les escribía a las chinas que le entregaban sus favores. Luego de tres años de matanzas y destrozos incalculables, de nada valió que redujera a la mitad los sueldos de los empleados del gobierno y sólo los cubriera el día de San Juan. Los pagos que retrasó hasta la llegada las calendas tampoco ayudaron a la recuperación de las arcas, aunque aumentaron con creces el odio de los agiotistas.

Las deudas crecían como mala yerba y el dinero que ganarían con la venta de las propiedades del clero sólo era aire caliente. Aunque Juárez dijera y redijera lo contrario, don Memo sabía que algunas leyes nacían muertas. Casi nadie se atrevió a comprar una vara de esos terrenos, la amenaza de que arderían en el infierno cerró las bolsas, y más de uno prefirió convertirse en testaferro de la Iglesia. Eso era más seguro que perder el alma. Benito y sus seguidores fueron los únicos que se beneficiaron con esa ley, pero todo lo compraron con los préstamos que les hizo el gobierno. Por más alegres que fueran las cuentas que hacían, esos caudales estaban perdidos. ¿Quién se atrevería a cobrarle al señor presidente, a los caudillos que lo sostenían y a los militares que vendieron sus armas por una pequeña fortuna? Las tierras de la indiada tuvieron un peor destino: algunas haciendas se volvieron inmensas y sus dueños recibieron la ayuda de las tropas para sosegar los machetes que intentaron defenderlas. La justificación de estas acciones era precisa: por más papeles que las tribus tuvieran, ninguno estaba firmado por el señor presidente. Los viejos amates y los garabatos de los virreyes de nada servían para demostrar que desde hacía siglos eran de ellos.

Pedir un crédito en el extranjero era imposible. Las aduanas estaban hipotecadas por los gastos de la guerra y ningún país tenía confianza en un gobierno que apenas se sostenía con tres alfileres oxidados. La quiebra del país era de sobra conocida. Y, para colmo del infortunio, los yanquis le levantaron la canasta a Juárez, y Napoleón III exigió el pago de los millones que le debían a Jacker. Si Miramón había firmado esos documentos le importaba un comino. A todas luces era un hecho lo que el país debía y el emperador de los franceses esperaba recuperar millones después de que compró con centavos una buena parte de los bonos de una deuda impagable.

El día que despidió a don Guillermo pensó que el nuevo ministro multiplicaría los panes y la plata.

Estaba equivocado. Sus monedas de oro dejaron de ser pagadas. De nada le serviría volver a escribir los montos que le debían, y lo mismo ocurría con los intereses que calculaba hasta donde las entendederas le daban.

Lo único que le quedaba era una acción desesperada.

La reunión de los ministros parecía condenada al fracaso. La penuria era irremediable, y en cualquier momento daría a luz a una rebelión. La fragilidad del gobierno no podía ocultarse y los ensotanados podían lograr que Miramón volviera de Europa para levantar ejércitos de la nada. Para derrotarlos, el Macabeo no requería grandes pertrechos, las tropas juaristas estaban tan agotadas que serían barridas en la primera batalla.

El señor presidente llegó al salón.

Nadie se levantó para saludarlo. La pobreza había devorado las formalidades.

—No podemos engañarnos —les dijo a sus ministros—, la miseria nos derrotará antes de que podamos alzar la mano. Ninguna de las medidas que hemos tomado ha dado resultado y las que ahora imaginamos tampoco servirán de nada. La patria está en quiebra y tenemos la sagrada obligación de salvarla de la ignominia. Delante de nosotros sólo queda un camino: suspender el pago de las deudas con el extranjero durante un par de años. Recuperar las aduanas y lo que está hipotecado nos dará los recursos para salir adelante.

Los ministros no podían comprender su osadía. Juárez había enloquecido.

—Señor presidente —le dijo uno de ellos tratando de mantener la cordura—, lo que usted propone es imposible: en unas semanas las flotas extranjeras tomarán Veracruz para exigir el pago de su deuda. Por menos que eso, los franceses lo hicieron y derrotaron a los defensores del puerto. Si esa vez bastó con el reclamo de un pastelero para que bombardearan la ciudad, lo que usted pretende provocará el incendio del país.

Las palabras del ministro quebraron las ansias de contención.

—Lo más sensato —le dijo otro— es enviar una comisión para renegociar los pagos.

Juárez los miró con sorna.

—Mis decretos son invencibles y las potencias tienen que aceptarlos. Estamos en una situación de todo o nada.

—Nos quedaremos con nada —dijo el ministro que fue despedido de inmediato.

ಎ

Las potencias no se rindieron, el decreto de Juárez sólo fue una patada al avispero. Su pose de perdonavidas lo entregó a los aguijones de hierro. Las armadas europeas levaron anclas y los malos vientos huyeron al divisar los navíos artillados. Los cálculos de los almirantes y los generales no estaban errados: en México, nadie les opondría una resistencia digna de ser considerada. En el peor de los casos, apenas se enfrentarían a los relingos de las tropas que sobrevivieron al fratricidio.

Benito fue el único que se sorprendió con los hechos que se precipitaron. Su castillo de naipes se derrumbó cuando en el horizonte se miraron las águilas negras.

Veracruz se rindió sin que los soldados españoles se tomaran la molestia de disparar un solo cañonazo. Desde los tiempos de Gutiérrez Zamora, los porteños habían aprendido a capotear las tormentas y cambiar de bando en el momento indicado. Y, en el momento en que las naves inglesas y francesas atracaron para sumarse a la exigencia de que el país cumpliera sus compromisos, le quedó claro que la invasión estaba a nada de convertirse en realidad.

Si declaraba el estado de emergencia o amenazaba de muerte a los que apoyaran a los invasores era lo de menos: sus soldados estaban derrotados antes de que se presentaran a la primera batalla.

ಎ

Las tropas extranjeras avanzaron para dejar atrás las pestilencias del puerto y pronto se acantonaron en las ciudades y los pueblos

242

que casi estaban lejos de los miasmas mortales. En Xalapa, Orizaba y Córdoba ondeaban las banderas extranjeras y lo mismo ocurrió en las poblaciones menores que tampoco los enfrentaron. La posibilidad de recuperar Veracruz estaba muerta y los enemigos podían recibir los pertrechos que necesitaran.

Juárez sintió la caricia de la muerte y el vaho de la derrota le erizó los pelos de la nunca.

En menos de lo que canta un gallo olvidó sus bravatas y dio un paso atrás. En esta ocasión no podría lanzar el grito de guerra del que se burlaban los hombres de don Juan Álvarez. Por eso, sin miedo a pisotear su orgullo, publicó el decreto que cancelaba la suspensión de pagos.

—Lo hago para evitar que mueran muchos extranjeros y no ganarnos la malquerencia de sus naciones. Vale más ofrecerles una salida honrosa antes de que conozcan la derrota —les dijo a sus ministros con ganas de convencerlos de lo imposible.

Ese papel no sirvió de nada, los arrepentimientos del señor presidente mostraban a un cobarde que era capaz de lo que fuera con tal de salvarse.

Sin embargo, la fortuna no le dio la espalda. El comandante de las tropas españolas estaba matrimoniado con una mexicana y eso permitió que las negociaciones fluyeran. Algo de clemencia le tenía a la tierra de su mujer. El general Prim aceptó que la deuda se renegociara y convenció a los ingleses de aceptar el acuerdo. La guerra sería más cara que el dinero a largo plazo. Sus naves soltaron las velas y los timones giraron para apuntar las quillas a Europa.

Benito apenas pudo alegrarse por el dos de tres. Los diplomáticos franceses se negaron a aceptar la oferta y sus tropas avanzaron hacia el centro del país.

La invasión había comenzado.

❀

La llegada del telegrama anunció el milagro que alejaría la tormenta. "Las armas nacionales se han cubierto de gloria", le decía el general Zaragoza desde Puebla. Las tropas más poderosas del planeta se retiraban con la honra pisoteada. Desde que Santa Anna, a fuerza de mucha mierda y pocas balas, logró derrotar a los soldados de Barradas, el ejército jamás había podido vencer a ningún invasor. Por más balandronadas que se dijeran o se fingieran, la bandera del águila y la serpiente no era capaz de resistir las descargas ni el fuego de los extranjeros.

La suerte apenas les duró unos cuantos meses. A pesar de los discursos, los brindis y las medallas que se repartieron desde la noche del cinco de mayo, el general Zaragoza murió de tifo y los franceses volvieron a la carga con más efectivos y nuevos mandos.

Juárez se empeñó en mantener la misma estrategia: los volverían a esperar en Puebla.

El tendero metido a general lo obedeció sin chistar y sólo ocurrió lo esperado: la ciudad cayó en manos de los invasores. Los cinco mil hombres que estaban en la capital jamás recibieron la orden de avanzar para socorrer a los sitiados. Ninguno de esos soldados podía destinarse a romper las líneas enemigas o abrir una ruta para enviarles pertrechos. Sin que importaran las consecuencias, ellos debían quedarse en sus puestos para cumplir la única misión indispensable: proteger al señor presidente y su gabinete.

ᐁᐃ

El avance de los franceses no podía ser detenido. La situación era desesperada y Juárez se largó antes de que lo atraparan. Si en tiempos de Comonfort había huido aferrándose a una presidencia tembeleque, ahora volvería a hacerlo. Lo único que le importaba era tomar el camino que llevaba al norte y, si para lograrlo debía abandonar los pertrechos, era lo de menos. Los casi cien cañones, el más de un millón de cartuchos, las toneladas de pólvora y los casi trescientos mil cohetes que no se llevó valían mucho menos que las pocas monedas que estaban en la tesorería. Si esas armas caían en manos de los franceses era un asunto que no le preocupaba: su sueldo estaba garantizado y aún tenía la posibilidad de huir al otro lado de la frontera sin enfrentar la pobreza que vivió en Nueva Orleans.

XVII

Alejo

El filo de la derrota nos obligaba a apresurar el paso para llegar a los fuertes. Por más que rezáramos, los condenados a muerte no podíamos huir del destino que nos impuso el señor presidente. El traquetear de los esqueletos que iban detrás de nosotros ahogaba el ulular de los tecolotes y silenciaba los chiflones que devoraban las sombras o estrangulaban las ánimas. Sus pasos descarnados congelaban el rocío y tronchaban la hierba.

La retaguardia helada era el vaho de la Huesuda y, sin que nadie fuera capaz de imaginarlo, terminó metiéndose en el cuerpo de mi general. A don Ignacio Zaragoza apenas le quedaban unos meses por delante. Sin que pudiera evitarlo, su mal crecía cada vez que le arrancaba una hoja al calendario. Las purulencias que se enquistaron en sus tripas se transformaron en bubas y el pus se mezcló con su sangre. Hiciera lo que hiciera, mi general estaba condenado a muerte.

El mejor de los médicos y el más poderoso de los rezanderos nada podrían hacer para salvarlo... la calaca lo había lamido y de manera inexorable se alzaría con la victoria. Por más que queramos engañarnos, ella es la única triunfadora, la dueña del mundo, la que de todos se ríe mientras los mira rogar por la vida eterna.

La muerte portentosa nació en el Paraíso y se nos quedó grabada en el cuerpo por el pecado de Adán y Eva.

Todos estábamos condenados, pero él se iría antes que nosotros.

☙❧

La orden de marchas forzadas debía cumplirse a toda costa. Aunque ya lo había tentaleado, a mi general le venía guanga la calaca, y lo mismo le daba si se nos reventaban las ampollas que teníamos en las nalgas o si la rabadilla nos quedaba como rascadero de mapache. La cura de las dolencias y la atención de las heridas se pospondría hasta que se terminara la matanza. Si por gracia de Nuestro Señor sobrevivíamos a la batalla, los hospitales de sangre nos abrirían las puertas para mutilarnos o ponernos unos emplastos de árnica y manzanilla. Lo que ocurriera después sería un volado que decidirían el poder de su aroma y las ganas de sanar. En realidad estoy mintiendo. Ahora que lo pienso, me doy cuenta de lo obvio: la vida y la muerte son tiradas de dados en las que Dios decide los números ganadores.

Pasara lo que pasara, no podíamos detenernos.

Sólo por un milagro paramos durante unas horas en Río Frío para tratar de recuperar el aliento y evitar que los caballos reventaran por el esfuerzo. Las leguas que recorrimos a trote nos cobraron el precio. A pesar de las heridas que las espuelas les causaron en los ijares y los gusanos que les nacerían en las llagas, a las bestias les fue mejor que a nosotros. Los soldados tuvimos que amarrarnos a las monturas para que el sueño no nos desbarrancara. Los heridos no podían retrasar la columna. El lujo de tener una baja era imposible: todos debíamos llegar a los fuertes para que nos mataran en el combate que parecía perdido de antemano.

☙❧

Para entender lo que pasaba no se necesitaba ser un militar de cepa, cualquier persona con tres dedos de frente se daría cuenta de que no podríamos escapar de nuestra condena. Las tropas francesas avanzaban hacia Puebla sin haber perdido una sola bandera. Y, por más grandes que fueran, los esfuerzos del coronel Colombres y sus zapadores no habían logrado lo que se proponían; por mucho que mandaron y sudaron, la ciudad no estaba dispuesta para la batalla. Las barricadas y las zanjas que detendrían a la caballería se miraban a medias, y los parapetos y las trincheras estaban en las mismas. Las piedras regadas, los montones de tierra y las palas inmóviles eran parte del paisaje.

Lo que ocurría no era una casualidad y el odio que sus habitantes les tenían a los comecuras apenas pesaba. Puebla aún no se recuperaba de los ataques de los bandoleros que a nada estuvieron de saquearla, y ahora debía enfrentar a los invasores con las mirruñas que le quedaban. Los hombres que se partían el lomo para construir las defensas no llegaban a diez gruesas y se miraban más costilludos que una marimba.

Las ausencias tenían una explicación aciaga: muchos de los trabajadores y los criados habían abandonado a sus patrones para sumarse a las gavillas que tenían sus señoríos por el rumbo de la Malinche. Las ansias de venganza y el sueño de revolcarse sobre las monedas de plata bastaron para que se largaran con un machete en la mano. A ellos no les importaba que la horca y los fusiles los alcanzaran en San Martín Texmelucan, el pueblo donde se levantaron los cadalsos que los recibieron con los brazos abiertos.

Esa vez, lo único malo fue que no hubo tiempo para llevar sus cadáveres a los lugares adecuados: a ninguno lo colgaron delante de la casa donde cometieron sus fechorías. Las víctimas no podrían mirar los cuerpos que les darían el consuelo de la venganza. ¿Qué le vamos a hacer?, hay veces que la justicia se queda a medias.

☙❧

En Puebla, los rezos de las mujeres y las procesiones no conmovieron a Nuestro Señor. El Rey de Reyes cerró los ojos cuando sacaron a las vírgenes y los santos de los templos para recorrer las calles entre rogativas, inciensos y cánticos. La ciudad de los ángeles estaba condenada. Desde esos días, la momia del beato Aparicio perdió su fragancia y las cucarachas se adueñaron de las calles.

El futuro estaba escrito en el gran libro del averno. El mal fario se nos pegó como lodo espeso y escupió sobre nuestros hombres para condenarlos a la malaventura. El horror era real y no había manera de ignorarlo. Sin que ningún soldado opusiera resistencia, la vanguardia enemiga llegó a Tehuacán y comenzó a alistarse para el ataque, la batalla en las cumbres tampoco logró detener a los zuavos con piel oscura y pantalones bombachos. Los regimientos que los franceses trajeron de África eran brutalmente sanguinarios. Quienes los vieron juran por las potencias del cielo que sin un asomo de piedad devoraron a los heridos y despellejaron a los muertos para parchar sus tambores.

¿Qué otra cosa podíamos esperar? El mejor ejército del mundo era imparable, absolutamente imbatible. Y nosotros, los militares de ley, no teníamos con qué enfrentarlos: en el Colegio Militar aprendimos a bailar valses y a batirnos en duelo por cualquier bobada; por falta de parque apenas teníamos puntería y lo que sabíamos de estrategia estaba más cojo que una silla tullida. A los juaristas no les gustaba el ejército y detestaban a los generales, su miedo a los cuartelazos los obligó a abandonarnos a nuestra suerte.

Esas calamidades no fueron las únicas que ocurrieron en los días de mala sombra. La guadaña de la niña blanca también cortaba los hilos de la vida en los lugares que casi estaban lejos del frente. La retaguardia no era segura y la estupidez de la indiada le quitó el bozal a la muerte. Allá, en Chalchicomula, las lumbradas de las nahuas y las totonacas que se pusieron a guisar provocaron que el polvorín estallara. Más de mil soldados murieron sin presentar batalla y nuestro arsenal quedó reducido a lo poco que teníamos en los sótanos de los fuertes. El Cristo de las Tres Caídas no se apiadó de nosotros, los pecados que cometimos en la guerra contra los retardatarios tenían que pagarse con todo y sus réditos.

De nada servía que intentáramos ocultar nuestras desgracias, los traidores y los desertores las contaron y las exageraron con tal de ganarse unas monedas. No importa que las palabras lo magnificaran, el conde de Lorencez tenía claro nuestro infortunio y, con cada día que pasaba, su estado mayor se sentía más cerca de la victoria.

◑◐

El tiempo jugaba en nuestra contra y no dejábamos de perderlo a pesar de las súplicas de mi general. A la menor provocación debíamos presentarnos en las reuniones que no iban a ninguna parte y a fuerza de locuras cambiaban las estrategias. Ninguno de los que ahí estaban tenía la mínima idea de lo que esta guerra significaba. Aunque presumiera de haber sido teniente, los rumores sobre la cobardía y los desatinos del señor presidente eran ciertos.

En menos de una semana los franceses nos atacarían y lo único que permanecía firme era un hecho funesto: al licenciado Juárez le incomodaban los telegramas y exigía que mi general se apersonara en palacio para oír sus peroratas. Yo era su asistente y estuve en muchos de esos encuentros. A pesar de que mis luces no pueden alumbrar una batalla, me di cuenta de que poco faltaba para que el licenciado Juárez inventara divisiones o se convenciera de que los ejércitos y los navíos bajarían del cielo armados con los relámpagos que barrerían a los invasores.

La realidad se había fugado de su cabeza y el miedo apenas se le aplacaba con la diarrea de palabras.

—No te preocupes, Ignacio, los franceses jamás llegarán a Puebla. Tú sabes que tenemos un as bajo la manga y esa carta decidirá la guerra en cuanto se muestre —le decía el presidente a mi general en los momentos más oscuros.

Según don Benito, la armada estadounidense se estaba preparando para levar anclas y tomar Veracruz a sangre y fuego. Las polvaredas de los viejos lodos eran lo único que le quedaba para tratar de engañar y engañarse. Costara lo que costara, tenía que negar que los franceses no se parecían al Macabeo.

୧୨

Cualquier imbécil que lo escuchara quizá podría convencerse de que los días de los invasores estaban contados, y que antes de darle la vuelta a la hoja del calendario serían aniquilados. El señor presidente juraba que el tratado que firmó don Melchor Ocampo reviviría con tal de que los laureles de la victoria le abrazaran los pelos engominados. Sus adoradores asentían sin sentir una pizca de vergüenza, y mi general se miraba las botas para mantener la compostura.

En esos momentos parecía que el pasado se había borrado sin dejar huellas: el licenciado Ocampo estaba muerto y enterrado. Sólo por un milagro habían encontrado su cadáver colgado, con el pecho destrozado y las tripas de fuera. Por más que alardeara y presumiera la amistad que lo unía con el presidente yanqui, Juárez no tenía a alguien que fuera capaz de sentarse a negociar con los gringos en los momentos más oscuros. Su mejor pieza era don Guillermo Prieto, pero él odiaba a los estadounidenses desde los tiempos de la guerra y la pérdida del territorio.

La realidad era muy distinta de los desvaríos que anunciaban la llegada de las armadas celestiales o la resurrección del tratado que nunca fue aceptado. Mi general estaba seguro de que del otro lado de la frontera no estaban dispuestos a tenderle la mano. Los yanquis se mataban con singular alegría, y lo que aquí ocurriera apenas les importaba un comino. La idea de América para los americanos se pospondría hasta el final de la guerra civil y, mientras tanto, el emperador de los franceses tenía las manos libres para hacer y deshacer lo que se le pegara la gana. Pero el licenciado Juárez negaba lo que estaba delante de sus ojos con tal de convencerse de que su vida y su presidencia no corrían peligro. Él creía en

252

los milagros, en la diosa de los ciegos que permanecen inmóviles con tal de esperar un golpe de suerte.

A las palabras de mi general las cañonearon el miedo y los disparates.

೦ಾ೨

Las treinta leguas que nos separaban de la capital no bastaron para que recuperara la voz. Tal vez si hubiéramos cabalgado hasta Monterrey o Corpus Christi las cosas habrían sido distintas. Allá, en su tierra, don Ignacio recuperaría el rumbo y, con un poco de suerte, podría sumarse al general Vidaurri. Él sí sabía capotear las tempestades y entendía que la guerra era mucho más que un asunto de cañones y cargas a bayoneta calada.

Sin embargo, las cosas fueron de otro modo.

La lengua podrida no le alcanzó a don Benito para ocultar sus planes. Cuando salimos de su despacho, la suerte estaba echada y nuestra condena firmada. Las tropas acantonadas en la capital no se moverían para reforzarnos, y las que comandaba el general Comonfort sólo llegarían a tiempo por obra de un milagro más grande del que le permitió volver del exilio. Pasara lo que pasara, deberíamos aguantar con los pertrechos que teníamos. Ni un solo cañón llegaría a los fuertes y lo mismo sucedía con los cartuchos y los cohetes.

—Con lo que usted tiene le sobra para derrotar a cualquier ejército, los norteños no se amilanan y siempre triunfan —le dijo Juárez a mi general mientras abría la puerta de su despacho para que se largara sin protestar.

೦ಾ೨

Llegamos a Puebla. Estábamos despedazados y ni siquiera tuvimos una noche para recuperarnos. Las defensas tenían que levantarse y las leyes marciales debían publicarse de inmediato. La mano firme era lo único que nos quedaba para tratar de sobrevivir. En las calles, las reuniones de más de cuatro hombres quedaron terminantemente prohibidas y los rateros fueron condenados a la horca sin necesidad de averiguaciones ni juicios. Lo que pasó estaba cantado: más de tres aprovecharon ese mandato para cobrarse las cuentas pendientes. Los reclamos de inocencia y la excusa de que robaban por hambre no fueron escuchadas por los verdugos. La muerte de alguien que seguramente sería exculpado era el pago por la vida de muchos.

Cuando mi general terminó de dictarme el bando, nuestras miradas se encontraron.

No hubo necesidad de que habláramos, mientras la guerra continuara la justicia sería un espejismo. El recuerdo de las batallas en contra de los clericales nos sobraba para guardar silencio.

Esas medidas no fueron las únicas: con tal de evitar los desmanes, las vinaterías y las pulquerías —al igual que los billares y las loterías— tenían que cerrar sus puertas a las seis de la tarde, y nadie podía tronar un cohete, echar un volador o encender fuegos artificiales.

Un solo estallido bastaría para que las tropas se gastaran la pólvora en infiernitos. Los soldados estaban más tensos que una tripa de gato en un violín y podían reventarse cuando el arco los tocara.

෨෧

Las calles eran patrulladas por los desalmados. Ninguno era poblano y todos estaban sedientos de horca y cuchillo. En ese momento no importaban las consecuencias, a la gente le debía quedar claro que nada ni nadie podría entorpecer las maniobras. Si la ciudad odiaba a los rojos y los juaristas era algo que podría pasarse por alto.

Las mulas se decomisaron en un santiamén y las bravatas de sus dueños no aguantaron los culatazos. Gracias a esas bestias, la artillería se concentró en los fuertes y las bocas de los cañones comenzaron a apuntar hacia los lugares por donde seguramente llegarían los franceses. La falta de parque apenas nos permitió hacer una descarga de prueba. Mientras esto ocurría, mi general mandó telegramas y mensajeros a las brigadas que debían apoyarlo. Los hombres del general Porfirio Díaz llegarían a tiempo y con ellos venía la indiada de la sierra; a ellos se sumaban las tropas de Berriozábal, Negrete y Lamadrid. Nunca supe si estaban convencidos de la posibilidad de alzarnos con la victoria, pero es indudable que estaban dispuestos a apostar el todo por el todo. Eso, tal vez, era lo único que debía importarnos.

La suerte no dio para más.

Las malas noticias y las traiciones se encendieron con los pastizales cuando les pega el aire. En las noches, familias enteras se largaban de la ciudad y muchos soldados desertaron antes de disparar el primer cartucho. El miedo a la derrota los obligaba a cambiar de bando: los mariscales de Francia y los generales conservadores eran una mejor opción que morir por una causa que nada les importaba. Nuestros enemigos tenían dinero para pagarles y les sobraban armas para escapar de la muerte.

Si antes del cinco de mayo éramos pocos, ese día sumábamos menos.

☙❧

Los franceses y los clericales llegaron sin ansias de sorprendernos. A fuerza de calamidades e infortunios, el conde de Lorencez se convenció de que su presencia bastaría para que mi general Zaragoza le entregara su sable. El ejército más temible del mundo estaba delante de nosotros. Desde los fuertes y las defensas callejeras mirábamos cómo les servían café, y con una calma envidiable desplegaban sus columnas para la batalla.

Antes de que dieran las diez de la mañana, Lorencez ordenó el ataque.

Al principio creímos que sólo se trataba de una maniobra para distraernos, pero el orgullo lo llevó a una audacia terrible. Sus tropas avanzaron hacia los cerros y logramos enfrentarlas sin grandes pérdidas. Nosotros teníamos los muros y ellos las laderas empinadas. Tres veces cargaron y tres veces los rechazamos hasta que la caballería del general Díaz impidió que se reagruparan. Los franceses huyeron. Su intención era perseguirlos y acabar con ellos, pero mi general le jaló la rienda. Valía más no arriesgarse. Nadie sabía si allá, en los llanos que no alcanzábamos a vislumbrar, lo esperaba el resto de los soldados.

Antes de que cayera la noche habíamos derrotado a los franceses.

Mi general decía que uno de cada diez de sus hombres estaba tirado en los cerros. Nos cargamos a más de quinientos antes de que se retiraran sin entregar sus banderas. El desplante del conde de Lorencez nos dio la victoria y las habladurías inventaron otra historia: nada ni nadie podía derrotar a los mexicanos, nada ni nadie podía oponerse a las estrategias del señor presidente que ya posaba como un mariscal del primer Bonaparte. Sin embargo, la realidad era distinta: yo sabía que los habíamos vencido, pero también tenía claro que no estaban derrotados.

❧

Los rumores de lo que sucedía tras las líneas enemigas no tardaron en llegar. El conde de Lorencez comenzó a buscar a los culpables de la catástrofe. Nada se tardó en hallarlos. El obispo Pelagio y los generales ensotanados le habían asegurado que Puebla era la ciudad más hostil a Juárez y que, después de una escaramuza de poca monta, sus tropas serían recibidas con loas y arcos de triunfo. Según ellos, los franceses se convertirían en los libertadores de la tiranía que los ahogaba. Algo de eso era cierto: los poblanos odiaban a los colorados desde el día que Comonfort tomó la ciudad a sangre y fuego; pero también lo es que nuestras tropas no fueron reclutadas en la ciudad. Mi general no podía darse el lujo de exponerse a una puñalada por la espalda.

⚭

Mi general se encontró con el señor presidente. Don Benito, gracias a la seguridad de que los invasores estaban lejos, llegó a Puebla para repartir medallas, guardarse las recompensas en metálico y discursear hasta que se le acalambró la lengua. Esa tarde, después de resistir la enésima andanada de alabanzas y brindis, se reunieron en privado.

Entre el aroma del café y los nubarrones de los puros, mi general le recordó un hecho decisivo: en la guerra contra los clericales, la victoria llegó cuando las tropas tuvieron un solo mando. Ese había sido el mayor mérito del señor González Ortega.

—Las operaciones dispersas nos llevarán a la derrota, los generales no pueden guiarse por sus compromisos personales, tienen la obligación de cumplir con una obligación que los rebasa: la independencia de la patria —le dijo al señor presidente con la fuerza que le daba el triunfo.

Juárez lo oyó y aceptó.

Sin pensarlo dos veces, le entregó a mi general el mando de todas las tropas. Si lo hizo por razones militares o para controlar a los generales que comenzaban a brillar más de la cuenta es lo de menos. La cuidadosa grisura de Zaragoza lo hacía digno de su confianza, algo a lo que jamás podría aspirar el general Díaz.

⚭

Por desgracia, la medida llegó muy tarde. La muerte lo rondaba mientras iba y venía de la capital.

A lo mejor por eso, unos días antes de que comenzara la batalla me dictó la carta que le mandó a uno de sus amigos. Yo mismo la despaché con un soldado que debería llegar a Monterrey para entregársela en mano al hombre fuerte de aquellos rumbos. "No es remoto que me sobrevenga un hecho desgraciado y mi familia quede reducida a la miseria más espantosa —le decía al general Santiago Vidaurri—. Su único patrimonio es mi trabajo, el sueldo que a veces no cobro. La pena que me embarga, me obliga a recurrir a usted para suplicarle que ayude a mi mujer a terminar la casita que ha comenzado a fabricar y, si le es posible, que la ampare para que su pobreza sea digna y llevadera. Ella no se merece terminar sus días en la puerta de una iglesia extendiendo la mano."

❧

A principios de septiembre la muerte rodeó sus habitaciones. En los cristales se dibujaban las sombras de su vaho y las baldosas se resquebrajaron para confirmar su presencia. En unas horas, la febrícula se volvió una calentura incontrolable. Por más paños de agua helada que le ponía en la frente, los delirios no se atreguaban y sus huesos crujían mientras mi general se retorcía. Los esfuerzos de los doctores tampoco lograron derrotarla: el vómito y la diarrea no se retiraban. Su cuerpo se secaba y de su boca sólo brotaban demencias. Siete veces acusó al médico de estar del lado de los franceses y a mí no me reconocía cuando la fiebre lo enloquecía. Así siguió hasta que llegó la parca y le puso fin a sus sufrimientos.

Mi general Zaragoza estaba muerto y don Benito tomó la peor de las decisiones: le entregó el mando de las tropas al señor González Ortega, al tendero que nada sabía de la guerra y sólo esperaba el momento para darle una puñalada trapera. La seguridad de que los yanquis lo salvarían le bastaba para convencerse de que la victoria no correría por cuenta de los mexicanos.

❧

González Ortega jamás se opuso a las malas tácticas del licenciado Juárez. Cada error que el señor presidente cometiera le abría el camino a la silla maldita.

Si en Puebla habíamos derrotado a los francesas gracias a la imprudencia de Lorencez, la historia se repetiría por obra de un nuevo milagro. Sin embargo, por más que nuestros hombres se prepararon para la batalla, los enemigos se negaron a darla. A los franceses les bastó con sitiar la ciudad y mantener el cañoneo con una precisión siniestra. Su estrategia era precisa: las explosiones, el hambre y la sed nos obligarían a rendirnos.

Tenían razón. Después de tres meses sin recibir auxilios, el señor González Ortega entregó su espada y fue tomado prisionero junto con muchos de los oficiales. Más de cinco mil de sus hombres se sumaron a los invasores, y al cabo de unos días el presidente se largó de la capital. Los pocos que logramos huir nos sumamos a sus tropas.

Atrás quedaron los pertrechos que cayeron en manos de los franceses y lo mismo ocurrió con el cadáver del general Comonfort que en vano trató de romper el sitio. A cada paso que Juárez daba hacia el norte, el ángel de la muerte se ensañaba con su gobierno impío: los soldados cambiaban de bando y los oficiales se unían a los invasores. En esos días infaustos apenas hubo un golpe de suerte: el general Díaz, junto con González Ortega y otros militares de rango, lograron huir de la prisión. Ninguno tenía un ejército para mandar y apenas les quedaba la posibilidad de levantar algunas tropas para mantener las hostilidades.

La guerra parecía perdida y las traiciones decidían su rumbo.

❧❧

La fatalidad se convirtió en la única compañera del licenciado Juárez. Su presidencia sólo mandaba a la soledad y al silencio, pero su pasión por presidir jamás decaía. El sueño de que el cuero ajado de su carruaje era idéntico al terciopelo encarnado le permitía mandarle cartas a la nada, escribir decretos que nadie leería y ordenar ataques que ningún ejército realizaría. La soledad de su locura era absoluta, sólo doña Margarita toleraba sus discursos interminables, mientras sus hijos eran enclaustrados en una habitación casi lejana con tal de que no lo interrumpieran. En esos momentos, sus ministros preferían alejarse para encomendarse a Nuestro Señor.

Apenas unos cuantos seguíamos a su lado. Yo sólo lo hacía para honrar la memoria de mi general.

∞

El miedo a ser atrapados o a enfrentar a los enemigos se nos metió en el tuétano y, al llegar a Monterrey, nos alcanzó sin remedio. El carruaje del señor presidente entró a la ciudad y nadie salió a recibirlo. Los muros amarillentos y el sol inclemente eran nuestros acompañantes. Mudos llegamos a la plaza grande.

Por ningún lado se miraban los músicos y las banderas con águilas sin corona. Ahí solo estaba el general Vidaurri acompañado por sus tropas.

Don Benito bajó del carruaje y le tendió la mano.

Santiago Vidaurri no le aceptó el saludo, tampoco se cuadró.

—Señor Juárez —le dijo con una calma perfectamente calculada—, usted no tiene nada que hacer en Monterrey. Por mejor católico que sea, no puedo darme el lujo de apoyar a un derrotado. A usted nadie lo reconoce y el emperador Maximiliano tiene el apoyo de las potencias europeas. Tan sólo por piedad, podrá permanecer en la ciudad un día y, si mañana a esta hora no ha tomado camino, me veré en la necesidad de atacarlo.

Sin esperar respuesta, el general se dio la vuelta y se fue con sus tropas.

La muerte se relamía ante nuestra desgracia.

El presidente de la nada se dobló delante de su adversario. Cuando volvió a su carruaje, el licenciado Juárez sólo repetía las mismas palabras: "El espectro de Gutiérrez Zamora jamás me soltará".

Al amanecer partiríamos rumbo a Chihuahua e intentaríamos llegar a un destino seguro: Paso del Norte. Doña Margarita, sus hijos y su yerno tomarían para otro rumbo. Valía más que intentaran desembarcar en Nueva York antes de que los enemigos los capturaran y los condenaran. Aunque a mí no me consta, quienes lo vieron dicen que don Benito les entregó la mayor parte del dinero que le quedaba. El tesoro nacional no se destinaría a comprar pertrechos, sólo se usaría para proteger a los suyos.

La presidencia de la soledad y el silencio se instaló en Paso del Norte, el lugar donde la inmensidad llenaba a las mujeres de visiones celestiales y ansias de cruzada, el sitio donde los mendigos conversaban con los ángeles a mitad de las calles prostibularias. Para los fronterizos, la presencia del señor presidente era algo imposible. No por casualidad, cuando don Benito bajó de su carruaje y le pidió agua a una india que estaba enfrente de una casa, ella le espetó una respuesta terminante.

—Ni que fuera su criada —le dijo—: vaya usted y agénciese alguien que lo atienda.

La confusión duró poco y pronto nos instalaron en una casa de adobe.

❦

El licenciado Juárez se pasaba los días mirando hacia la frontera mientras olisqueaba el aire que venía de lejos. Los que aún hablaban con él contaban que estaba convencido de que el viento apestaba a tabaco rancio, a recuerdos infames y hambres brutales. El pasado lo había alcanzado. Sólo se levantaba cuando recibía a alguno de sus ministros y, antes de abrir la puerta, en vano se miraba al espejo para asegurarse de que sus andrajos parecieran un traje recién cortado. El reflejo siempre le regaló la oportunidad de engañarse.

La ilusión de que seguía mandando se mantenía firme, aunque las tormentas de arena no paraban en la frontera invisible. Aquí y allá, las cosas estaban de la tiznada: las buenas noticias se secaban hasta que se convertían en serrín. Después de incontables matanzas y mutilados, los yanquis del norte habían derrotado a los sureños, pero el presidente Lincoln se murió antes de que tuviera tiempo para mirar hacia México. El hombre que tal vez lo apoyaría no aguantó un plomazo en la cabeza, y el nuevo gobernante no estaba dispuesto a decidirse sin tentar las púas. Tomar cartas en los asuntos mexicanos era un riesgo al que quizá valía más darle la vuelta. La posibilidad de una guerra con Francia no era poca cosa, el riesgo de que los confederados volvieran a tomar las armas para sumarse a Napoleón III no era un juego de niños.

Para colmo de sus desgracias, los rumores de su caída tampoco tenían sosiego. Don Benito miraba a la nada y los ministros susurraban. La guerra estaba casi perdida y él seguía al frente de una presidencia que a nada llevaba. Con el paso de los días la oscuridad se volvió más densa y así siguió hasta que se iniciaron las hostilidades.

෨෧

Los documentos que le envió el general González Ortega no estaban sujetos a negociaciones. La ley era la ley. El militar tenía las tropas que respaldaban sus palabras y, además, era el primero en la lista de los sucesores. El tiempo de don Benito en la presidencia se había terminado, y el tendero, como era presidente de la corte, debía ocuparla de inmediato. A pesar de las derrotas que no nos daban tregua, el licenciado Juárez no podía estar por encima de la Constitución, y el gobierno tampoco debía funcionar gracias a los decretos que justificaban sus errores o se amoldaban a sus caprichos.

La furia se apoderó del señor presidente. Sus bramidos rajaron los adobes y sus ojos enrojecidos estuvieron a nada de incendiar el techo.

Nadie intentó calmarlo.

En la sala, las pláticas continuaron como si nada pasara y, con tal de no escucharlo, don Guillermo se sentó delante del piano desafinado y comenzó a tocar el jarabe que le recordaba sus amoríos. Todos sabían que la ley le daba la razón al general González Ortega y Juárez no podía seguir ocupando la presidencia.

Durante casi una hora su ira no tuvo freno. De no ser por los latidos desgarradores que lo obligaron a tumbarse, habría continuado hasta que la muerte se lo cargara.

Después de que se mojó el pecho con agua caliente para atreguarse el corazón, llamó a su secretario. El poder del sello con un águila y la fuerza de su firma todo lo arreglarían. Con la respiración entrecortada dictó un demonial de cartas para avisarle a los ejércitos de la nada que González Ortega ya no los comandaba y, al final, él mismo escribió el decreto que le daba poderes extraordinarios y alargaba su presidencia hasta que cayera el imperio.

Pasara lo que pasara, no estaba dispuesto a abandonar la silla fantasmal.

☙❧

Después de leer esos papeles, don Guillermo se reunió con él. Los gritos se reanudaron y de nada valió que le echara en cara que le debía la vida.

El gobierno de la república no aguantó el portazo que terminó con el pleito. El poder estaba irremediablemente fracturado. Los rebramos del "a mí no me vengan con que la ley es la ley" anularon cualquier posibilidad de que llegaran a un acuerdo, a una salida digna que impidiera los desgarramientos. Esa ruptura jamás sanaría: Juárez había violado la Constitución y Prieto no podía seguir a su lado. Los liberales más puros y enrojecidos tenían que retirarse del gobierno que convirtió a la venganza en una razón de Estado.

Al día siguiente la recámara de don Guillermo estaba vacía y lo mismo ocurrió con las de otros de sus seguidores. Ninguno estaba dispuesto a secundar un golpe de Estado que apenas tenía el barniz de una ley a modo. El señor González Ortega también lo abandonó después de pedir licencia. A la hora de la verdad, las tropas lo habían dejado solo y se inclinaron ante don Benito.

El señor presidente no se quedó conforme con la retirada de su oponente: lo acusó de ser un desertor y pidió que de inmediato lo aprehendieran para fusilarlo de espaldas.

—Los traidores merecen esa muerte —murmuró mientras firmaba la orden.

Su mandato cayó en el vacío. González Ortega aún tenía seguidores en el ejército y ninguno se atrevió a tocarlo.

Ésa no fue la única desgracia. El general Santa Anna regresó del exilio para levantar un nuevo ejército y derrotar a los franceses. A pesar de los odios y los rencores, su fama aún no se apagaba. Las voces que lo mostraban como el ángel salvador comenzaron a escucharse con fuerza y la indiada empezó a bajar de los cerros para buscarlo. Don Benito ordenó su aprehensión y un juicio sumario. Sin mayores trámites debían pararlo delante del paredón y abrir fuego contra él. Pero los jueces tomaron otra decisión: ocho años de destierro les parecieron el castigo adecuado.

Ninguno imaginó que respetar la ley sería su desgracia. Algunos fueron condenados a prisión y los demás murieron sin que nadie los juzgara.

෴

Las venganzas y las trapacerías eran lo único que le preocupaba al señor presidente. Si el gobierno agonizaba era lo menos importante: él mandaba a la nada. A pesar de esto, la suerte le sonrió: Napoleón III ordenó el retiro de sus tropas y los yanquis resucitaron la consigna de "América para los americanos".

El as que supuestamente tenía bajo la manga por fin tendría el valor que soñó. Los pertrechos cruzaron la frontera, las tropas se rearmaron con los relingos de la guerra civil y, sin enfrentar a los zuavos ni los coraceros, los ejércitos juaristas avanzaron hacia el centro del país. El general Díaz derrotó a los imperialistas y sus tropas se transformaron en un viento implacable. Porfirio no fue el único que se ganó los laureles: Mariano Escobedo también se alzó con la victoria en Santa Gertrudis y Ramón Corona tomó Mazatlán.

Las tropas de los clericales y los pocos soldados extranjeros que se mantuvieron fieles al Habsburgo sólo podían retirarse con la cola entre las piernas. A fuerza de derrotas nuestros generales habían aprendido a triunfar, y la presencia de los artilleros gringos afinó la mira de los cañones que dejaron de bombardear a la nada. Sin embargo, el general Miramón —al igual que los generales Mejía y Márquez— no estaba dispuesto a entregar su sable. Si las tropas juaristas avanzaban desde el norte y Oaxaca, las suyas las combatieron con fiereza y a nada estuvieron de capturar a don Benito en las cercanías de Zacatecas.

Sus esfuerzos fueron en vano. En cada combate perdían más hombres y pertrechos. Las tropas que sostenían a Maximiliano apenas podían soportar el flagelo de nuestros soldados. A los imperialistas sólo les quedaba la posibilidad de las acciones desesperadas: el Habsburgo y sus fieles abandonaron la capital y se refugiaron en Querétaro.

Ése era el peor lugar para resistir los ataques con las armas de la decencia. La ciudad caería y ellos terminarían sus días delante del pelotón.

XVIII

Carlota

*19 de junio,
mientras afuera el sol cae a plomo*

Por más que finja ser más sabio que el rey Salomón, al doctor Riedel no le alcanza la cabeza para entender los males que me carcomen. Sin embargo, cada semana vuelve a Miramar para repetir los rituales que lo llevan al callejón más profundo, a la indiferencia y la apatía que sólo pueden tenerse cuando se está delante de un caso perdido. La fiebre blanca es incurable. Tal vez por eso me mira en silencio hasta que se le arruga la frente, y en ese instante pronuncia las mismas preguntas que poco a poco me he negado a responder. Quiere saber si el Diablo aún me ronda y si estoy segura de que va a envenenarme. No entiendo por qué lo hace. Las nueces que están sobre la mesa le permitirían ahorrarse las palabras y dejarme sola para que revise con todo cuidado la puerta y las ventanas de mis aposentos. Ellas son mi único alimento y apenas me atrevo a comerlas después de que les miro la cáscara con una lupa para descubrir si no está rajada. La mínima fractura es un indicio de que Satán las tocó para emponzoñarlas. Él no se atreve a creer que el Diablo me besó la mano en París, pero jamás ha visto de cerca al emperador de los franceses: Mefistófeles se adueñó de su cuerpo con tal de condenarnos a muerte.

Riedel está convencido de que alimentarse con nueces es una locura. Según lo que le escribe a mi hermano, esta manera de comer es la manifestación más clara de mis furores implacables. No puede aceptar que él me orilló a hacerlo. Mientras estuve en el Grand Hôtel todo marchaba a pedir de boca y mis manos no reclamaban una lupa: la más fiel de mis damas de honor amarraba las gallinas a las patas de los sillones y las degollaba frente a mí antes de asarlas en la chimenea de la habitación. A ella no le daba pena mostrarme las plumas ensangrentadas y tampoco me prohibía revisarles el cuero para descubrir los moretones que sólo deja el veneno. El agua tampoco me faltaba, a unos cuantos pasos del Hôtel estaba la fuente donde podía llenar la copa de oro que me robé en el Vaticano sin que el Papa se atreviera a detenerme. Desde ese día me acompaña el Santo Grial que tiene el poder de destruir cualquier ponzoña. Los labios de Jesús lo tocaron y contra ellos nada puede el Diablo.

Es verdad que los dueños del Hôtel protestaban por la sangre que manchaba los tapetes, por el humo que ensombrecía los tapices o por los reclamos de los huéspedes que no resistían la pestilencia de las plumas quemadas. Pero sus quejas nada podían. A pesar de que les debíamos algunas semanas de renta, sus palabras siempre se doblegaban ante las mías. Una emperatriz puede hacer lo que sea necesario con tal de salvar la vida, y para esos tipejos era un honor que me hospedara en su negocio.

Yo no estoy loca, Riedel es el culpable de mi hambre y mi monomanía. Dios y el Diablo existen y nadie en su sano juicio puede dudar que luchan por adueñarse de mi alma.

Al caer la noche,
mientras los íncubos se acercan para quebrar los barrotes

Aunque jamás las he leído y de ellas apenas me llegan los murmullos de Dios que todo lo sabe, las cartas que Riedel le manda a mi hermano son el recuento de su ignorancia y del fracaso de sus tratamientos. Los baños helados no serenan mi alma y los días que me atan a la cama no sirven de nada. Tampoco importa si dejo de oír a la gente o si me vendan los ojos cuando algún desconocido se acerca a mis aposentos. A pesar de sus órdenes, los sueños y las visiones no se detienen. Ésa es la única manera que tiene Nuestro Señor para alertarme sobre lo que puede pasar y lo que ocurrirá a pesar de mis plegarias.

Al principio creí que el Santo Padre podría salvarme de las garras de Satán, pero Jesucristo me reveló que era otro de los endemoniados que anhelaban mi muerte para despojarme del imperio que entregarían a las huestes de Satán. Pío IX no es un hombre de Dios, es el íncubo que antes de asesinarme quiere poseerme para engendrar el hijo que nunca tuve y arrancarle el corazón en el altar de Juárez, el más sacrílego de los hombres. Por eso tuve que huir de su palacio. Yo no podía ser la madre de la siguiente Bestia. El primer Anticristo ya había nacido y su rastro azufroso marcaba mi reino. El indio no es un bastardo, es la progenie del Diablo.

Nuestro Señor no miente: Satanás me persigue y cambia de rostro cada vez que me sale al paso. Él es Juárez y Napoleón III, él es el Papa y mi hermano, él es cualquiera que se me acerque fingiendo que aún me ama y me protege. Riedel es otra de sus advocaciones, por eso insiste en clavarme un bisturí en el cerebro. Ésa es la única manera como logrará embrutecerme para que deje de ver y oír a los habitantes del cielo y el infierno.

La lupa no me basta para descubrir lo que me pasa. La noche me alcanzó observándome los dedos. Tengo las yemas hinchadas, de ellas brotarán los ojos de Satán Bonaparte que necesita mirar todo lo que hago. Mi única salvación es cortármelos, pero nada filoso queda en mis aposentos. Riedel, con tal de obedecer las órdenes del Maligno, ordenó que se llevaran las tijeras y los cuchillos. Necesito unos guantes, unos trapos para cegarlos antes de que me descubran. Ayúdame, Jesús Crucificado, si me arrancas los dedos te daré lo que siempre has deseado: mi cuerpo desnudo y dispuesto para ser penetrado.

24 de junio,
después de las revelaciones

A veces creo que debería dejar de escribirle, pero Max vuelve en las noches para encender las llamas de la pasión y avivar los tizones de nuestro pacto. Anoche, mientras revisaba la puerta y las ventanas para asegurarme que las legiones infernales no podrían quebrar sus hierros, lo vi crucificado. Estaba desnudo y le habían arrancado los ojos. A sus lados estaban los dos ladrones y la herida de lanza de Napoleón se miraba en su costado. Mi amado es la víctima de un padre cruel y enloquecido, del Emperador de Francia que lo abandonó a su suerte con tal de seguir gobernando en el Reino de los Cielos. Su imperio siempre estará seguro, pero al nuestro lo devorará Satanás para convertirlo en la tierra de los herejes, en el lugar donde arderán las cruces y los cuerpos de los indios que serán sacrificados por uno de su estirpe.

Por más que traté de descubrir sus rostros, Nuestro Señor me impidió mirar con claridad a Dimas y Gestas. Ése era uno más de sus mensajes: Max está condenado a muerte y con él caerán Miramón y Mejía. Su cuerpo claveteado no podrá tener peor compañía:

un cretino y un indio fanático de nada le servirán para llegar al cielo mientras las nubes se abren para dejar pasar la dorada luminosidad de Cristo. Su padre Napoleón le arrebatará la posibilidad de llegar a la gloria y gobernar el universo.

Me hinqué delante de Max Jesucristo y traté de cerrar los ojos.

No pude hacerlo. En su dedo estaba el anillo que siempre trató de ocultarme y sólo se ponía cuando estábamos lejos. La sangre que brotaba del estigma lo volvía más brillante y su oro se transformaba en una centella. En él guardaba lo único que realmente le importaba y lo conmovía. Los palacios y los jardines, las mariposas que clavaba con alfileres y los ceremoniales nada eran junto a esa reliquia: un mechón de María Amelia, la princesa de Brasil que murió de tisis antes de que llegaran al altar.

A ella la amó hasta la locura, a mí me quiso con el mayor de los intereses y, al final, rompió el pacto que nos unía. Desde antes de que aceptáramos la corona, nuestro matrimonio era de monarcas y las decisiones que tomamos fueron por bien del imperio que nos unía mucho más que la cama.

¿Junio? ¿Julio?
mientras los recuerdos me atormentan

El doctor Riedel está convencido de que mis males nacieron cuando por primera vez miré el anillo de Max. El oro y los cabellos de la muerta me obligaron a recordar lo que nunca fui, lo que jamás seré. Según el emisario del Maligno, la estrechez de mi cadera me hace impenetrable y, sólo por eso, la fiebre blanca se apoderó de mi mente. Mi familia cree que su diagnóstico es irrefutable y ningún médico se atreve a contradecirlo, todos dicen que las convulsiones y la histeria, que la catalepsia y las manías provienen del furor que se engendra en mi matriz. Sus palabras son terminantes: mi vientre está sediento de un miembro que lo aplaque aunque en ello me vaya la vida. En el preciso instante en que sea penetrada, moriré desangrada. Sin embargo, Riedel no sabe de lo que habla y sólo confirma las habladurías de Leopoldo, el peor de mis hermanos.

A él le encanta repetir una de las confesiones que Max le hizo sin detenerse a pensar en las consecuencias. "No me ha sido demasiado difícil mantenerme virtuoso", le dijo el día que platicaban sobre la continencia y las queridas que mi hermano tenía o se inventaba. Después de eso, Leopoldo le regaló su desprecio. Ante sus ojos, mi futuro esposo era un blandengue, un hombre atenazado por los padecimientos que no lo dejaban a sol ni a sombra: los dolores de cabeza, los males del estómago, las penalidades que le provocaban los dientes y el hígado que le ensombrecía el aliento eran las señas de identidad de un bueno para nada al que sólo le importaban el dinero y lo fatuo. Dios me dijo que en su diario tampoco tuvo piedad: "Raras veces he encontrado un hombre con tal rapacidad —escribió sin miedo a difamarlo—, el pretendiente no se quedó contento con saber el tamaño de la fortuna de mi hermana, además le pidió una pensión del rey y quiso saber con exactitud cuánto heredará de la fortuna de mi padre".

¿?

Me toco mi parte y huelo sus humores. Las dos gotas de sangre que están en la sábana son el anuncio de que estoy preñada. Me froto los dedos en la cara y no puedo descubrir la fragancia de Cristo ni la de los ángeles. ¿Quién estuvo en mi lecho?

27 de junio,
el día de los recuerdos y los horrores

Confieso que el matrimonio me dejó como estaba y sólo fue consumado con una dolorosa apariencia. Max me hizo creer eso era lo correcto y yo lo obedecí sin pensar que pecábamos contra natura.

Por eso seguí siendo lo que soy: una emperatriz virgen, una matriz eternamente yerma. Las palabras que mi abuela me dijo antes de ir al altar no sirvieron de mucho. Mis deberes matrimoniales eran distintos de los que ella pensaba. Lo que ocurrió en nuestra primera noche fue extraño, absolutamente sorpresivo. Nada le revelé a mi confesor y jamás me atreví a contárselo a mis amigas ni a mis damas, Max me pidió guardar silencio sobre lo que ocurría en las pocas noches que nos encontrábamos y abandonaba el catre que siempre lo acompañaba. Ése era nuestro secreto y nadie debía conocerlo. Las sábanas marcadas por el hedor apenas eran unos testigos enmudecidos.

Por más que mis cortesanos intentaran ocultarlas, las habladurías no me eran desconocidas. Los lombardos sólo pueden entretenerse enlodando a la gente. Cada vez que Max iba a Viena para ver al médico, la gente decía que lo sumergían en un tanque lleno de azogue para tratar de curarle el gálico que contrajo en Brasil. Más de tres juraban que habían visto los mapas que el pus y la sangre trazaban en la lona de su catre. Las invocaciones a un negro sudoroso o a los látigos tejidos con piel de hipopótamo sólo alimentaban las lucubraciones y las comidillas que hurgaban en su trato y sus modales casi afeminados. Sin embargo, la realidad era distinta: se iba con tal de alejarse de mi cuerpo para adentrarse en los prostíbulos donde las mujerzuelas le permitirían hacer lo inconfesable. Yo sabía lo que hacía y él, con un gesto de caballerosidad, dejaba en su buró los guantes de tripa de cordero con los que enmascararía su miembro.

En mi reino las cosas no fueron distintas: las recámaras separadas, la finura de sus maneras y los viajes a Cuernavaca para encontrarse con una india me perseguían sin miramientos, pero a mí no me importaba gran cosa lo que hiciera: los emperadores tienen derechos que están más allá de lo que puede comprender la gente común. Las historias de amor sólo pertenecen al mundo de los cuentos de hadas, a las mentirijillas que hablan de las princesas encantadas a las que el primer beso rescata de su hechizo.

Lo nuestro era distinto: teníamos un pacto, pero Max lo rompió con tal de no volver a acercárseme. El compromiso de desvirgarme por el lugar adecuado era demasiado para él. El día que me notificó la adopción del nieto de Iturbide supe que jamás pariría a los herederos el trono de México. Según él, todo podía explicarse por razones de Estado.

Lo que ocurrió con ese niño fue peor que la vez que me regalaron a un indito en Querétaro: a él lo bauticé por piedad y el chismerío de que se convertiría en nuestro heredero no duró más allá de lo conveniente; en cambio, con el nieto del emperador difunto, la sucesión estaba decidida. Por eso fue que jamás le hablé más de lo necesario y siempre le negué mis caricias, para eso estaba su tía bigotona que se pavoneaba en el castillo diciendo que era una dama de la corte.

¿Qué habrá sido de ese indito? Cierro los ojos para escuchar la voz de Dios Napoleón y descubro que se transformó en mi ángel vengador. Él buscará al nieto de Iturbide para degollarlo y entregarle la cabeza a Juárez. Y, cuando el endiablado la mire, se postrará ante él y aceptará que se convierta en el regente del imperio mientras regreso para sentarme en el trono. Dios Napoleón nunca se equivoca.

Después de encontrar 13 nueces envenenadas

En Chapultepec los chismes corrían sin recato, y cuando Napoleón Satán nos abandonó a nuestra suerte, no dudé en cobrar venganza. Por más que lo deseen, los Habsburgo no pueden darse el lujo de romper su palabra. La carta que le mandé era imposible de ignorar y seguía los pasos de las palabras que le repetía su madre: "Abdicar es condenarse y extenderse a sí mismo un certificado de incapacidad. Abandonar la corona sólo es aceptable en los ancianos y los imbéciles. Ésa no es la manera de actuar de un emperador de treinta y cuatro años, de alguien que debe estar lleno de vida y esperanzas en el porvenir".

Si él mandó traer al niño de Estados Unidos y a sus parientes les dio títulos y dinero para comprarlo, era un asunto que su muerte podía solucionar. Yo amo a Max, pero amo más a mi imperio. Si él flaquea y entrega su sable, yo puedo rescatar a México de las tinieblas aunque tenga que besarle la mano al diablo encarnado en Napoleón III.

Finales de junio,
ésta —tal vez— es mi última carta

Si alguien llegara a leer las cartas que te he mandado no podría entender sus líneas. Antes y después de que rompieras nuestro pacto siempre escribí las palabras precisas: queridísimo ángel, tesoro entrañablemente amado o sol de mis días. Pero hoy todo es distinto, nada de lo que brota de mi pluma es una regla de etiqueta; ni siquiera cerraré estas páginas diciéndote que te soy eternamente fiel. Anoche copulé con el Diablo para lograr que sus soldados vuelvan a nuestro reino, y ahora te escribo con el corazón en la mano.

Amado mío, te perdono todo lo que hiciste. En mis sueños te revelaste como San Jorge y, después de profanarme, Napoleón III cabalgaba a tu lado con la mirada gacha por el remordimiento. Sin ningún contratiempo podemos devolverle el niño a los Iturbide, a ellos sólo les importa el dinero. Dejemos que se lo queden y presuman los blasones que no tienen, sólo así podremos cumplir nuestro pacto que casi era un secreto. Tú sabes que los únicos que fueron capaces de intuirlo fueron mi hermano Felipe y tu madre, la emperatriz de Austria. Él se burlaba de mis planes, ella me acusaba de un crimen que jamás cometeré: desde el día que aceptamos la corona de México, dejó de pronunciar mi nombre delante de sus allegados. Nunca más fui Carlota y gracias a sus palabras me transformé en el ángel de tu muerte.

Las palabras de Felipe también llegaron a mis oídos. "A Charlotte sólo le importa ser soberana, no le importa de qué y no le interesa de dónde", decía a la menor provocación, y cerraba afirmando que me conformaría con la corona de un carnaval. A pesar de sus burlas, algo de razón tenía. Yo nací para ser una reina y nada ni nadie podía interponerse con mi destino. Tú y yo sabemos que te obligué a que aceptaras la corona de un país desgarrado, a que renunciaras a tus derechos en la Casa de Habsburgo y recibieras la ayuda de Napoleón. Un reino de plata era suficiente para pagarle a sus tropas y darle todo lo que quisiera. Juárez estaba derrotado y huía mientras las tropas de Francia ocupaban el territorio que nos recibiría como la más grande de las bendiciones.

Nuestro pacto parecía seguro, absolutamente firme: seríamos emperadores y, cuando nuestro reino estuviera fuerte, engendraríamos un heredero. Mientras tanto, nuestras familias serían nuestros súbditos y nuestros cuerpos se fundirían con el imperio. Nosotros seríamos México y México sería la encarnación de sus majestades.

Mientras el sol alarga las sombras

¿Recuerdas el primer día en nuestro reino? Cuando desembarcamos en Veracruz nos recibieron con desgano. La sombra del indio manchaba el muelle y se adentraba en las calles; sin embargo, poco a poco comenzamos a descubrir cuánto nos amaban: en Puebla, la ciudad entera festejó nuestra llegada y, al llegar a la capital, la gente se daba de codazos y se empujaba con tal de besarnos la mano. Mis cortesanos no tenían la mejor educación y la etiqueta les estaba negada. Hoy sé que tenías razón y el tiempo que gastaste en escribir las reglas de los ceremoniales pronto dio frutos.

Los malos momentos no nos amilanaron. El horror a los piojos y las chinches en nuestra primera noche pronto quedó atrás gracias a los arquitectos y los decoradores que cruzaron el océano con los rollos de muaré y los gobelinos precisos. Los emperadores no podíamos vivir de la misma manera como lo hacían el indio desharrapado y su tribu herética.

En un santiamén tomamos las riendas del imperio y comenzamos a dirigirlo hacia el mejor de los futuros: los indios que odiaba Juárez fueron arropados con nuestros mantos y las leyes buenas se publicaron sin que nadie se opusiera. Sin embargo, tras la obediencia y las caravanas, el odio se escondía. Tú resultaste demasiado liberal para los clérigos y los clericales, y mi alma se volvió inflexible ante sus exigencias.

Por más que lo desearan, la emperatriz no sería el títere de nadie.

Más tarde,
luego de darte un tiempo para que pienses en mis palabras

La abulia y el hartazgo te atenazaban, ellos eran los fantasmas que te perseguían en el castillo y en el palacio. Querías ser el emperador, pero te negabas a gobernar. Por eso pretextabas enfermedades o inventabas viajes para explorar la naturaleza del imperio en las nalgas de una india. No te critico por eso: yo quería ser emperatriz, tú sólo querías vivir la vida. Nuestro pacto no incluía tu fidelidad y apenas tenía una cláusula que te negaste a cumplir.

Tomar las riendas del imperio era mi responsabilidad y mi deseo más ferviente.

Yo era la reina virgen que podía mantener a raya a los demonios franceses y los diablos clericales; yo era la única que podía salvar a nuestros súbditos más miserables y lograr que Satanás no hundiera sus garras en el imperio. No niegues lo que siempre has sabido: yo soy hombre y mujer, yo soy la emperatriz y la generala, yo soy el arcángel con la espada desenvainada y la Virgen que parirá al nuevo Jesús, al rey de reyes que conquistará al mundo y pasará a la historia como el creador del imperio eterno. Juárez sólo es el Anticristo que será degollado por mi espada de fuego.

Nada hiciste para salvarnos del infierno. Delante de Satán Napoleón curvaste la espalda, y no fuiste capaz de pactar la paz con el indio. Por más cartas que enviaste, ninguna fue respondida y, luego de que alzabas los hombros, invitabas a Knechtel a recorrer los jardines de Cuernavaca. Por eso, cuando el diablo de Bonaparte ordenó la retirada de sus tropas, te bastó con barajar las cartas de la abdicación. Mientras tanto, yo me transformaba durante las noches de insomnio y visiones. Nadie se dio cuenta de que la piel se desprendió de mi carne para transformarse en el manto de la Virgen, en el poder de la noche, en la furia de los cometas que todo lo deciden.

Por eso te mandé la carta mortal y por eso también abordé el barco que me llevaría a Francia para recuperar el imperio que se desmoronaba por tus dudas y tu actitud blandengue. Durante los primeros años habías sido el títere de Napoleón y en ese momento lo eras de Miramón, de Mejía y de un asesino eternamente borracho. Ellos, junto con el obispo poseído por Satán, eran capaces de hacerte firmar lo que fuera: tu abdicación, el llamado a crear un gobierno con el indio y la guerra hasta la muerte eran las cartas que barajaban sin preocuparse por tu vida.

Mientras avanzaba hacia Veracruz, los susurros de Dios guiaban mis pasos. Si no tenía un peso para cubrir mis gastos y los de mis damas era lo de menos, Nuestro Señor me envolvía con su luz y me ordenaba que mantuviera la frente en alto. La futura madre del verdadero redentor todo lo podía. Tu miembro ya no me hacía falta, la preñez me sería revelada por un ángel cuya voz sería idéntica a las trompetas celestiales.

Pero Satanás se atravesó en mi camino para entorpecer los planes divinos. Cuando llegué a París apenas me esperaban unos pocos leales, el demonio encarnado en Napoleón me negó los honores y me hizo esperarlo hasta que las telarañas se adueñaron de mi rostro. Por fin nos encontramos y me dijo que la aventura mexicana era un fracaso del que valía más alejarse. De nada sirvió que le ofreciera materializar siete mil arrobas de oro delante de él, y sólo volteó a ver a la reina cuando le dije que sus soldados volverían acaudillados por la emperatriz arcángel, por la generala que enmudecería los cañones y apagaría los fuegos con una plegaria.

Todos los enemigos se hincarían ante mi cuerpo desnudo y lo besarían antes de sumarse a nuestras tropas.

Él era una advocación del indio endiablado y lo único que le interesaba era envenenarme.

Esa puerta estaba cerrada y mi vida corría peligro. Por eso hui a los dominios del Papa. Casi nada comí durante el viaje, apenas fui capaz de probar algunos bocados que mis damas compraban en los tenderetes que Dios me señalaba. Su Santidad me recibió y, al ver el chocolate que bebía, no pude resistir. Tomé la taza y metí los dedos para lamérmelos con tal de atreguarme las ansias. Pío IX se quedó callado y apenas me miró. Los cardenales que lo acompañaban me obligaron a volver a mi asiento.

Uno de ellos repitió las palabras de Napoleón: el imperio mexicano estaba perdido y valía más que lo abandonáramos a su suerte. Nadie, absolutamente nadie, nos censuraría la abdicación y podríamos volver a Miramar para ser lo que fuimos. Lo oí con cuidado y lo observé hasta descubrir quién era. La ropa encarnada ocultaba su piel escamosa y la cola rematada con una punta de lanza, su espalda curvada escondía las alas de murciélago y, en la orilla del solideo, se le asomaban los cuernos.

¿Junio?

Aquí sigo y aquí seguiré. Todas las semanas llegará Riedel y sólo me mirará para confirmar que no tengo remedio. Apenas salgo de cuando en cuando y los ojos me arden cuando las visiones se alejan. Los jardines que creaste están secos y las ramas muertas se entrelazan con las rejas, en los rincones de mis aposentos las telarañas adornan las esquinas y los muebles tapizados con los más finos brocados están heridos por el polvo y el abandono. La lepra es la única dueña de Miramar y las criadas me miran con los ojos del Diablo. Las legiones infernales son invencibles. Ya no tengo en quién confiar y las nueces que me entregan siempre están marcadas por la ponzoña. Tengo hambre. En mi cuerpo los huesos se revelan como el martirio preciso, mientras que en mi rostro se ha posado la mariposa de la muerte. Pronto, muy pronto llegará la misma lepra que torturó a santa Catalina, pero —al igual que ella— el mal desparecerá de mi piel para que pueda entregarme al Crucificado.

Tengo que esperar.

Pase lo que pase debo resistir para comprender las visiones que cada día se vuelven más confusas: Napoleón es Dios y el Diablo, es el salvador de mi reino y el hombre que te condena a muerte; Juárez es el Anticristo y el pastor que se hinca delante de mi lecho para rezar por la vida de mi hijo, el Cristo renacido que gobernará a todos los hombres y las naciones... Tú también te revelas ante mis ojos: eres el Jesús martirizado que me obliga a desnudarme para poseerme, eres el ángel exterminador que me asesina por el pecado de la soberbia. Tú eres el amante perfecto y el hombre que me desprecia, el abúlico que sólo vive para oler el mechón de una muerta y el padre del Rey de Reyes, el hombre que me arrebata la vida y me devuelve la existencia.

El imperio volverá. Yo dejaré de ser la noche para convertirme en la Virgen iluminada que le entregará su cuerpo a Dios y al Diablo, a Napoleón y a Juárez, a las hordas heréticas y a los soldados que cruzarán el océano. Tú también me poseerás, desnudo y ensangrentado después de que desciendas de la cruz.

Hoy lo entiendo todo: la eternamente fiel debe morir para salvar al imperio.

XIX

Benito

Los aullidos del vendedor que caminaba bajo su ventana le ardían en los oídos y el dolor en la sien no cedía. Cada latido era un martillazo y cada grito se transformaba en un cincel. Por más que fuera el que era, no podía darse el lujo de ordenarle a los guardias que le retorcieran el gaznate al muerto de hambre que lo torturaba sin darse cuenta. El merenguero apenas era uno entre miles y, aunque a veces le repateara, Benito debía mantener las apariencias. Un presidente sabio y magnánimo no podía darse el lujo de condenar a muerte a un pobre diablo que trataba de ganarse la vida de una manera casi decente. El paño en la frente nada podía contra el dejo del fracaso que se metía por la ventana junto con el olor del pulque y los bramidos del ambulante.

A pesar de sus brillantes mandatos, la indiada y la leperada se empecinaban en seguir viviendo como las bestias. Por más bandos que publicaba, ellos no abandonaban los cuartuchos que ofendían la vista y el olfato. La plaza grande también era un chiquero, los comerciantes la recorrían con sus mulas zurronas o con las jaulas en el lomo; por añadidura, ahí se veían los que caminaban con una canasta sobre la cabeza y los que arreaban a los guajolotes y los chichicuilotes condenados a la escabechina que les daría la oportunidad de andar tres pasos sin cabeza. Sólo los aguadores guardaban silencio mientras se dirigían a las casas de sus clientes. Sus lenguas se mantendrían amordazadas hasta que la criada les abriera la puerta y la piropearan con palabras que le chamuscaban las orejas a sus patronas. "Con esos chamorros es una lástima que sea vigilia", les decían mientras que las sirvientas les reclamaban con una sonrisa.

El trajín no paraba y los gritos se eternizaban, lo único que cambiaba era lo que se vendía. Cuando llegara la noche, el olor de las castañas asadas se adueñaría de su despacho, mientras que en las cadenas de la catedral se reunirían las señoras de siete apellidos para desearle la muerte y una larguísima estancia en el infierno. Por más que sus maridos les jalaran la rienda, esas fufurufas jamás entenderían cuál era su lugar en el mundo: esas viejas, como las escopetas, siempre debían estar cargadas y detrás de la puerta. La política y el país eran cosas de hombres, las suyas eran los confesionarios, su casa, sus hijos y sus maridos. Pero él las metería en cintura: los romances franceses les serían prohibidos para siempre y lo mismo haría con todo aquello que les impidiera servir a la patria como lo que realmente eran.

—Mis leyes todo lo pueden y alumbran el futuro —murmuró el señor presidente entre martillazo y martillazo.

ꙮꙮ

Los paños humedecidos con vinagre y medio dracma de azúcar de plomo fracasaron por completo. Su frescura apenas duraba un instante y caía rendida ante el calor de su frente. La receta del doctor Alvarado sólo había servido para un carajo y, para acabarla de joder, la dieta que le impuso lo mataba de hambre. Lo único que le faltaba era que le ordenara que hirvieran un pollo cinco veces y cinco veces le tiraran el agua para que él lo chupara y escupiera la poca sustancia.

La oscuridad y el silencio eran la única cura posible.

El miedo a que una vena de la cabeza se le reventara lo obligaba a contener las ganas de vomitar. Las quemaduras en el gañote por el reflujo eran mejores que la muerte. Por peores que fueran los martillazos, Juárez no podía terminar sus días con la cabeza sambutida en una bacinica y ahogado en su guácara. Si las litografías de los periodicuchos ya lo retrababan como un escarabajo gordo o como un tirano contrahecho y ataviado con el bicornio de los lunáticos, esa manera de morir le arrebataría el mármol que debía labrarse después de que se largara del mundo. Él no era un cualquiera, tampoco era un derrotado que terminaría colgado de las patas como el Habsburgo en Querétaro. Benito había sobrevivido a dos guerras sin una herida, y la Huesuda sólo podría llevárselo mientras estuviera sentado en la silla del águila y con la banda tricolor cruzándole el pecho.

☯

A esas alturas sólo le quedaba una opción para tratar de librarse de las dolencias. Por eso llamó a uno de los criados del palacio y le ordenó que corriera las cortinas de su despacho. El señor presidente no podía rebajarse a hacer algo tan indigno y contrario a su investidura, para eso estaban ellos, los que tenían la obligación de servirle y lamerle las suelas cuando se sintiera apesadumbrado. Un lomo arqueado era mejor que el vinagre y el azúcar de plomo.

La penumbra y el grosor del terciopelo que aminoraba los gritos le permitieron cerrar los ojos y aflojar el cuerpo. El olor del aceite quemado en las lámparas era lo único que aún le molestaba, daba lo mismo si era grasa de ballena o sebo de buey. Cuando la cabeza lo amenazaba con estallarle, cualquier aroma le daba en cara sin importar su finura. Margarita conocía este secreto, por eso nunca se perfumaba y cuidaba que en sus sobacos jamás faltara una generosa embarrada de bicarbonato.

Benito tenía que serenarse, su corazón también podía traicionarlo. Por más que el doctor Alvarado le sonriera, la confianza en su cuerpo estaba irremediablemente perdida. Su humanidad era aliada de Lerdo y Díaz, de los zopilotes que seguían sus pasos y husmeaban en su oficina. Tal vez la única persona de la que aún podía fiarse era su esposa. Margarita conocía algunas de sus oscuridades y sus flaquezas no le eran desconocidas; pero siempre supo guardar silencio delante de él y de todos. Las debilidades del presidente eran un asunto de Estado. Las habladurías podían terminar oliendo a pólvora y al sudor de las asonadas.

☙❧

Poco a poco, los golpes del pulso disminuyeron hasta convertirse en un eco, en un dolor tolerable que le devolvió la cabeza. Cuando su respiración recobró el ritmo, Juárez no tuvo más remedio que aceptar lo inevitable: por más que la duda se mantuviera firme, no valía la pena seguir buscándole tres pies al gato. ¿Qué caso tenía preguntarse sobre las causas de su victoria? A pesar de Díaz y el resto de sus oponentes, seguía aposentado en la presidencia sin que nadie pudiera darse el lujo de hacerle sombra. El dinero, los compromisos o la derrota del imperio eran lo de menos. Los votos por méritos o por interés dieron el mismo resultado: ninguno de sus rivales logró tantas manos alzadas en el Congreso.

Lerdo estaba más que conforme con su cargo, y a pesar de sus desplantes, Porfirio ya no era un problema digno de considerarse: con un plumazo le había arrebatado la mayoría de sus soldados y, cuando la sombra de la derrota lo alcanzó, se largó a Oaxaca con ganas de quedarse sosiego y sin ganas de emprender una campaña de a deveras. Lo suyo no pasó de ser un chismerío que apenas repitieron algunos periódicos de mala muerte. Y, para coronar su derrota, sin hacerse del rogar aceptó las haciendas que el Congreso del estado le entregó por sus servicios a la patria. Gracias a la falta de tropas, la sombra de los pertrechos y la riqueza que le cayó por decreto, Díaz metió el rabo entre las piernas y con la mirada gacha se lamió el orgullo herido. Los barriles de azufre y las barras de cobre que le regalaron fueron condenados al añejamiento en uno de los graneros de La Noria.

Por más telarañas que tuviera en la cabeza, Benito no podía negar lo que a leguas se miraba: el general Díaz no tenía los tamaños para desafiarlo y tampoco logró escapar del castigo divino. El señor presidente jamás había olvidado los señalamientos del Levítico que le enseñaron en el Seminario: "Ninguno se acercará a una parienta para descubrir su desnudez". ¿Quién podía dudar que la condena del cielo lo alcanzó para cobrarle el peor de los pecados? Sus tres hijos se murieron uno tras otro para pagar su incesto. A diferencia de él, que se había agenciado una blanca sin dote, Porfirio fue incapaz de conseguirse una mujer que no fuera de su familia. Delfina era su sobrina y la mala sangre por partida doble asesinó a su simiente.

掙

Quebrarse la sesera por las causas del triunfo en las elecciones no tenía ningún sentido. Ese pasado estaba pisado y él estaba en la silla. Ahora, sus esfuerzos tenían que concentrarse en lo que verdaderamente importaba. Por más que lo quisiera, Benito no podía arrinconar la realidad y entregarla al suplicio de la inexistencia. Desde los tiempos de Paso del Norte, la Constitución era el mayor de sus estorbos. La ley por que la habían matado e incendiado durante tres años era una monserga, y no le quedaba más remedio que aceptar que Pelagio y el Macabeo tenían razón en sus ansias de derogarla. Esa ley era una mierda. Mientras el eco de los latidos se desvanecía, el recuerdo de las palabras de Nachito volvía con toda su fuerza.

—Gracias a la Constitución, cualquier tinterillo de una oficina de quinta tiene más libertad de acción que el presidente de la república —le dijo para justificar su apoyo al cuartelazo que apenas le permitió mantenerse en la silla durante unas cuantas semanas.

El muertito y los alzados no estaban equivocados.

La voz de Comonfort era un presagio ineludible. Para mandar sin ataduras ni estupideces burocráticas no había otro camino que transformar la Constitución por completo. Los pliegos sobre los que los liberales y los moderados extendieron la mano derecha para jurar fidelidad eran una estupidez en todos sus párrafos. Esa ley sólo podía ser un recuerdo, una invocación que justificara los caprichos del presidente.

El problema no tenía vuelta de hoja: un país de decretos era mucho mejor que una nación de leyes.

છ૭

El plan parecía perfecto: la Constitución debía transformarse en una sombra; sin embargo, los arrecifes y los malos vientos le salieron al paso. Esa singladura sería más difícil que conquistar la presidencia. Por más dinero que les diera y por más decretos que firmara con tal de que se amansaran, los diputados preferirían cortarse las manos antes de votar a favor de sus reformas. Ninguno era tan imbécil como para entregarle el poder que les permitía apergollarlo cuando se les pegaba la gana.

Aunque el corazón le reventara por la furia, Juárez no tenía más remedio que obedecer las leyes, y esos malamadre podían votarlas y transformarlas a su antojo con tal de joderlo. Nunca podría ser el todopoderoso hasta que los diputados cayeran y tuviera el derecho a vetar las leyes que no le cuadraran. A todos les debía quedar claro que el señor presidente ya no era el tinterillo del despacho de don Tiburcio Cañas, y mucho menos el criado de los legisladores.

Pasara lo que pasara, el Congreso tendría que dividirse para cederle su fuerza.

છ૭

La luz del gobierno omnipotente se ensombrecía y los días de Juárez quedaron marcados por la soledad y el silencio, por los dolores de cabeza que sin piedad iban y venían. Su puerta estaba cerrada para los ministros y los militares. Y ningún diputado podría entrar a su despacho hasta que tuviera claro qué podría hacer para destruir las leyes que le ataban.

La entrada sólo se abrió una tarde para recibir al doctor Alvarado. Sus urgencias eran distintas.

Don Ignacio no aceptó el asiento que le ofreció, y Juárez apenas alzó los hombros al escuchar su rechazo. Si el médico se quería ir pronto, mejor para él.

—¿Cómo está? —preguntó con ganas de que todo terminara rápido.

—Ya no se puede hacer nada, su destino está en manos de Nuestro Señor —le respondió Alvarado con una voz absolutamente neutra.

Juárez apenas levantó la mirada durante un instante y el doctor terminó de darle el parte.

—No hay medicina que pueda salvarla... tampoco resistiría una cirugía, el éter terminaría con su vida antes de que pudiéramos extirpar los tumores. Sólo me queda la posibilidad de ofrecerle una muerte sin dolor, el láudano le dará el consuelo que necesita. Le dije que lo bebiera cada vez que lo necesitara: su tranquilidad es lo más importante.

El señor presidente se levantó de su trono y se pasó la mano por la barba lampiña.

—Parece que mi mujer no entiende lo que pasa...

Alvarado se quedó callado.

—Margarita no puede darse el lujo de morirse en este momento, y usted, por el bien de la patria, tiene que mantenerla viva hasta que todo se arregle.

☙❧

287

Por primera vez desde el día que volvió a casa de don Antonio con un traje nuevo y una corbata que fingía ser de seda, su mujer lo traicionaba en la peor de las circunstancias. Ella era peor que Díaz y su corazón, más ingrata que Lerdo y los diputadetes que le debían el puesto. Apenas tres veces fue a verla a su recámara, lo mejor era que pasara las noches en uno de los sillones de su despacho. Los quejidos y el sueño babeante por el láudano le impedirían concentrarse en el futuro del país.

Margarita entendió sin necesidad de palabras, las largas ausencias todo lo explicaban.

Los dolores y los lengüetazos de la agonía debían silenciarse hasta que el señor presidente estuviera dispuesto a darles su visto bueno. Beno era el dueño de su vida y su muerte. La posibilidad del consuelo era imposible: su destino se había entrelazado con el de Susana, la hija tullida y enloquecida que su marido abandonó con tal de librarse de las manchas y los estorbos.

Tal vez, si ella resistía lo necesario, el señor presidente se dignaría a cargar su ataúd y le daría el consuelo de enterrarla junto a sus hijos.

❦

La respuesta llegó como un rayo lento. El señor presidente era el pueblo, y el pueblo era el único que podía cambiar las leyes. Esa tarde, en las paredes de la capital comenzaron a pegarse los papeles que anunciaban la victoria de la leperada: Juárez la convocaba a la plaza grande para que a mano alzada determinaran el futuro de la patria. México no podía volver a caer en manos de los retardatarios y los ensotanados. El pueblo, sin necesidad de escuchar las idioteces de la ley es la ley, decidiría si el presidente tenía el derecho a vetar las decisiones de un Congreso conservador y si éste debía dividirse en dos cámaras.

❦

La furia se desató antes de que el engrudo se secara. Los diputados lo acusaron de ser peor que Judas: si ese maldito vendió a Jesús por trece monedas, Juárez asesinaría a la Constitución con tal de convertirse en un tirano, en un criminal con un cuchillo en la mano. Sus ansias de poder no tenían freno y debían ser castigadas a sangre y fuego. Si el gran traidor había muerto colgado y con las tripas reventadas, el presidente tendría el mismo castigo y su cadáver se llenaría de gusanos delante del balcón de palacio. La ley era la ley y la justicia era la justicia. Sólo dos diputados intentaron justificarlo en la tribuna. No lo lograron, los gritos en las gradas y el resto de los legisladores los obligaron a huir de la Cámara.

Los ataques no se quedaron atrás en los periódicos que se discutían en los cafés y las piqueras donde el olor de la pólvora era más fuerte que la peste de la sobaquina. Esos reclamos se transformaban en un coro perfecto cuando señalaban al hombre que había luchado por mantener la ley y ahora quería destruirla para convertirse en algo más siniestro que el peor de sus enemigos. Juárez era un pérfido, un zaino, un traidor que merecía la peor de las penas. La litografía que mostraba al escarabajo obseso que mataba a la Patria a garrote vil era una imagen que a muchísimos les parecía más que certera. Los tambores de la asonada también se escuchaban en los lugares donde nadie se atrevía a pedir las fichas del dominó o los dados del cubilete.

❧

Los gritos de los vendedores habían enmudecido. El silencio que lo envolvía sólo se quebraba cuando escuchaba el grito de "¡Muera Juárez!" Cada vez que el reloj de su despacho daba una campanada, la situación se volvía más tensa: con una nota garabateada y sin firma, Lerdo le advirtió que la Suprema Corte no defendería su idea de votación a mano alzada. La Constitución la prohibía. Benito estaba arrinconado y no podía ir a su despacho para ponerles los puntos a las íes: don Sebastián estaba jugando sus mejores cartas y, si el presidente caía, de inmediato se convertiría en su sucesor sin tener que esperar la llegada de la muerte.

Los telegramas sólo traían noticias funestas: Vidaurri le ordenó a sus tropas que se reunieran en sus cuarteles y estuvieran listas para partir a la capital, Díaz se juntó con los políticos oaxaqueños y algo muy parecido ocurría en Jalisco y Zacatecas. Para colmo de la desgracia, ningún militar se había apersonado en su despacho para ofrecerle su apoyo. Sóstenes Rocha, uno de los generales de su confianza, estaba desaparecido, y el perro que le juró que estaría con él hasta la muerte cuando Porfirio abandonó el palacio, apenas le respondió por medio de su asistente.

—Mi general salió de la ciudad y, mientras no regrese, nos quedaremos en el cuartel —le dijo al mensajero con sobrada gallardía mientras el general caminaba por el patio.

☙❧

Antes de que cayera la noche estaba derrotado. Más de cincuenta diputados llegaron a Palacio Nacional y entraron a su despacho sin pedir permiso. Sus guardias habían bajado las armas cuando se encontraron con ellos, los generales que los escoltaban bastaban para obligarlos a rendirse y dar un paso atrás.

La penumbra del despacho apenas ensombrecía sus rostros.

—Licenciado Juárez —le dijo el que estaba al frente—, formalmente le notificamos que, si no retira sus pretensiones, el Congreso lo desconocerá en una hora y le ordenará a las tropas acantonadas en la capital que tomen Palacio Nacional para instaurar una presidencia interina.

Benito se levantó de la silla y bajó la mirada. El momento de la rendición había llegado, pero algo de dignidad debía quedarle.

—Entiendo su molestia —dijo con la voz quebrada—, pero ustedes comprenderán que este lamentable acontecimiento sólo fue un error de interpretación jurídica. Como presidente estoy obligado a obedecer y velar por la ley, por esta razón, delante de ustedes, ordenaré el retiro del bando...

—Tiene una hora para hacerlo —le respondió el diputado.

Los legisladores todavía no llegaban a la puerta de palacio cuando el ruido de las herraduras lo obligó a asomarse. En la plaza arribaban los soldados que estaban listos para cumplir las órdenes del Congreso.

೦|೦

En el centro de la ciudad, las espátulas raspaban las paredes. Ninguna huella podía quedar de la intentona del presidente. En el despacho las lámparas estaban apagadas, la oscuridad era la soberana incomparable, la dueña de todo, la única que podría revelarle el futuro. A fuerza de repetir las mismas palabras, Juárez trataba de convencerse de que no todo estaba perdido.

La orden de que lo dejaran solo se cumplió hasta las últimas consecuencias. Los guardias custodiaban los pasillos con la certeza de la lealtad perdida. Los pasos y las voces no podían perturbarlo. Necesitaba pensar sin que nadie lo interrumpiera. A pesar de todo, Benito logró sonreír a medias: su corazón no le había jugado una mala pasada y ningún metiche vería la llegada del doctor Alvarado.

Por lo menos en principio, ése era un buen consuelo.

೦|೦

Los diputados lo habían obligado a echarse para atrás, pero aún podía enfrentarlos. Todos tenían un precio y él estaba dispuesto a pagarlo con creces para seguir en la presidencia. La plata era más poderosa que la metralla.

Mientras trataba de sumar el dinero que era capaz de agenciarse en unos cuantos días, los golpes en la puerta lo obligaron a levantarse.

Sin pedirle permiso, el criado la abrió. Algo grave había ocurrido, de otra manera los guardias le hubieran impedido el paso.

—Doña Margarita —le dijo el sirviente.

Su cara lo explicaba todo.

Benito caminó hacia la recámara casi olvidada.

El esfuerzo por mantener el paso firme y la espalda recta era inmenso. Todo se estaba desmoronando, y su mujer se sumaba a sus enemigos.

Entró sin anunciarse y miró a su esposa. Los ángeles de la muerte flanqueaban su lecho.

—Perdón... —murmuró Margarita.

Juárez no se acercó a la cama, tampoco la tocó.

Los ojos de la muerta se quedaron fijos en el techo.

ꩰ

El cadáver de su esposa no le negó la posibilidad de lucrar. Aunque los diputados jamás la creyeron, la versión oficial de los hechos sostenía que Benito había permanecido al lado de doña Margarita durante toda su agonía; ahí estuvo, día y noche sin comer ni dormir. El rosario que le daba consuelo y le ayudaba a pedir un milagro jamás abandonó su mano. El señor presidente era un marido ejemplar y, sólo por eso, durante una semana hizo a un lado la monomanía de trabajar por el bien de la patria. El bando que rasparon de las paredes también se ganó una explicación conveniente: sólo había sido el error de un burócrata que lo dio a conocer sin consultarlo con nadie. "Un quedabién que ya perdió el trabajo", remataban los que se dedicaban a recitar la mentira completa.

Mientras los cirios alumbraban al cuerpo de Margarita, Juárez se quedó en su oficina para recibir en privado el pésame de los políticos y los militares. Nadie debía verlo cuando hablaba con ellos para restaurar los puentes quemados. Ninguno se fue con las manos vacías: a unos les tocó una parte del tesoro público, a otros les entregó el decreto que les permitiría quitarse el mal sabor de boca. El cortejo aún no partía al panteón cuando el periódico del gobierno comenzó a imprimir los nombres de las personas que recibirían los terrenos y los edificios de la Iglesia gracias a un préstamo avalado por el presidente.

—Nadie puede apoyarlos como yo, nadie puede darles lo que yo les doy y les daré —le dijo Benito al diputado que lo había amenazado.

El legislador asintió y le dio un abrazo.

☙☙

Un par de discursos bastaron para enterrar a doña Margarita junto a sus hijos que murieron en Nueva York. Los malos vientos se habían alejado y las nuevas elecciones lo obligaban a abandonar las cursilerías. El viudo dolido apenas se mostraría delante de la gente. Jamás diría que tenía intención de volver a casarse, la mujer que escogiera seguramente lo traicionaría o sería una loca que no dejaría de zandunguearse para dejarlo en ridículo. Y, a la hora de la hora, el miembro casi nunca se le entiesaba. El viejo cosquilleo que se aplacaba con la mano derecha sólo volvía cuando estaba sentado en la silla dorada y le imponía su voluntad a quien estaba delante de él. El moco de guajolote que le colgaba entre las piernas ya no daba para más.

A pesar de su pene flácido, los sueños en los que se miraba como el becerro de oro se mantenían firmes. Sin embargo, Benito sólo tenía una estrategia para mantenerse en la presidencia y la repitió como si fuera la mejor receta. La confianza en el dinero, los bienes y los cargos parecía suficiente para lograr la cuarta reelección. Sin embargo, las cosas no eran tan simples. La gente estaba harta, y los periódicos lo desnudaban para mostrar su futuro: "Juárez sólo es el candidato de sí mismo —se leía en uno de ellos—, él seguramente creerá en su estrella y olvidará que esas estrellas se eclipsan en México, como sucedió con las de Santa Anna, Miramón y Maximiliano. El licenciado Juárez es idéntico a quienes fueron sus enemigos".

El señor presidente no terminó de leer el artículo de *El Siglo Diez y Nueve.* A fuerza de arrugarlo y desgarrarlo se atreguó los latidos. Ninguno de los chupatintas que posaban como liberales le hizo caso a sus amenazas, tampoco se cortaron las manos para dejar de difamarlo. Ninguno de esos muertos de hambre podía entender que el señor presidente no era como sus enemigos. Beno se soñaba como el padre de la patria, como el hombre predestinado, como el gran legislador que transformaría al país en un paraíso gracias a la muerte de la Constitución. Él era México y la silla presidencial era parte de su cuerpo.

A gritos llamó al general Sóstenes Rocha. El militar tuvo que abandonar la plática en la que le explicaba a sus subalternos los secretos de la bebida que lo hizo famoso: lo mejor que podía tomarse antes ir a la batalla era un fajo de aguardiente con la pólvora de un cartucho.

—A sus órdenes, señor presidente —le dijo mientras se cuadraba.

El general escuchó su misión y, por primera vez, se atrevió a llevarle la contra.

—Se me hace que eso no se puede, las cosas están de color de hormiga y, si mis hombres toman la imprenta de Cumplido, van a tronar de a deveras. Por favor, piénselo, señor presidente.

Juárez tomó aire para tratar de serenarse.

—De acuerdo —le dijo al general Rocha—, pero en este instante mande a sus hombres vestidos de civil para que compren todos los periódicos y los quemen en los llanos de Balbuena. Usted será culpable si un solo ejemplar de *El Siglo Diez y Nueve* sigue en la calle.

☙❧

Los aliados de don Sebastián y los militares que se sumaron a Porfirio no aceptaron los sobornos. Los pocos que estiraron la mano, se llenaron la bolsa para darle la espalda cuando salieron de su despacho. A pesar de la incesante sangría a las arcas, la victoria no estaba firme. La presidencia eterna se tambaleaba. Sólo Dios sabe cuántas veces se reunió con Lerdo para ofrecerle el toro y el moro hasta que logró un pacto endeble; en cambio, el general Díaz ni siquiera se tomaba la molestia de recibir a sus enviados. Todos llegaron a La Noria y vieron las fraguas trabajando a todo vapor.

—No se preocupen —le decían a los mensajeros—, estas armas siempre estarán al servicio de la patria.

La rebelión era un hecho y no había manera de contenerla.

Antes de que pudiera atacarlo, Porfirio se largó de Oaxaca para levantarse en armas en el norte. La frontera era su mejor amparo: por ella pasarían las armas y, en caso de un revés, le permitiría refugiarse en Estados Unidos para seguir conspirando. El Plan de la Noria cayó en suelo fértil y el grito de "no reelección" cundió en aquellos rumbos sin que nadie pudiera evitarlo: en Monterrey, el general Treviño comenzó a avanzar con sus tropas hacia la capital y en Zacatecas se le sumaron los hombres de Donato Guerra.

—A grandes males, grandes remedios —le dijo el señor presidente al general Sóstenes Rocha.

Y, después de echarse el farolazo de rigor, partió al frente de sus tropas para enfrentar a los alzados.

෧෨

Cuando los hombres del general Rocha iban a medio camino, las cosas tronaron en la capital. El murmullo de los porfiristas que exigían la no reelección se transformó en un grito de ira y la turba se hizo más grande. Ahí estaban los seguidores del general Díaz y los de Lerdo, los hombres que se confesaron antes de tomar su pistola y los liberales que estaban dispuestos a jugarse la vida con tal de ponerle freno a la dictadura.

El tumulto se adueñó de algunas calles del centro y los gritos que exigían la muerte de Juárez no conocían el sosiego. La pedrada que hizo añicos la ventana del despacho del señor presidente fue la gota que derramó el vaso.

—La piedad está muerta —le dijo Juárez a uno de los subalternos de Sóstenes Rocha.

Las tropas que aún estaban en la capital se hicieron cargo de la matanza. Los batallones se formaban en línea y, sin dar la voz de alerta, dispararon en contra de los rijosos. Los enemigos del presidente huyeron. Sus pasos se dirigían hacia los templos o sus casas. Algunas puertas se abrieron para darles cobijo. Sin embargo, la mayoría no llegaron muy lejos. La caballería los atacó y los sables rajaron los cuerpos de los que se atrevieron a insultar al becerro de oro.

Esa noche, Benito salió del palacio custodiado por dos pelotones.

Las calles del Centro estaban ensangrentadas y los soldados las lavaban a cubetazos. Nadie supo cuántos habían muerto, pero el señor presidente estaba seguro de que cada cadáver había sido necesario.

—El país necesitaba purgarse —le dijo al general que se encargó de la matanza.

ᘓᘔ

El día de la votación en el Congreso, Benito ganó por milagro. A todas luces, las elecciones habían sido un fraude orquestado desde palacio. El triunfo era amargo y las lealtades estaban envenenadas.

La guerra había comenzado y muchos generales dudaban sobre el bando al que debían sumarse.

Su permanencia en la silla sólo dependía de la victoria de Sóstenes Rocha.

XX

Porfirio

El recado del Chato llegó el mismo día que me notificaron su muerte. Dos riatazos de ese tamaño no los aguanta cualquiera. Para no quebrarse hay que estar acostumbrado a llevar en ancas a la Huesuda o, ya de perdida, uno tiene que revolcarse con ella en el catre de un hospital de campaña mientras al matasanos le tiembla el cuchillo en la mano. Yo hice las dos cosas, y aquí sigo, casi tranquilo y con el alma entera; mirando el despeñadero y con las orejas paradas para oír el trote de los bandoleros que bajarán de la sierra. ¿Para qué me desespero? Todo es cosa de darle tiempo al tiempo y, manque quiera pensar otra cosa, mi hermano estaba condenado a muerte desde el día que lo parieron.

Por más que quiera hacerse el loco, el Tigre Lozada no puede dejarme plantado a mitad de la nada después de que atravesé el país para que nos juntáramos. Los dos nos necesitamos y no hay manera de sacarle la vuelta al problema que tenemos: el indio de mierda nos tiene en la mira y, si nos descuidamos tantito, alguien jalará el gatillo. Para entender lo que pasa no hay que llamar a una gitana para que nos tire las cartas: al Tigre se lo quiere echar por imperialista, por ser el amo y señor de estos rumbos; a mí me la tiene jurada desde el día que dejó de decir que yo era un "buen chico" y se dio cuenta de que jugaría en su contra. Los veinte años que me lleva no lo volvieron mi padre, y yo aprendí a cargarme a los que se me ponían enfrente.

Ni Juárez ni yo podemos darnos el lujo de hacerle al tío Lolo: México se mira muy chiquito para aguantar a dos cabrones de nuestro tamaño. El tiempo de los acuerdos ya se acabó: uno de los dos tiene que morirse para solucionar el problema. Todo es cosa de ver de qué cuero salen más correas.

♋

En las últimas palabras del Chato clarito se oían los sinsabores de la derrota y el ofrecimiento de que no se echaría para atrás manque nos cargara la tiznada. Mi hermano siempre fue un hombre de palabra y un militar de a deveras. Quien lo dude nomás tiene que ver sus papeles en el Colegio Militar, ahí están las pruebas de su hombría y de las veces que se jugó la vida.

—Vamos a perder —me dijo con la boca de uno de sus hombres de confianza que me leyó su recado—, Juárez nos va a ganar, pero quiero darte esta última prueba de afecto, porque lo que es el indio, nos friega.

Como todos los que se van a morir, el Chato alcanzó a mirar el futuro: al general Treviño y al buen Donato ya les partieron la madre y, si el Tigre no se suma a mis soldados, en menos de lo que canta un gallo lo voy a alcanzar en el cielo o, en un descuido, capaz que nos topeteamos en el infierno.

♋

Al Chato se lo fregaron los rencores y las malquerencias, por eso mero le decía que no se fiara de los juchitecos aunque de dientes para afuera dijeran que estaban de mi lado. Entre esa gentuza nomás hay una persona decente: la Juana Cata, que es más leal que el más fiel de mis hombres. No importa que nuestros amores se hayan apaciguado desde antes de que me casara con Delfina, ella es una cacica que a veces puede mover las piezas para que cuadren sin chispas ni raspones. Mi hermano no era así, lo comecuras se le subía a la cabeza y por eso lo mataron a la mala: la vez que entró al templo de Juchitán y lazó la imagen de san Vicente para arrastrarla por la calles hasta que se hizo pedazos fue el anuncio de su muerte. Para acabarla de amolar, puso a sus hombres a recoger los trozos de madera, los metió en un ataúd con un Diablo pintado en la tapa y se los entregó al mayordomo para aclararle las cosas.

—Esto es para que sepa quién manda; si el santito fuera tan poderoso me habría mandado un rayo para achicharrarme antes de que me lo escabechara, pero él está muerto y yo sigo vivo —le dijo al fulano que preparaba la fiesta del patrono del pueblo.

Para Félix, aquella guerra no sólo era en contra de los ensotanados y los retardatarios; los santos, las vírgenes y los cristos también debían ser degollados y martirizados. El Diablo es el único que sabe a cuántos arcángeles fusiló sin darles la oportunidad de tener un juicio donde alguien los defendiera. El Chato estaba seguro de que sólo había una manera de curar a los indios del fanatismo: el sacrilegio les dejaría claro que nadie debe hincarse delante de unos palos. Lo raro del asunto es que nunca se metió con los curas. A mí me consta que no le faltaban ganas de cortarles las orejas y arrancarles la lengua para que no predicaran ni escucharan a la gente en el confesionario, pero no lo hizo... capaz que se quedaba sin alguien que oyera sus pecados antes de que la muerte se lo llevara.

Los juchitecos se la tenían guardada. Esos cabrones son taimados y nunca olvidan manque el hígado se les pudra. Por eso fue que unos fulanos lo atraparon y lo amarraron para arrastrarlo. Con un verduguillo apenas afilado le cortaron sus partes y antes de que se desangrara le prendieron fuego. La lumbre le chamuscó la lengua y sus gritos se quedaron mudos, la única seña de sus dolores era su cuerpo retorcido y ceniciento.

¿Qué le vamos a hacer? El Chato tenía el alma pesada y la mirada caliente, por eso no entendía que, a veces, hay que ceder para ganar. Nada nos cuesta entregar lo que no importa con tal de quedarnos con lo que sí vale la pena. Ni modo, así es la vida, y él se la jugó en una sola carta.

ↂ

Cuando andábamos en el mismo bando y yo era un "buen chico", todos creían que éramos uña y mugre. Los que lo conocían de tiempo se sorprendían de que me sonriera y me diera una palmada cuando nos despedíamos.

—Te quiere como si fueras su hijo —me dijo uno de sus achichincles con ganas de quedar bien conmigo.

A lo mejor tenía razón, pero a mí se me hace que estaba equivocado. En esos días, Beno se llenaba la boca diciendo que nos parecíamos enormidades. Los dos éramos oaxacos, los dos destripamos el Seminario y éramos masones y liberales a carta cabal. La única duda que quedaba era cuál era el más colorado. Esas palabras parecían ciertas y él no se tentaría el alma para jurarlas sobre la Biblia, pero la verdad es que apenas eran otra de sus engañifas.

Juárez nunca me quiso y todo el tiempo me usó hasta que me salí del huacal para echarme el quiquiriquí que anuncia la llegada de los gallos de pelea. Yo sí los tengo bien puestos, y él sólo sabe huir de la capital cuando las cosas truenan de a deveras.

ↂ

Por más que lo dijera y lo redijera no somos iguales. Todos somos del mismo barro, pero no es lo mismo bacín que jarro. Cualquiera que nos vea, luego luego se da cuenta de que a leguas se notan las distancias que nos separan: yo no soy un anciano tripón que anda con la calentura de encorsetarse para aplanarse el vientre que le alarga los ojales de la bragueta. Y, cuando los años me pesen, tampoco voy a ser un carcamal que se pinta los pelos y se unta la jeta con clara de huevo para esconder la edad. Mi bigote encanecido

300

será más tupido que el de Maximiliano y en mi pecho estarán las medallas que contarán mi historia. Yo lo he visto de cerca: cuando hace un gesto, la piel se le resquebraja para llenarle de caspa la chaqueta. Por más que se haya llenado el hocico, la sangre nos separa: Beno tiene la marca de lo zapoteco y yo apenas soy medio mixteco. Él es un indio por los cuatro costados, yo soy un mestizo con todas las de la ley.

Si fuimos al Seminario y nos hicimos pendejos mientras estudiábamos en el Instituto es otro cantar. El agua y el aceite nomás no se juntan. Mi tío era el obispo de Oaxaca y a él le mataba el hambre un franciscano que apenas tenía para tragar y, en las clases con los avinagrados, nuestros caminos fueron distintos: nunca fui el criado que se tragaba las sobras de los banquetes y jamás me vestí con los harapos con tal de que no me vieran en cueros. Lo que nos quedó de esos días también nos distancia: a Juárez le encantan los profundismos y todo el tiempo se la pasa presumiendo de ser un sabihondo; pero a mí me vienen guangas las tarugadas de los leguleyos que se sienten filósofos.

¿Para qué le buscamos chiches a las culebras? Las cosas siempre son más fáciles. A la hora de la verdad, el palabrerío sólo tiene una respuesta: ese pollo quiere su maíz y hay que ver cómo se lo damos sin salir raspados. Si lo rechaza, pus ya ni modo; después del pan viene el palo.

☙❧

El mandil que se cuelga y su grado 33 también son pura faramalla. Cuando le andaba oliendo el fundillo a los hermanos de Oaxaca, Beno tenía la cabeza retacada de pensamientos abracadabrantes. Para no variar, los profundismos lo tenían más mareado que la cola de un perro. Lo único que le faltaba era meterse a las tarugadas de las mesas voladoras y los encuentros con los espíritus que llegan a conversar con cualquier pendejo. A mí no me marean, yo lo oí palabreando sobre esos asuntos y, para que nadie le llevara la contra, siempre remataba diciendo que había sido el mejor profesor de física del Instituto. Ésa era otra de sus mentiras y no se amarraba la lengua para completarla diciendo que en la guerra había sido teniente.

Manque se beneficiara con las decisiones de los hermanos, al buen Juárez no le alcanzaba la sesera para entender lo que pasaba delante de él. La masonería era pura política y el chiste era chaquetear en el momento preciso. Eso de ser escocés, yorkino o del Rito Nacional Mexicano nomás era una pose, y él, aunque era veleta, no pudo congraciarse con todos. Cambiar de bando tiene su gracia y no basta con andar rezando o con llamar al Diablo. Al final, los del aceite y los del vinagre lo repudiaron hasta que Comonfort lo salvó por pelos para llevárselo a la capital. Beno sólo quería hacerse de mulas y por eso perdió el rumbo: el que nunca ha tenido y llega a tener, loco se quiere volver.

Lo mío era distinto. La casa de mi madre estaba casi enfrente del templo donde le rezan a la Virgen de la Soledad con su manto negro y sus lágrimas que se convirtieron en perlas. Ella es la dolorosa, la madre que solloza por las traiciones de sus hijos. Si la madre de Dios me cuidaba era lo de menos, a unos pasos también estaba el lugar de perdición donde se reunían los masones para hacerle al ensarapado. Yo los miraba entrar y saludarse como perros mientras mi tío me daba razón y cuenta de ellos. Los secretos del confesionario no estaban sellados. A todos les conocía su historia y tenía bien claro quiénes se hicieron ricos con la expulsión de los españoles y la persecución a los curas. Por eso, cuando todavía estaba en el Instituto y me invitaron a la logia, las manos se alzaron a la primera.

Mi nombre ya sonaba y todos sabían lo que yo sabía.

Valía más que me tuvieran cerca y me ayudaran a avanzar... en el fondo, los hermanos tenían bien claro que los recompensaría cuando llegara el momento y su lealtad quedara probada. Por eso, cuando las cosas empezaron a oler a asonada, no se detuvieron para mandar a La Noria algo de lo que se necesitaba. Sin decir esta boca es mía me ayudaron a levantar la fundición para los cañones al lado del trapiche y, manque algo se quejaron por el dinero que desembolsaron, también llevaron las máquinas para fabricar cartuchos. Al principio nadie se dio cuenta de cómo llegaron; los masones conocen los secretos del contrabando y saben a quién tienen que embarrar para que todos se queden ciegos.

ఁఙఁ

Las manos no me temblaron cuando tuve que agarrar el sable por primera vez. Desde que nací, mi madre me dijo que mi tona era un tigre. El día que me parieron, las huellas de esa bestia estaban en la entrada de la casa. Mis hombres y mis enemigos siempre supieron a qué atenerse: la ordenanza se cumplía a rajatabla, la lealtad y la valentía se premiaban y, como debe ser, no me tentaba el alma para cargarme a los prisioneros y los desertores. A fuerza de horcas y paredones, la Huesuda se acostumbró a las ancas de mi montura y ninguno de los enemigos y los traidores alcanzó a ver la mañana. A mí no me importa que me quieran, lo único que quiero es que me teman y me obedezcan. Por las buenas o por las malas, los soldados tienen que cumplir mis órdenes.

Los que andan diciendo que soy un carnicero no conocen la guerra y siempre se echan para atrás cuando truenan los balazos. Ellos no saben lo que se tiene que hacer para derrotar a los enemigos. Yo me escapé de la cárcel de los franceses y, desde que era un chamaco, ninguna reja pudo detenerme; yo me escondí en las cuevas de las fieras del monte y avancé con mis tropas hasta que se les reventaron las botas. También perdí algunas batallas por culpa de los generales que sólo sabían ser tenderos, pero gané las importantes y mi ejército se convirtió en el viento del fuego.

La gente no se imagina lo que hice por mis hombres y, a lo mejor, vale más que nunca se entere. Yo soy buen carpintero y por eso le salvé la vida a uno de mis bravos. La metralla le había destrozado la pierna y el médico se frunció a la hora de cortársela.

—Hágase a un lado —le dije.

Sus compañeros lo amarraron a la camilla y yo tomé el serrote. Al primer repasón el soldado se desmayó, pero seguí hasta que quedó a todo dar.

—¿Ya ve que sí se puede? —le dije al doctorcito antes de ordenarle que lo lavara y lo suturara.

El cojo me quedó agradecido y estuvo a mi lado hasta que la muerte se lo llevó en uno de los combates.

La guerra es la guerra y no hay de otra más que matar para que no te maten. Por esto también somos distintos: Beno es un hombre pasivo, yo soy imparable.

☙

El Chato tenía razón, a los mestizos nos salva la sangre que nos aclara la cabeza. Por más que recemos y nos santigüemos, el fanatismo no corre por nuestras venas. Una cosa es rezarle a la Virgen de la Soledad y otra muy distinta es que le dejemos todo a ella. La indiada es distinta, el buen Beno primero fue un fanático de Dios y luego lo fue de sí mismo. A lo mejor por esto es que los sin calzones lo siguen hasta la muerte: los prietos no pueden pensar por sí mismos y a punta de palos aprendieron a bajar la cabeza, a confiar en el gobierno y a esperar la llegada del mesías que les abrirá la puerta del cielo.

Juárez sólo saca raja de ellos y, manque alcen los machetes, les arrebata sus tierras para pagar sus chuecuras y engordarse la bolsa. Dios sabe que nunca me los fregué a la mala: los mixes y los zacapoaxtlas siempre se sumaron a mis tropas y, aunque son unos traicioneros, los juchitecos me respetan la pluma. Los mestizos sabemos cómo tratarlos y darles sus chicotazos cuando lo necesitan. Si el lomo no les queda llagado, los prietos son capaces de levantarse en armas para exigir que regrese el látigo que los atregua. En cambio, los indios que mandan a los indios siempre son deslamados y, con tal de emblanquecerse la piel, son capaces de las peores tropelías con los que son iguales a ellos.

Poco a poco aprendimos a mal mirarnos. Yo tenía el tiempo por delante, a él la muerte se le venía encima. Mis victorias le ardían como si le embarraran sal en las heridas, y sin que le importaran las consecuencias hizo todo lo que pudo con tal de detenerme. A Oaxaca no llegaron los fusiles ni los cañones que mandaron los yanquis; los dineros del gobierno también eran una ausencia y los cartuchos se convirtieron en suspiros de carencia. Para Beno era mejor que Maximiliano ganara a que yo lo hiciera. Si Miramón o Márquez me pasaban por las armas me volvería el mejor de los héroes: el muerto al que le dedicaría un discurso con tal de robarse mi gloria.

Cuando se dio cuenta de que no podía frenarme, Beno comenzó a alejarme, a repelerme como si fuera un leproso. Nunca más volvió a sonreírme y la palmada de despedida dejó de tocarme. Él creía que mi fastidio delante de los profundismos me impedía hilar muy fino y tejer encajes. Estaba equivocado de cabo a rabo. Por más que lo quisiera, era incapaz de entender que la guerra también enseña a trabar alianzas, a sumar a los que saben de estrategia y a los que les sobran los que ponen las gallinas. Por eso fue que no la vio venir. El día que Nacho Ramírez y Memo Prieto empezaron a hacerme la ronda, las cosas se pusieron de la tiznada: Juárez sabía que yo era su enemigo, que los liberales de a deveras se sumaban a mi bando y que, manque la vida me fuera en eso, no iba a permitir que se convirtiera en Santa Anna.

Reconozco que después de que cayó el imperio me hice a un lado. Hay tiempos de espera y también los hay de cosecha. Aunque ya se me quemaban las habas, no me quedaba más remedio que reconocer que Beno se merecía la presidencia. Mal que bien, peor o mejor había aguantado toda la contienda. Mis desplantes nomás eran para que le quedara claro que sí había alguien que le podía jalar la rienda. Cuatro años me estuve sosiego y no tuve la tentación del acero; pero todo cambió cuando se le metió en la cabeza la necedad de reelegirse. Su tiempo se había acabado y las trampas me colmaron el plato.

Por eso estoy aquí, a mitad de la nada, esperando a los hombres del Tigre y deseando que sus males se lo carguen. Yo no le saco la vuelta a la guerra, pero hay veces que los enemigos se merecen los puentes de plata que los llevarán al cielo.

Epílogo

Antes de irse, el doctor Alvarado repitió la muletilla y no tuvo más remedio que jurar en vano. Dios no lo llamaría a cuentas por ese pecado y su confesor lo absolvería antes de que terminara de contarlo. Hiciera lo que hiciera, su paciente estaba condenado a muerte. El secreto de sus males se conocería aunque la cera sellara sus labios. De nada sirvieron los cigarros de alcanfor, los baños de asiento, las cataplasmas y el agua sedativa. La dieta que lo obligó a seguir tampoco dio resultado: los tallarines en caldo de pollo, los huevos fritos y el arroz con verduras no le atreguaron los latidos; el vaso de pulque fino a la hora de la comida, el jerez a media tarde y el rompope antes de acostarse no lograron calmarle el pulso ni disminuyeron la opresión que le quebraba el pecho. Su mal era incurable. La *angina pectoris* lo mataría en poco tiempo y, tal vez, lo mejor era llamar a un cura piadoso, al sacerdote que no le negaría los santos óleos y sería capaz de perdonar lo imperdonable. Sin embargo, no se atrevió a sugerirlo. Sus palabras serían barridas por las razones políticas.

Benito agonizaba y, sin que nadie tuviera que decírselo, el médico conocía las causas de su derrota definitiva. Desde hacía varias semanas, en los periódicos se comentaba la noticia de que el general Díaz se había levantado en armas en su contra. Los catorce años que había estado en la presidencia ya no daban para más. La tintura de los huesos de mamey tatemados, la faja que se ponía para detenerse el vientre y los trajes perfectamente cortados no lograrían detener a la parca. La gota de su última reelección había derramado el vaso y las tropas de su rival quizá llegarían a la capital. El mundo de Juárez se desmoronaba; la maldición del padre Salanueva lo había alcanzado: el señor presidente moriría cuando dejara de ser un trashumante.

ை

Después de que Porfirio desenvainó el sable y el general Rocha salió a enfrentar a los alzados, el presidente se encerró en Palacio. Sólo una vez salió a la calle para mancharse las suelas con la sangre de la masacre que había ordenado. Nadie podía entrar a su despacho ni a su recámara. Una ojeada fue suficiente para que descubriera las garras de la desgracia que destripaba los tapetes.

A pesar de la matanza, en la Plaza Mayor no estaba la plebe desgañitándose para rogarle que no abandonara la silla y la guiara hasta el fin de los tiempos. Los pocos que ahí estaban no se dignaban mirar a su balcón y ni siquiera suspiraban por la bandera que se negaba a ondear. Afuera, en las calles y en los cafés, se reunían los porfiristas y los lerdistas que exigían su renuncia para impedir que la sangre siguiera derramándose. Las vidas de los soldados y los civiles valían más que sus años en la presidencia.

El fraude que pagó con dinero público no logró doblegar a sus enemigos y sólo revivió los fuegos que, desde sus días en Paso del Norte, corrían bajo la superficie. Ninguna ley a modo podría garantizar su permanencia en el palacio. Los periódicos no estaban equivocados: el hombre que había logrado transformarse en el becerro de oro estaba a punto de ir a dar al mismo lugar de Santa Anna y Maximiliano. Sin derecho a la apelación, el salvador de la patria, el hacedor de la segunda independencia, el creador de las leyes y el eternamente impasible sería juzgado cuando entraran las tropas de su enemigo. Por más que quisiera imaginarlo, Porfirio no le perdonaría sus desplantes ni sus culpas.

A pesar de las manos alzadas en el Congreso, la silla se le iba de las manos y su fortuna tampoco resistiría las andanadas. Sus hijos volverían a ser lo que Benito había sido: unos muertos de hambre que rogarían por un pan o una tortilla mohosa en la puerta de la iglesia.

ထ

Ignacio Alvarado no alcanzó a acomodarse en su consultorio y los pacientes que lo esperaban tendrían que volver al día siguiente. No todas las emergencias eran iguales. Beno, el hijo mayor del señor presidente, había entrado sin tocar la puerta. Nada tuvo que decirle, el médico sólo tomó su maletín y se subió a la berlina que lo esperaba. Ninguna explicación le dio a sus enfermos, la enfermera que lo asistía se encargaría de inventarles algo más o menos convincente.

Esa tarde no entró al palacio por la puerta de la servidumbre ni avanzó con calma por la escalera que lo ocultaba de las miradas y las habladas. La urgencia canceló la necesidad de ocultarlo.

Llegó al dormitorio y de inmediato dio una orden.

—Traigan agua caliente, muy caliente.

Delante de él estaba lo que quedaba del señor presidente.

La garganta de su paciente se hinchaba para tratar de respirar y del pecho le salía un silbido grave. Su piel se miraba grisácea, sus manos eran las garras que trataban de arrancarse la carne y sus ojos enrojecidos estaban fijos en la banda tricolor que reposaba sobre uno de los sillones.

El agua no tardó en llegar y con una jícara comenzó a vaciarla sobre Benito.

Su cuerpo se arqueaba y las ámpulas le brotaban en el pecho.

Alvarado no se detuvo hasta que la garganta se le desgarró a su paciente. El grito ahogado y las manos que trataban de alcanzar la banda tricolor fueron las últimas señales de vida.

El médico se alejó unos pasos.

No tenía caso intentar resucitarlo, lo único que podía hacer era cerrarle los ojos y destrabarle la quijada antes de cubrirlo con la sábana. La Virgen le había susurrado que no cumpliera con su última voluntad: el hereje debía morir sin tener en las manos la banda presidencial.

Suspiró y salió de la recámara para dar la noticia.

—El señor presidente dejó este mundo —le dijo a los que esperaban.

Nadie gritó, ninguno lloró.

๑

El doctor Alvarado caminó hacia una sala cercana y se quedó sentado. Tenía ganas de fumar, sólo así alejaría de sus labios la posibilidad de pronunciar una plegaria. Alguien debía decirle qué medidas se tomarían. Lerdo, el hombre que había conservado el primer lugar en la sucesión, pasó sin verlo. Con calma se asomó a la recámara y volvió sobre sus pasos.

—¿Sabemos qué provocó su muerte? —le preguntó al médico con serenidad.

—El corazón —respondió el doctor.

Don Sebastián lo tomó del brazo con delicadeza y lo llevó a un lugar casi lejano. Era obvio que nadie podría escuchar sus palabras. El poder es un susurro que quiebra los montes.

—Ningún presidente se puede morir de un ataque al corazón —murmuró mientras lo miraba a los ojos—, los hombres como él merecen algo más digno.

Don Ignacio Alvarado no discutió. El acta que dio cuenta de la muerte hablaba de una acumulación de sangre en el cerebro, de una neurosis en el gran simpático. Lerdo la leyó con calma y apenas le pidió una explicación.

—Fue por pensar demasiado —le respondió el médico que se negaría a cobrar sus honorarios.

❀

La Huesuda había ganado la partida en el ala norte del palacio. Esa noche, los ires y venires parecían no tener fin. Las reuniones que Lerdo presidía también parecían interminables. Las decisiones que debían tomar no eran pocas: el cadáver de Juárez los había puesto en graves aprietos. Algunos querían entregarlo a sus enemigos para que lo arrastraran por las calles hasta que se convirtiera en jirones. Tal vez, el recuerdo de lo que hicieron con la pierna de Santa Anna podría darle a Lerdo el apoyo que necesitaba, la venganza era una apuesta tentadora. Sin embargo, otros insistían en cubrirlo con mármol y bronce para transformarlo en la fuente de todas las legitimidades. No sólo esto, algo debían hacer con Porfirio y los suyos. El nuevo gobierno sólo podría existir si los derrotaban o les ofrecían la paz y olvidaban las ansias del cuartelazo. Fuera como fuera, el hombre que había provocado el levantamiento ya estaba muerto.

❀

Al amanecer, una salva de cañón le avisó a los capitalinos el fallecimiento del señor presidente.

La silla presidencial se miraba vacía.

Su cuerpo fue llevado al gran salón del Palacio Nacional para que frente a él desfilaran los ciudadanos que, por lo menos en la imaginación de los políticos, lo acompañarían en el sepelio. La fila para ver el cadáver era muy larga: sus fervientes seguidores y sus enemigos, las personas que lo idolatraban y quienes lo detestaban pasaron delante del cuerpo. Los ojos ciegos acentuaban su rostro de esfinge y el olor del embalsamamiento ocultaba la peste de su derrota.

Los deseos de don Sebastián se cumplieron a carta cabal. A fuerza de rituales, Juárez se transformó en una criatura mítica, un ser casi intocable, alguien que estaba a un tris de la divinización a pesar de los odios. Sin embargo, las muchísimas caricaturas que se habían publicado en su contra, las feroces críticas que se leían en los periódicos, al igual que las palabras de las señoras persignadas que avisaban que iban a hacer del cuerpo diciendo: "voy a darle de comer a Juárez", no serían olvidadas en ese momento de luto. Y exactamente lo mismo ocurría con los sacerdotes que se alegraban al imaginarlo en el Infierno.

∞

Don Sebastián asumió la presidencia sin que nadie lo objetara. Las palabras de "la ley es la ley" adquirieron un sentido distinto del que tenían cuando las pronunciaba Benito. Su primera acción fue decretar el luto nacional por el fallecimiento de su antecesor. Las negociaciones de paz con el general Díaz podían esperar un poco. El cadáver de Juárez bastaba para alejar el miasma de la pólvora y arrebatarle la bandera a los alzados.

Lerdo sabía que con esa muerte terminaba una época. Gracias a ella se abría la tímida posibilidad de la paz y la reconciliación. Fuera como fuera, el homenaje y el duelo —real o fingido— tenían que seguir adelante: el cuerpo embalsamado fue acompañado por las tropas al panteón de San Fernando. Ahí los esperaban los masones que desplegaron sus pendones y sus mandiles, los políticos que amasaron fortunas gracias a sus leyes y los que lo abandonaron por sus corruptelas. A ellos se sumó una multitud que, después de escuchar varios discursos y oraciones fúnebres, oyó la salva del cañón que marcaba el final de la presidencia de Juárez.

Una nota para los curiosos

Por más que intentaba sacarle la vuelta, la tentación de escribir sobre Juárez me traía de un ala. El hecho de que apareciera en algunas de mis novelas —como sucede en *La derrota de Dios* o en *Pronto llegarán los rojos*[1]— no bastaba para atreguarme las ansias. Un personaje de su calibre no podía mantenerse como un actor de reparto. Sin embargo, tengo que reconocer que había problemas que me obligaban a amarrarme las manos. Cada vez que observaba los quince tomos de los *Documentos, discursos y correspondencia* reunidos por Jorge L. Tamayo[2] tenía la certeza de que todo podía saberse; pero cuando me detenía delante de otros entrepaños de mi librero, descubría que me enfrentaba a una reiteración incesante. Aunque oscilen entre la fascinación y la diatriba, la mayoría de los libros que ahí están se parecen muchísimo: la mayoría de sus páginas siguen a pie juntillas lo que contó en sus *Apuntes para mis hijos*,[3] y sólo lo aderezan con fuentes y perspectivas que no logran romper por completo con esas palabras.

---

[1] José Luis Trueba Lara, *La derrota de Dios*, México, Suma de Letras, 2010 y *Pronto llegarán los rojos*, México, Planeta, 2018.

[2] Jorge L. Tamayo (selec. y notas), *Benito Juárez. Documentos, discursos y correspondencia*, México, Libros de México, 1972.

[3] Benito Juárez, *Apuntes para mis hijos*, México, UNAM, 2004.

Para ponerle la cereza al pastel —y por alguna razón que está más allá de mis entendederas—, desde los años cuarenta del siglo pasado no se ha publicado una gran biografía de Juárez. A pesar de los sabrosísimos libros de José Fuentes Mares,[4] de las incontables historias y las varias novelas que han intentado desentrañarlo, la obra de Ralph Roeder continúa siendo insuperable.[5] Los ríos de tinta no han logrado ocultar nuestra ignorancia: Juárez sigue siendo un desconocido, un ser atrapado por el bronce o el denuesto. En el fondo, él es un personaje condenado a repetir los hechos consignados en sus *Apuntes para mis hijos*.

Debido a esto, no tenía un mapa confiable que me ayudara en mi camino; a diferencia de lo que me ocurrió con *Hidalgo, Malinche* o *Moctezuma,* no existían trabajos que me ofrecieran una mirada de conjunto que fuera capaz de convencerme. Los datos que necesitaba estaban regados en miles de páginas. Y, para acabarla de amolar, tenía claro que emprender este trabajo podría llevarme a la derrota: un personaje que atraviesa y marca una buena parte de la historia del siglo XIX me conduciría a una novela infinita, o una saga que tendría más tomos de los que podría crear. La maldición de la gigantomaquia me asechaba cada vez que pensaba aporrear el teclado.

☙

Los malos augurios no pudieron detenerme y comencé a escribir esta novela con la certeza de que las lecturas acumuladas me ayudarían en la ruta y apenas tendría que revisar algunos libros para

[4] José Fuentes Mares, *Juárez y la intervención*, México, Jus, 1962; *Juárez y el imperio*, México, Jus, 1963; *Juárez y la república*, México, Jus, 1963 y *Juárez y los Estados Unidos*, México, Jus, 1964. Vale la pena aclarar que algunas de estas obras se editaron por vez primera a comienzos de los años sesenta y que su autor las fundió en los ochenta.

[5] Ralph Roeder, *Juárez y su México*, México, FCE, 1984 (edición original: 1947).

apuntalar ciertos detalles. Las razones que me llevaron a tomar esta decisión son fáciles de contar. En los últimos meses de 2021, cuando platicaba con Pablo Martínez Lozada, editor de Océano de México, me comprometí a entrarle al toro por los cuernos. Obviamente, mi desplante era una chifladura en la medida que no tenía claro cómo podría escribir la novela sin ser devorado por lo inconmensurable. Cada vez que miraba el grosor del *Juárez y su México* caía en cuenta de la magnitud de la empresa que me aguardaba. Un soplido del monstruo bastaría para que naufragara.

Por fortuna, a comienzos de 2022, la suerte me sonrío: en una misma semana leí *El cuarto jinete* y conversé con Verónica Murguía. Ella había logrado lo que me parecía imposible: escribir una novela breve sobre la inmensidad de la peste negra y halló la solución arquitectónica en *La cruzada de los niños*, de Marcel Schwob. Sólo un coro con las voces precisas era capaz de dar cuenta de un asunto infinito. La existencia de estas páginas se debe a mi buena fortuna, a una solución que ya había puesto en práctica en otras de mis novelas y que, por alguna causa que no alcanzo a comprender, no me había llegado a la cabeza. La tozudez de olvidar mis libros después de que son editados me cobraba con creces el deseo de la desmemoria. Sin Verónica Murguía y la relectura de Schwob no me hubiera atrevido a seguir adelante y habría hecho todo lo posible para convencer a Pablo de que cualquier otro proyecto era mejor que éste, aunque las sombras de Porfirio Díaz y la emperatriz Carlota se mostraban tan poderosas como la de don Benito.

∞

Sé bien que esto lo he dicho en demasiadas ocasiones, pero no me canso de repetirlo como si fuera un mantra: este libro es una novela y no pretende ser una obra de historia con todas la barbas; tampoco busca revelar verdades absolutas o las conspiraciones que permanecían ocultas, y —por supuesto— también está muy lejos de ser la versión definitiva sobre su protagonista. En mi caso, la historia nutre a la literatura, a la imaginación que llena huecos y crea realidades a fuerza de palabras.

Si bien es cierto que esto es una novela, algo de verdad hay en sus páginas que, para no variar ni perder la costumbre, se alimentaron de una perspectiva marcada por la incorrección política. Contar la historia del pastorcito que llegó a presidente jamás estuvo en mis planes y, para remachar mis malas mañas, decidí que algunas de sus voces estarían marcadas por los derrotados, por los que no se sumaron a la religión laica encarnada en Juárez. Incluso, en más de un caso, intenté que reflejaran una época distante del bronce y el mármol que ocultan al Benemérito.[6] Un hecho que le abrió la puerta a lo abominable: el machismo a ultranza, el racismo feroz, el fanatismo de tirios y troyanos, y la evisceración de los liberales como héroes inmaculados.

La razón de mi proceder casi es obvia: no se trataba de enlodar a don Benito, sino de asomarse y magnificar una época sangrienta y terrible, al tiempo que me adentraba en las oscuridades de sus protagonistas. Las novelas de buenos y malos nunca me han gustado, siempre he preferido las que muestran las pugnas de los malvados contra los malvados.

∞

A pesar de que no lo cumpliré a carta cabal, no puedo cerrar estas páginas sin dar cuenta de las principales obras que las nutrieron y algunas de las decisiones que —sin dejo de culpa— me llevaron a traicionar "la realidad histórica" (si es que existe).

Los hechos ocurridos en Querétaro casi son verdaderos y están

---

6 Sobre este asunto puede verse el libro de Rebeca Villalobos Álvarez, *El culto a Juárez. La construcción retórica del héroe (1872-1976)*, México, Grano de Sal / UNAM, 2020.

respaldados por algunos libros que me resultaron indispensables.[7] Las licencias que me tomé están vinculadas con la escritura de una novela o son resultado de las fuentes que se contradicen, tal como sucede con lo que ocurrió durante el embalsamamiento de Maximiliano o con el momento en que se trajeron los ataúdes de los hijos de Juárez a México. En estos casos, al igual que en el resto de estas páginas, mis decisiones no se tomaron a partir de la obra que tuviera mejores fuentes o de una comprobación absoluta de sus señalamientos: siempre elegí la que mejor le venía a la trama. Además, en este capítulo hice todo lo posible para apuntalar la narración con textos de otras procedencias y que nada tienen que ver con la vida del protagonista, como ocurrió con uno de los ensayos de Francisco González-Crussí, el cual me permitió adentrarme en el mundo de los preparadores de cadáveres.[8]

Si Juárez se esconde tras el mármol de los *Apuntes...* y las hagiografías, Margarita Maza lo supera con mucho. Después de leer algunas de sus biografías no me quedó más remedio que asumir que eran una repetición incesante; debido a esto apenas conservé una a mi lado sin preocuparme gran cosa por cuál era.[9] Por fortuna, esta limitación me llevó por un camino que resultó interesante: la posibilidad de pensarla como una mujer del siglo XIX, que por

[7]   En concreto me refiero a Ramón del Llano Ibáñez (comp.), *Miradas sobre los últimos días de Maximiliano de Habsburgo en la afamada y levítica ciudad de Querétaro durante el sitio a las fuerzas del imperio en el año de 1867*, México, Universidad Autónoma de Querétaro / Miguel Ángel Porrúa, 2009; Carlos Tello Díaz, *Maximiliano. Emperador de México*, México, Debate, 2017; Konrad Ratz, *Querétaro: fin del segundo imperio mexicano*, México, Conaculta / Gobierno del Estado de Querétaro, 2005 y Esther Acevedo, *Por ser hijo del Benemérito. Benito Juárez Maza 1852-1912. Una historia fragmentada*, México, INAH, 2011.

[8]   Francisco González-Crussí, "Una visita al embalsamador", en Francisco González-Crussí. *Día de muertos y otras reflexiones sobre la muerte*, México, UAM / Verdehalago, 1997.

[9]   Raúl González Lezama, *Margarita Maza. La vida de una mexicana en su momento histórico*, México, INEHRM, 2021.

azares de la vida terminó en el candelero y con una fortuna que no exageré un ápice.[10] Su dote inexistente, la posibilidad de mirar a Benito como un buen partido, el peso del racismo y la certeza de que se merecía sus bienes y su posición son hechos probables e indemostrables; algo que no ocurre con la hija del Benemérito que fue víctima de la demencia.[11] También es necesario señalar que algunas de sus palabras están tomadas de la biografía casi novelada de Héctor Pérez Martínez, de un ensayo de Alejandro Rosas y otras obras que a ratos la mostraban.[12] Asimismo, desde este capítulo comienza a notarse la presencia de una de las fuentes indispensables para la vida de Juárez: los *Apuntes*... que no abandonaron su lugar en mi escritorio, aunque mi lectura se aleja de las que tradicionalmente se han hecho. No quise seguirlos a pies juntillas, sino ponerlos en tela de juicio. Creo que esas páginas no estaban destinadas a su descendencia, sino a los lectores del futuro. Juárez se imaginaba de mármol y así quería pasar a la historia. Lo mismo ocurrió con un brevísimo ensayo de Friedrich Katz que me acompañó hasta el final de la escritura aunque su mirada era distinta de la novela que buscaba crear.[13]

Antonio Salanueva es otro de los fantasmas que rodean a Juárez. Hasta donde pude averiguar, sólo se ha encarnado en los *Apuntes*... que cuentan una historia tan extraña como la del pastorcito que tocaba la flauta. Confieso que el hecho de que formara parte

[10] En este caso me resultó utilísimo un ensayo de Pablo Majluf , "Juárez no era austero", en *Letras Libres,* 15 de agosto de 2019.

[11] *Vid.* María del Carmen Vázquez Mantecón, *Muerte y vida eterna de Benito Juárez. El deceso, sus rituales y su memoria*, México, UNAM, 2006.

[12] Héctor Pérez Martínez, *Juárez, el impasible*, México, FCE, 2006. "Juárez de 'a devis'", en Angélica Vázquez del Mercado y Alejandro Rosas, *Cara o cruz: Benito Juárez*, México, Taurus, 2019. Además del libro de Roeder, en este caso utilicé el *Benito Juárez* de José Manuel Villalpando (México, Planeta, 2002) y *Los caminos de Juárez* de Andrés Henestrosa (México, FCE, 1972), a los cuales también volví en otros momentos de la escritura.

[13] Friedrich Katz, "Benito Juárez", en *Nuevos ensayos mexicanos*, México, Era, 2006.

de la Orden Tercera de San Francisco y Benito contara que en su taller leyó las obras de Feijoo —a quien recordé con todo y los espectros que se muestran en su *Teatro crítico universal*— jamás me ha convencido del todo: Salanueva no podía escapar del catolicismo a ultranza. Este hecho explica la perspectiva que asumí en su carta, en cuya construcción (además de algunos de los libros ya mencionados) se hicieron presentes los de ensayos de Michael Eric Dyson, Brian Connaughton y Carlos Grama, los cuales me dieron una perspectiva del primer pecado que cometió Juárez y sobre la Iglesia en esos tiempos.[14]

La reconstrucción de la estancia de Juárez en el Instituto de Ciencias y Artes de Oaxaca y sus primeros pasos en la masonería y el gobierno —además de las biografías que ya he mencionado— está emparentada con un libro que publiqué hace unos años y algunas obras dedicadas a la historia de las logias.[15] Asimismo, lo que narro sobre la masonería en aquellos tiempos está unido al *Ensayo histórico de las revoluciones de México* de Lorenzo de Zavala[16] y a *Poinsett. Historia de una gran intriga*, uno de los libros de José Fuentes Mares.[17] Si bien es cierto que debemos asumir que es muy poco lo que se sabe sobre su primera iniciación, lo que sí es indiscutible es que ella le abrió la puerta a la burocracia y la

---

[14] Michael Eric Dyson, *Soberbia*, Barcelona, Paidós, 2006; Brian Connaughton, "De las reformas borbónicas a la reforma mexicana (1750-1876)", en Antonio Rubial García *et al.*, *La iglesia católica en México*, México, El Colegio de México, 2021 y Carlos Gama, "Del siglo XIX a la actualidad", en Antonio Rubial García (coord.), *Religiones*, México, Secretaría de Cultura, 2018.

[15] *Vid.* entre otros: José María Mateos, *Historia de la masonería en México desde 1806 hasta 1879*, México, Imprenta de la Tolerancia, 1884; Richard P. Chism, *Una contribución a la historia masónica de México*, México, Imprenta del Minero, 1899 y Félix Navarrete (Jesús García Gutiérrez), *La masonería en la historia y en las leyes de Méjico*, México, Jus, 1957.

[16] Lorenzo de Zavala, *Ensayo histórico de las revoluciones de México, desde 1808 hasta 1830*, México, Manuel N. de la Vega, 1845, 2 t.

[17] José Fuentes Mares, *Poinsett. Historia de una gran intriga*, México, Océano, 1982.

vida política, donde debutó sin pena ni gloria. Lo que parece una carrera meteórica, muy probablemente se explica por razones de lealtad y obediencia. Por su parte, la epidemia de cólera y la gran sequía son hechos reales que reconstruí gracias a un par de libros[18] y, como seguro ya se sospecha, en este caso también fui infiel al dato preciso en aras de crear una novela.

Para la creación del monólogo de Santa Anna fueron definitivos el *Santa Anna* de Will Fowler, un ensayo de Arno Burkholder y la autobiografía del caudillo.[19] Acercarse a un personaje de su calibre siempre es muy peligroso, sobre todo después de los muchos libros de historia que lo analizan y la novela de Enrique Serna[20] que —por lo menos a mi parecer— lo desnuda por completo. A pesar de estos riesgos no me negué el placer de incorporarlo y darle vida, algo que ya había hecho en *Pronto llegarán los rojos*, donde también aparecen el capitán Iniestra y la mulata con la que compartía la cama.

En buena medida, lo que cuento sobre los años de Juárez en Nueva Orleans forma parte de otra de sus biografías, la de Ivie E. Cadenhead,[21] aunque en estas páginas también son notorias las improntas de los libros de Jack London y George Orwell, los cuales —como es más que notorio— me permitieron adentrarme

[18]   Ariel Contreras Sánchez y Carlos Alcalá Ferráez (eds.), *Cólera y población, 1833-1854. Estudios sobre México y Cuba*, México, El Colegio de Michoacán, 2014 y América Molina del Villar *et al.* (ed.), *El miedo a morir. Endemias, epidemias y pandemias en México: análisis de larga duración*, México, Ciesas / Instituto Mora / Benemérita Universidad Autónoma de Puebla / Conacyt, 2013.

[19]   Will Fowler, *Santa Anna*, México Universidad Veracruzana, 2010; Antonio López de Santa Anna, *Mi historia militar y política, 1810-1874. Memorias inéditas*, México, Librería de la Vda. de Ch. Bouret, 1905 y Arno Burkholder, "Siete momentos en la vida de Antonio López de Santa Anna (1821-1855)", en Natalia Arroyo y Arno Burkholder, *Cara o cruz: Santa Anna*, México, Taurus, 2018.

[20]   Enrique Serna, *El seductor de la patria*, México, Seix Barral, 2016.

[21]   Ivie E. Cadenhead, *Benito Juárez y su época. Ensayo histórico sobre su importancia*, México, El Colegio de México, 1975.

en las peculiaridades de la miseria.[22] El tópico que muestra a don Benito como un intelectual marcado por la monomanía de la patria mientras liaba puros nunca me ha cuadrado del todo, creo que él sufrió los estragos de la pobreza y el exilio. Asimismo, en este capítulo es muy notoria la presencia de Melchor Ocampo, un personaje sobradamente escurridizo que aún no cuenta con una biografía que le haga justicia. Debido a esto, lo que narro se vincula con tres libros absolutamente contradictorios: los de Ángel Pola, Eduardo Ruiz y José C. Valadés.[23] Y, como ya es de sospecharse, con este personaje hice lo acostumbrado: elegí los hechos de su vida que mejor se acomodaban a la novela sin preocuparme por cuál tenía las mejores fuentes.

Sin contar las biografías de Juárez que ya he señalado, lo que relato sobre la revolución de Ayutla, la caída del gobierno de Comonfort y la Guerra de Reforma se sustenta en algunos libros que me resultaron fundamentales: *Méjico en 1856 y 1857*, de Anselmo de la Portilla, los tres volúmenes de *La gran década nacional*, de Miguel Galindo y Galindo y *La Guerra de Tres Años*, de Will Fowler.[24] Para el caso del sitio de Puebla utilicé una obra coordinada

---

22 Jack London, *La gente del Abismo*, Barcelona, Gatopardo Ediciones, 2016 y George Orwell. *Sin blanca en París y Londres*, Barcelona, Debate, 2001.

23 *Vid.* Ángel Pola, "Introducción" y "Prólogo", en Melchor Ocampo, *Obras completas*, México, E. Vázquez, Editor, 1900; Eduardo Ruiz, *Biografía del ciudadano Melchor Ocampo*, Morelia, Imprenta del Gobierno en Palacio, 1875 y José C. Valadés, *Don Melchor Ocampo. Reformador de México*, México, Patria, 1954. Evidentemente existen otras biografías de este personaje, pero la mayoría de ellas —como sucede con *Melchor Ocampo, el filósofo de la reforma*, de Jesús Romero Flores (México, SEP, 1944)— resultan infumables.

24 Anselmo de la Portilla, *Méjico en 1856 y 1857. Gobierno del general Comonfort*, Nueva York, S. Hallet, 1858; Manuel Galindo y Galindo, *La gran década nacional o relación histórica de la Guerra de Reforma, intervención extranjera y gobierno del archiduque Maximiliano. 1857-1867*, México, Oficina Tipográfica de la Secretaría de Fomento, 1904 y Will Fowler, *La Guerra de Tres Años. El conflicto del que nació el Estado laico mexicano. 1857-1861*, México, Crítica, 2020.

por Lilián Illades Aguiar y un pequeño volumen dedicado a esa ciudad en sus tiempos más difíciles.[25] A partir de este momento de la novela, también se hizo presente el mayor crítico de Juárez: don Francisco Bulnes, cuyos libros lo cubren desde la revolución de Ayutla hasta la caída del imperio.[26] La presencia de estas obras puede llevar a muchos lectores a acusarme de ser sobradamente parcial; tienen razón, pero las páginas de don Pancho eran indispensables en un libro como éste. El Mosco e Iniestra son los únicos personajes de absoluta ficción que hablan en este libro, aunque sus hechos tienen dejos de verdad y, en el caso del criado, hay una huella que sigue los pasos de Ryszard Kapuściński en *El emperador*.[27]

Los hechos de Veracruz y los ataques de Miramón son casi ciertos, aunque se desarrollaron en un tiempo distinto del que se habla en la novela y, de pilón, uní los dos sitios del puerto en uno solo. En esta ocasión —como en muchas otras— trastoqué la cronología y los hechos para fortalecer la narración. La verdad que los alimenta apenas se nutre de un libro de historia,[28] pues en este caso preferí utilizar las memorias de Brantz Mayer —un diplomático estadounidense del siglo XIX— y una crónica de José

[25] Lilián Illades Aguiar (coord.), *Vida en Puebla durante el Segundo Imperio Mexicano. Nuevas miradas*, México, Benemérita Universidad Autónoma de Puebla, 2017; Carlos Contreras Cruz *et al.*, *Puebla. Los años difíciles, entre la decadencia urbana y la ilusión imperial*, México, Benemérita Universidad Autónoma de Puebla / Ediciones de Educación y Cultura, 2010.

[26] Las obras de Francisco Bulnes que utilicé son las siguientes: *Las grandes mentiras de nuestra historia. La nación y el ejército en las guerras extranjeras*, México / París, Librería de la V^da. de Ch. Bouret, 1904; *Juárez y las revoluciones de Ayutla y de Reforma*, México, Antigua Imprenta de Murguía, 1905 y *El verdadero Juárez y la verdad sobre la intervención y el imperio*, México / París, Librería de la V^da. de Ch. Bouret, 1904.

[27] Ryszard Kapuściński, *El emperador*, Barcelona, Anagrama, 1978.

[28] Carmen Blázquez Domínguez *et al.*, *Veracruz. Historia breve*, México, FCE / El Colegio de México, 2012.

Emilio Pacheco.[29] Quería darme gusto como lector y no deseaba adentrarme en las obras que me llevarían por otros caminos: si el texto de Mayer se escribió antes de lo que cuento y si el de Pacheco tiene la impronta de la literatura eran asuntos que bien podía pasar por alto.

La carta de Melchor Ocampo es absolutamente falsa, lo único que pudo escribir antes de que lo fusilaran fue su testamento. Sin embargo, estoy convencido de que su creación es fundamental para la novela. Salvo lo que se afirma sobre la traición de Juárez, lo demás que se cuenta es casi cierto en medida que las discusiones sobre el Tratado McLane-Ocampo no han parado desde que fue suscrito. En este capítulo me resultaron indispensables algunos libros que no debo dejar de mencionar: la biografía escrita por José C. Valadés y, por supuesto, la crónica de su asesinato que corrió por cuenta de Manuel Payno.[30]

Mientras planeaba la novela estaba plenamente convencido de que debía tener un capítulo narrado por Miguel Miramón, un personaje que atraviesa sus páginas. Sin embargo, al final, tomé una decisión distinta: su voz debía ser sustituida con la de su esposa, una mujer que aún espera a su biógrafo o al novelista que tenga el aplomo para contar su historia y enfrentar sus *Memorias*. Concha Lombardo fue una de las grandes románticas de su época y no podía ignorarla sin lamentarlo. Sus palabras, junto con las de Margarita Maza, me daban la oportunidad para explorar dos visiones de lo femenino en aquellos tiempos, las cuales se complementarían con el monólogo de la emperatriz Carlota. Para construir este capítulo —además de los libros que consulté durante la

---

[29] Brantz Mayer, *México: lo que fue y lo que es*, México, FCE, 1953 y José Emilio Pacheco, "De Clavijero a Carranza", en Fernando Benítez y José Emilio Pacheco, *Crónica del puerto de Veracruz*, México, Universidad Veracruzana, 2019.

[30] Manuel Payno, "Ocampo", en Vicente Riva Palacio y Manuel Payno, *El libro rojo*, México, FCE / Gobierno del Distrito Federal / Tribunal Superior de Justicia del Distrito Federal, 2015.

escritura de *La derrota de Dios*— me fueron indispensables sus voluminosas *Memorias*, una obra de Montserrat Galí dedicada al Romanticismo en México y la brevísima biografía del Macabeo que escribió Conrado Hernández.[31] Si bien es cierto que algo de verdad hay en esta parte de la novela, debo asumir que muchas de sus escenas son imaginarias: el tiempo que estuvo escondida en Veracruz, el consumo de láudano y otras cosas son resultado de mis ansias literarias.

Contra lo que pudiera pensarse, Alejo no es un personaje de mi invención: fue el asistente del general Ignacio Zaragoza. Sin embargo, debo confesar que también es un fantasma o, por lo menos, una criatura inasible. Poco o nada se sabe de él más allá de algunos datos dispersos y la manera como atendió a Zaragoza durante su agonía. Debido a esto, la mayor parte de lo que escribí sobre él es una ficción, algo que no ocurre por completo en los demás hechos que se narran en este capítulo: lo que se cuenta sobre la batalla del 5 de mayo es casi real y los sucesos de Juárez durante su huida al norte también lo son, aunque todos fueron trastocados para crear esta novela. Incluso, el fragmento de la carta del general a Santiago Vidaurri es casi verdadero.[32]

Además de las obras de Francisco Bulnes que ya he mencionado, en este capítulo me resultaron utilísimos otros libros: la biografía de Ignacio Zaragoza que escribió Paola Morán, el bellísimo estudio cartográfico de la batalla de Puebla de Mayra Gabriel

---

[31] Concepción Lombardo de Miramón, *Memorias*, México, Porrúa, 2011; Montserrat Galí Boadella, *Historias del bello sexo. La introducción del Romanticismo en México*, México, UNAM, 2002 y Conrado Hernández López, "Miguel Miramón", en Mílada Bazant (coord.), *Ni héroes ni villanos. Retrato e imagen de personajes mexicanos del siglo XIX*, México, El Colegio Mexiquense / Miguel Ángel Porrúa, 2005.

[32] *Vid.* Ignacio Zaragoza, *Correspondencia y documentos*, México, Consejo Editorial del Estado de Puebla, 1979 y *Epistolario Zaragoza-Vidaurri*, México, Congreso Nacional de Historia para el Estudio de la Guerra de Intervención, 1962 (prólogo y notas de Israel Cavazos).

Toxqui y la historia del estado de Leonardo Lomelí Vanegas son algunos de ellos.[33]

Mientras preparaba esta novela me enfrenté a un problema que parecía muy difícil de resolver: a como diera lugar necesitaba que uno de los emperadores tomara la voz. Sin ellos, el discurso quedaría cojo. Durante los primeros meses me convencí de que Maximiliano de Habsburgo era el personaje indicado: el poderío de los monólogos de Carlota en las *Noticias del Imperio* de Fernando del Paso era suficiente para que no intentara acercarme a ella. Sin embargo, conforme pasaron las semanas decidí que esta huida sería un error imperdonable; seguramente esta decisión fue resultado del tiempo que le dediqué a releer algunas de sus biografías y sus cartas, y lo mismo me ocurrió al volver a las memorias de José Luis Blasio, uno de los secretarios de Maximiliano.[34] La locura de la emperatriz se transformó en un imán y decidí adentrarme en ella gracias a su grafomanía. Evidentemente, su diario es de mi invención, aunque muchos de los hechos que narra son verdaderos o resultan plausibles, justo como ocurre con el diagnóstico del doctor Riedel, el cual —en buena medida— es resultado de un libro

---

[33] Paola Morán Leyva, *Ignacio Zaragoza*, México, Planeta, 2002; Mayra Gabriela Toxqui Furlong, *Los espacios de la guerra. Puebla en 1862*, México, Gobierno del Estado de Puebla / El Colegio de Puebla, 2012 y Leonardo Lomelí Vanegas, *Puebla. Historia breve*, México, FCE / El Colegio de México, 2013.

[34] *Vid.* p. e. Susanne Igler, *Carlota de México*, México, Planeta 2002; Gustavo Vázquez Lozano, *60 años de soledad. La vida de Carlota después del Imperio Mexicano. 1867-1927*, México, Grijalbo, 2019; Laurence van Ypersele, *Una emperatriz en la noche. Correspondencia desde la locura de la emperatriz Carlota de México, febrero a junio de 1869*, México, Martha Zamora, 2016; Konrad Ratz, *Tras las huellas de un desconocido. Nuevos datos y aspectos de Maximiliano de Habsburgo*, México, Siglo XXI / Conaculta / INAH, 2008 y José Luis Blasio, *Maximiliano íntimo. El emperador Maximiliano y su corte. Memorias de un secretario*, México, Librería de la Vda. de C. Bouret, 1905. Y, por supuesto, a estas obras debe agregarse el siempre maravilloso libro de Egon Caesar Conte Corti, *Maximiliano y Carlota*, México, FCE, 2014.

de Francisco González-Crussí.[35] Incluso, es necesario señalar que una parte de lo que se narra en este capítulo hace eco de los chismes que corrieron en esos tiempos, como la enfermedad venérea que Max padecía. Por último, vale la pena aclarar que la idea del "pacto" de Maximiliano y Carlota es de mi absoluta invención, aunque me parece perfectamente acorde con su demencia y su capacidad para reinterpretar los hechos, algo parecido a lo que sucedió con las páginas que escribió sobre Napoleón III, donde el monarca se muestra como un demonio o como un dios salvador. Así pues, en este capítulo todo es verdad y todo es mentira al mismo tiempo.

En el capítulo dedicado a la última reelección de Juárez —además de las biografías que ya he mencionado— utilicé las que Ana María Cortés y Alejandro Rosas publicaron hace un par de décadas y, mientras los corregía, Pascal Beltrán publicó un brevísimo artículo del que me robé la cita de *El Siglo Diez y Nueve* y algunos otros detalles.[36] Supongo que, gracias a la amistad, Pascal me perdonará este latrocinio y el trastocamiento de sus palabras.

Porfirio Díaz estaba obligado a ser el último narrador de la novela, y su manera de contrapuntearse con Juárez casi era un tema obligado. Su enfrentamiento era notorio en muchas páginas y había que dar cuenta de él de la mejor manera posible. En buena medida, lo que cuento en este capítulo es heredero de los libros que más me gustan sobre don Porfirio y, para no variar ni perder la costumbre, decidí utilizarlos en la medida que ayudaban a construir la novela. Por esta razón —durante las semanas que le dediqué a esas cuartillas— no se fueron de mi escritorio las obras de Paul Garner, Enrique Krauze y Carlos Tello Díaz.[37] Evidente-

[35] Francisco González-Crussí, *La enfermedad del amor. La obsesión erótica en la historia de la medicina*, México, Debate, 2016.

[36] Ana María Cortés y Alejandro Rosas, *Sebastián Lerdo de Tejada* y *Porfirio Díaz*, México, Planeta, 2002.

[37] Paul Garner, *Porfirio Díaz. Del héroe al dictador. Una biografía política*, México, Planeta, 2003; Enrique Krauze, *Siglo de caudillos* y *Biografía del poder*

mente, existía la posibilidad de consultar muchas otras y seguir las recomendaciones de Mauricio Tenorio Trillo y Aurora Gómez Galvarriato,[38] pero tengo que reconocer que el placer es difícil de vencer y, en un descuido, me impedirían darle espacio a algunos de los mitos que marcan su historia: los amoríos con Juana Cata y la vez que le amputó la pierna a uno de sus soldados son dos de ellos, aunque una buena parte de lo que cuento es absolutamente verdadera, justo como sucede con los hechos del Tigre Lozada o con la muerte de su hermano.

Por lo que se refiere a la narración de la muerte de Juárez poco me queda por decir en la medida que volví a las biografías que alimentaron la novela y a un texto que hace años escribí sobre el enfrentamiento de don Francisco Bulnes con la antropolatría juarista.

ⲟⳡ

No puedo negar que mi trabajo es profundamente solitario y rima muy bien con la misantropía; sin embargo, en cada una de las páginas que tecleo se revela la presencia de las personas que las hicieron posibles. En la mayoría de las ocasiones, ellas sólo son voces o textos que llegan por correo para alumbrar mis oscuridades. Sin Guadalupe Ordaz y Pablo Martínez Lozada, de Editorial Océano de México, este libro no estaría en tus manos y, si algo bueno tiene, se debe a sus afiladas miradas y sus críticas siempre atinadas. Todas las virtudes les corresponden a ellos y todas las metidas de pata me tocan a mí.

Además de Pablo y Guadalupe, este libro también existe gracias a Fernanda Familiar: nuestras pláticas de los viernes me dieron la

(México, Tusquets, 1994 y 2014, respectivamente) y Carlos Tello Díaz, *Porfirio Díaz. Su vida y su tiempo* (de esta biografía Debate apenas ha publicado los dos primeros volúmenes: *La guerra: 1830-1867* y *La ambición: 1867-1884*).

[38] *Vid.* Mauricio Tenorio Trillo y Aurora Gómez Galvarriato, *El Porfiriato*, México, CIDE / FCE, 2006.

oportunidad de valorar algunas de mis ideas, y además posibilitaron que pudiera descubrir de qué manera las percibía el público. La huella de su programa está marcada en estas páginas. Para mi fortuna, Óscar de la Borbolla nuevamente se hizo presente en mis palabras gracias a las conversaciones que me permitieron resolver algunos de los problemas técnicos que enfrentaba.

A pesar de que todas estas personas fueron decisivas, existen algunas más cuya fuerza va más allá de esta novela: Paty, Demián, Ismael y Adri jamás me abandonaron y me llenaron de esperanza, de ganas de seguir adelante. Sus caricias y sus palabras me dieron la voluntad que necesitaba para llegar a buen puerto con este navío. Saberme amado y querido por ellos es lo único que me mantiene firme.

José Luis Trueba Lara
Ciudad de México–Puebla–Ciudad de México
18 de julio de 2022

Cronología de los "hechos reales"

FECHA	ACONTECIMÍENTO
1806	Juárez nace en San Pablo Guelatao.
1808	Nace Napoleón III.
1810	Comienza la guerra de Independencia.
1814	Nace Melchor Ocampo.
1818	Nace Guillermo Prieto. Juárez abandona San Pablo para ir a vivir a Oaxaca. Juárez comienza a vivir en casa de Antonio Salanueva.
1821	Nace Tomás Mejía. El Ejército Trigarante entra a la Ciudad de México. Se publica el Acta de Independencia.
1822	Agustín de Iturbide se proclama emperador.
1823	Nace Sebastián Lerdo de Tejada.
1824	Guadalupe Victoria ocupa la presidencia.
1825	Juárez concluye los cursos de gramática en el Seminario de Oaxaca.
1826	Nace Margarita Maza.
1827	Juárez concluye los cursos de filosofía escolástica.

1828	Juárez inicia sus estudios de teología.
	Juárez abandona la casa de Antonio Salanueva.
1829	Vicente Guerrero ocupa la presidencia.
	Tropas españolas comandadas por Isidro Barradas intentan la reconquista de México.
	Juárez ingresa al Instituto de Ciencias y Artes de Oaxaca para estudiar derecho. Muy probablemente, en este lugar comienza a tener contacto con las logias masónicas.
	Nace Ignacio Zaragoza.
1830	Anastasio Bustamante ocupa la presidencia.
	Nace Porfirio Díaz.
	Juárez es nombrado catedrático en el Instituto de Ciencias y Artes de Oaxaca.
1831	Juárez ocupa el puesto de regidor en el Ayuntamiento de Oaxaca.
1832	Nace Maximiliano de Habsburgo.
	Nace Miguel Miramón.
1833	Antonio López de Santa Anna ocupa la presidencia.
	Valentín Gómez Farías ocupa la presidencia de manera interina.
	Juárez ocupa el puesto de diputado en el congreso oaxaqueño.
1834	Santa Anna ocupa la presidencia.
	Juárez se titula de abogado.
1837	Bustamante ocupa la presidencia.

1838	Comienza la Guerra de los Pasteles. Las tropas francesas invaden México.
1839	Concluye la Guerra de los Pasteles. Las tropas francesas se retiran después de la victoria militar y de obtener una serie de acuerdos más que provechosos. Santa Anna ocupa la presidencia.
1841	Juárez es nombrado juez civil y de hacienda.
1843	Juárez se casa con Margarita Maza.
1844	José Joaquín de Herrera ocupa la presidencia. Juárez es nombrado secretario general del gobierno de Oaxaca.
1845	Mariano Paredes y Arrillaga ocupa la presidencia. Juárez es nombrado fiscal del Tribunal Superior de Justicia de Oaxaca.
1846	Las tropas estadounidenses invaden México. Juárez es electo como diputado al Congreso Federal.
1847	Juárez es designado gobernador interino de Oaxaca.
1848	Las tropas estadounidenses se retiran de México después de la firma de los Tratados de Guadalupe Hidalgo y la pérdida de casi la mitad del territorio mexicano.
1849	Juárez es electo gobernador constitucional de Oaxaca.

1853	Santa Anna ocupa la presidencia.
	Juárez es designado rector del Instituto de Ciencias y Artes de Oaxaca.
	Juárez es aprehendido y enviado a la prisión de San Juan de Ulúa, Veracruz.
	Juárez es desterrado a Nueva Orleans.
	Margarita Maza trabaja en un comercio en Etla.
1854	Juan Álvarez proclama el Plan de Ayutla y se levanta en armas contra Santa Anna.
	Santa Anna convoca a un plebiscito para decidir si continúa en la presidencia.
1855	Juárez llega a Acapulco y se suma a las fuerzas de Juan Álvarez.
	Santa Anna huye del país.
	Juan Álvarez ocupa la presidencia interina.
	Juárez es nombrado ministro de justicia por Álvarez.
	Se promulga la "Ley Juárez".
	Juárez renuncia al Ministerio de Justicia.
	Ignacio Comonfort ocupa la presidencia.
1856	Juárez es nombrado gobernador de Oaxaca.

1857	Se promulga la nueva Constitución.
	Juárez renuncia a la gubernatura de Oaxaca.
	Juárez asume el cargo de secretario de Gobernación en el régimen de Comonfort.
	Juárez asume la presidencia de la Suprema Corte de Justicia de la Nación.
	Se publica el Plan de Tacubaya para anular la nueva Constitución.
	Comonfort se da un autogolpe de Estado y ordena la aprehensión de Juárez.
1858	Comienza la Guerra de Reforma.
	Juárez abandona la Ciudad de México y asume la presidencia en Guanajuato.
	Félix Zuloaga asume la presidencia.
	Guillermo Prieto le salva la vida a Juárez en Guadalajara.
	Juárez se embarca en Manzanillo con destino a Veracruz donde establecerá su gobierno.
1859	Miguel Miramón asume la presidencia.
	El gobierno de Miramón pide un préstamo de 1.5 millones de pesos al banquero Jecker, 750 mil en dinero y el resto en bonos, vestuario y equipo. Se compromete a pagar 15 millones de pesos.
	El gobierno de Miramón ratifica el Tratado Mon-Almonte.
	En Veracruz se publican las leyes de reforma.
	Melchor Ocampo, con autorización de Juárez, suscribe el Tratado McLane-Ocampo.

1861	Muere Melchor Ocampo.
	Termina la Guerra de Reforma.
	Juárez entra a la Ciudad de México.
	El gobierno mexicano decreta la suspensión de pagos de la deuda externa.
	Inglaterra, Francia y España suscriben un acuerdo en Londres para exigir el pago de la deuda externa.
	Napoleón III comienza a considerar a Maximiliano de Habsburgo como posible emperador de México.
1862	Las tropas de Inglaterra y España se retiran del territorio mexicano, las de Francia invaden el país.
	Juárez publica la ley que condena a muerte a los traidores.
	En Puebla son derrotadas las tropas francesas.
	Muere Ignacio Zaragoza.
1863	Las tropas francesas toman Puebla.
	Juárez abandona la Ciudad de México hacia San Luis Potosí. Desde ese momento y hasta el fin de la guerra recorrerá una buena parte del norte del país.
	El general Forey, comandante de las tropas francesas, instaura una junta de gobierno.
	El Ayuntamiento de la Ciudad de México se pronuncia a favor de la monarquía.
	La Asamblea de Notables le ofrece a Maximiliano de Habsburgo la corona de México.
1864	Juárez envía a su familia a Estados Unidos.
	Maximiliano de Habsburgo entra a la Ciudad de México.
	Maximiliano publica la ley que condena a muerte a sus enemigos.

1866	Napoleón III anuncia la retirada de las fuerzas francesas de México.
1867	Mueren fusilados Maximiliano de Habsburgo, Miguel Miramón y Tomás Mejía. Juárez entra a la Ciudad de México y toma posesión de la presidencia constitucional.
1871	Muere Margarita Maza. Sebastián Lerdo de Tejada y Porfirio Díaz son los candidatos opositores a Juárez en las elecciones presidenciales. Juárez enfrenta a sangre y fuego el pronunciamiento de los porfiristas en la Ciudad de México. Juárez se reelige como resultado de unos comicios amañados. Porfirio Díaz publica el Plan de la Noria y se levanta en armas contra Juárez.
1872	Juárez muere en Palacio Nacional.

Fuentes: Alejandro Rosas, *Porfirio Díaz*, México, Planeta, 2002; Ana María Cortés, *Sebastián Lerdo de Tejada*, México, Planeta, 2002; David Guerrero Flores y Emma Paula Ruiz Ham, *El país en formación. Cronología (1821-1854)*, México, INEHRM, 2012; José Manuel Villalpando, *Benito Juárez*, México, Planeta, 2002; Konrad Ratz, *Maximiliano de Habsburgo*, México, Planeta, 2002; Paola Morán Leyva, *Ignacio Zaragoza*, México, Planeta, 2002; Raúl González Lezama, *Reforma liberal. Cronología (1854-1876)*, México, INEHRM, 2012.

Esta obra se imprimió y encuadernó
en el mes de febrero de 2023,
en los talleres de Impregráfica Digital, S.A. de C.V.,
Av. Coyoacán 100–D, Col. Del Valle Norte,
C.P. 03103, Benito Juárez, Ciudad de México.